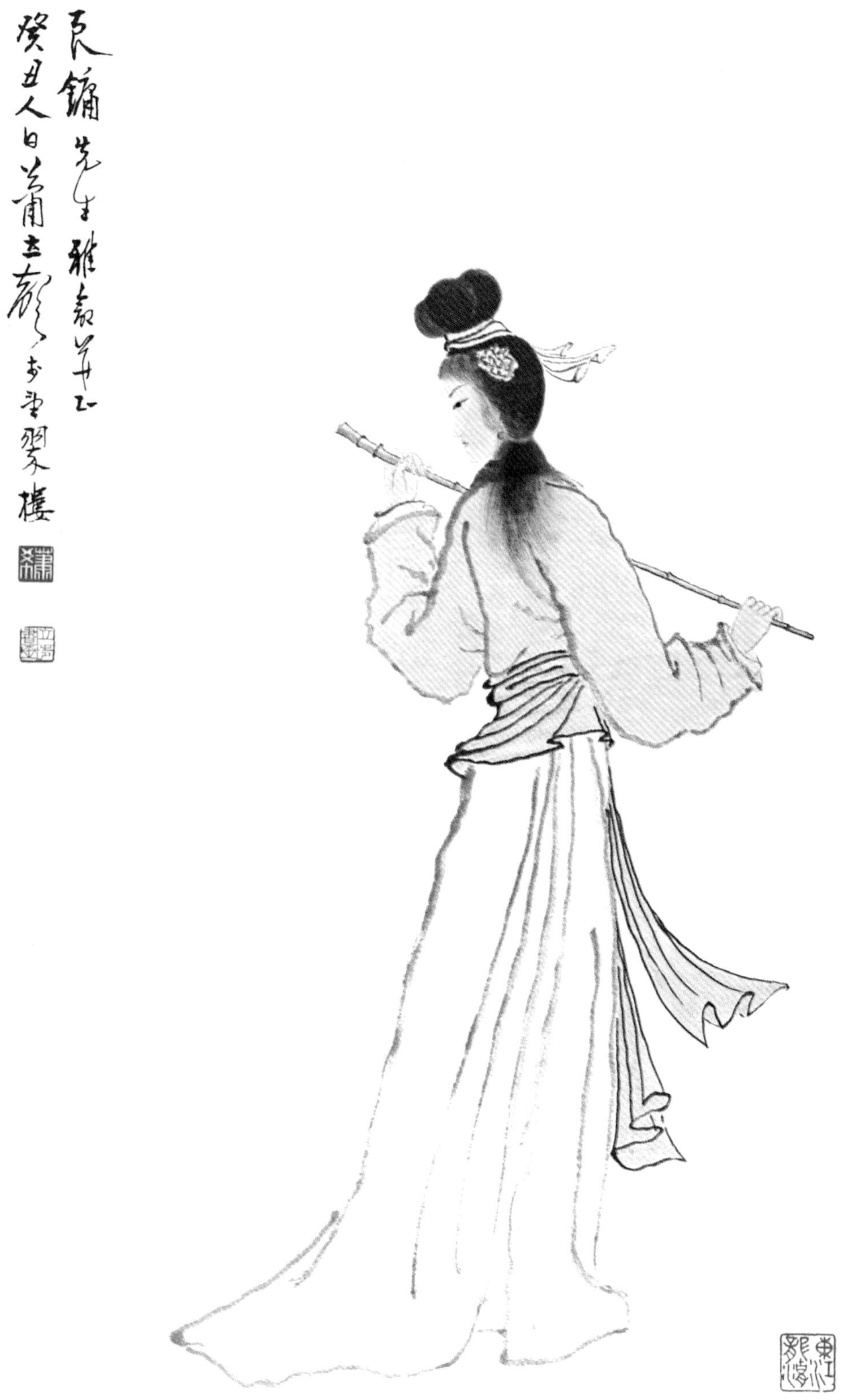

良鏞先生雅裝 廿二

癸丑人日蕭立聲 于香港翠樓

蕭立聲「黃蓉」——蕭立聲先生，潮州人，現居香港，善畫羅漢、人物等。此圖蕭先生為
作者所作，繪黃蓉持打狗棒。

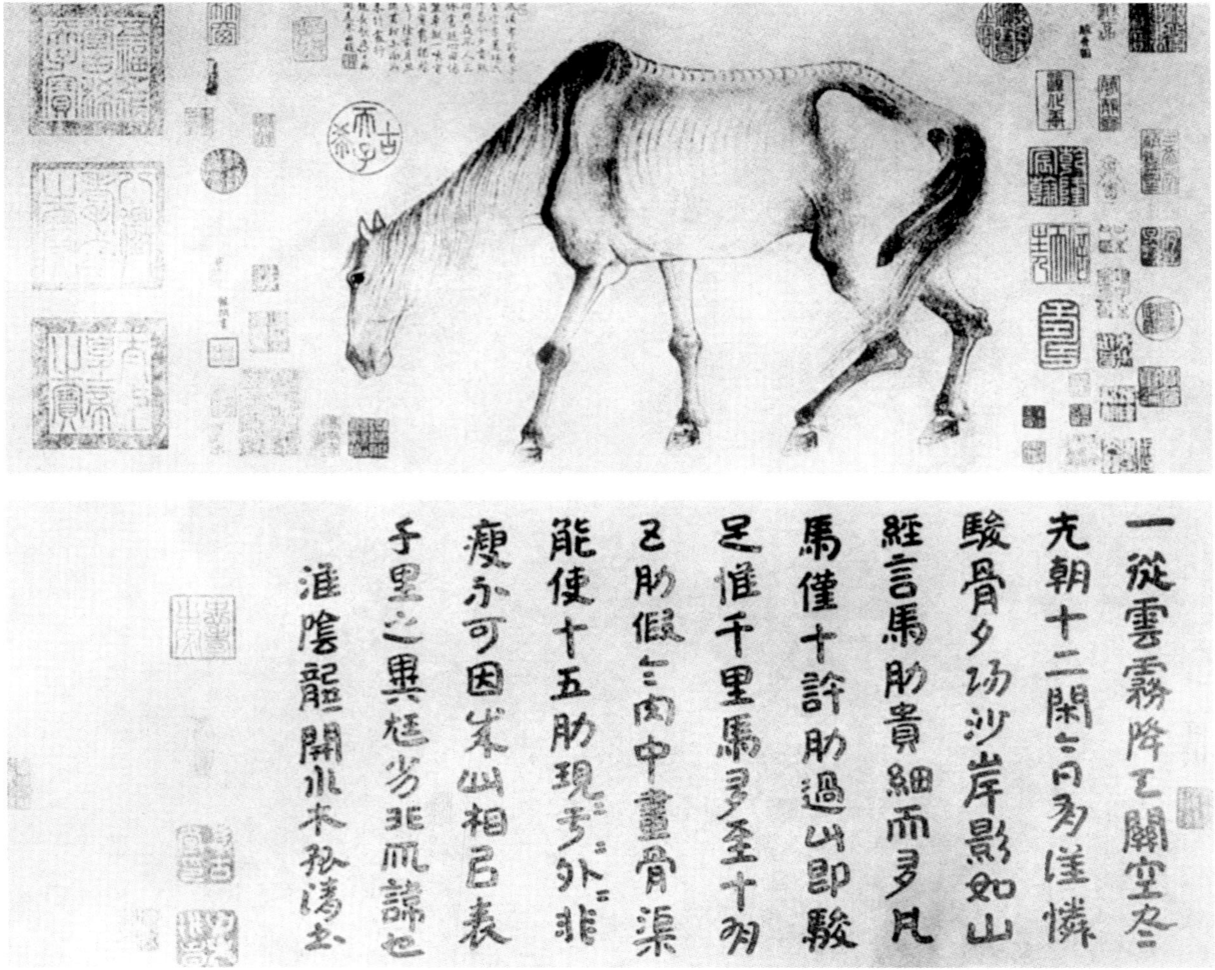

龔開「駿骨圖卷」——龔開，淮陰人，宋理宗景定間為兩淮制置使監官，與楊過是同時代人。宋亡後不仕，家貧無几桌，令兒子伏地，在他背上鋪紙作畫。此圖現藏日本爽籟館。

元人「瘦馬圖」——作者無款，現歸日本人所藏。

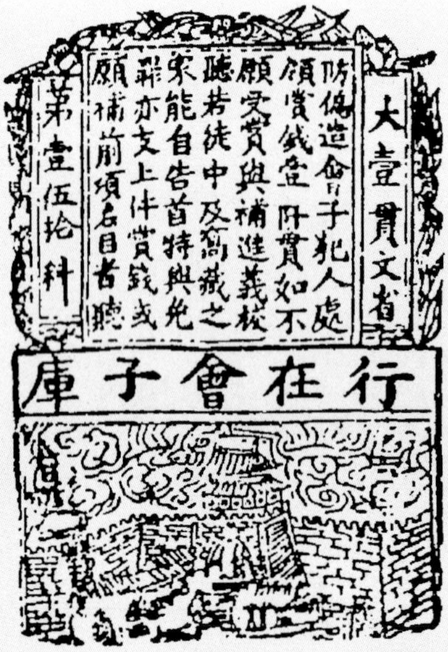

右：宋朝版畫——北宋的「印本真言」。金輪國師所唸的「降魔伏妖咒」就是這一類密宗真言。左上：南宋會子——銅版印刷，會子就是鈔票，圖中的會子等於一貫，即銅錢一千文。「行在」為皇帝行宮所在之地，其時即臨安，「行在會子庫」意為陪都儲備銀行。楊過大概使用過這類鈔票。左下：宋刊經穴圖——宋刊《新刊補注銅人腧穴鍼灸圖經》一書中的插圖，繪的是足少陽膽經，列出陽陵泉、俠溪、竅陰、臨泣、丘墟、陽輔等穴道位置。

大字版

神鵰俠侶

金庸

④絕情幽谷

大字版金庸作品集⑳
神鵰俠侶 (4)絕情幽谷 「公元2003年金庸新修版」
The Giant Eagle and Its Companion, Vol. 4

作　　者／金　庸

封面設計／唐壽南　內頁插畫／姜雲行

發 行 人／王 榮 文
出版・發行／遠流出版事業股份有限公司
臺北市中山北路一段11號13樓
電話／2571-0297　傳真／2571-0197　郵撥／0189456-1

□2004年 2 月16日　初版一刷
□2023年 8 月 1 日　二版六刷

大字版　每冊380元（本作品全八冊，共3040元）
〔另有典藏版共36冊（不分售），平裝版共36冊，新修版共36冊，新修文庫版共72冊〕

ISBN　978-957-32-8094-1（套：大字版）
ISBN　978-957-32-8089-7（第四冊：大字版）
Printed in Taiwan

YLib 遠流博識網
http://www.ylib.com　E-mail:ylib@ylib.com

目錄

第十六回　殺父深仇……七三五
第十七回　絕情幽谷……七八三
第十八回　公孫谷主……八二九
第十九回　地底老婦……八八一
第二十回　俠之大者……九三三

一陣涼風吹來，李莫愁身上衣衫登時片片飛開，手臂、肩膊、胸口、大腿，竟有多處肌膚露了出來。她羞慚難當，正要轉頭退走，突然背上一涼，又是一大塊衣衫飛走。

第十六回　殺父深仇

楊過與陸無雙聽得馮鐵匠竟是程英的師兄，都又驚又喜，心想黃藥師的弟子，武功決計差不了，不意危難之際忽得強助，當眞喜出望外。

李莫愁冷冷的道：「你既已給師父逐出門牆，卻還依戀不捨，豈非無聊之極？今日我要殺這三個小娃娃和一個傻女人，你站在一旁瞧熱鬧罷。」馮默風緩緩說道：「我雖學過武藝，一生之中卻從沒跟人動過手，況且腿也斷了，打架是打不來的。」李莫愁道：「是啊，那最好也沒有了，你也犯不著賠上一條性命。」馮默風搖頭道：「我可不許你碰我師妹一根毫毛，這幾位既是我師妹的朋友，你也別逞兇橫。」

李莫愁殺氣斗起，笑道：「那你們四個人一起上，也妙得緊啊。」說著站起身來。馮鐵匠仍不動聲色，依著打鐵聲音，便似唱戲的角兒順著鑼鼓點子，打一下，說幾個字，一板一眼的道：「我離師門已三十餘年，武藝早拋生疏了，得好好想想，在心中理一理。」

李莫愁嘿嘿一笑，說道：「我半生行走江湖，可真還沒見過這等上陣磨槍、急來抱佛腳的人物。今日裏大開眼界。馮默風，你一生之中，當眞從來沒跟人動過手麼？」馮默風道：「我學練武功，得罪師門，中途而廢，心灰意懶，更覺做人也沒意味，此後日子裏我從來不敢得罪人，別人打我罵我，我也不跟他計較，自然動不起手來。」李莫愁冷笑道：「嘿嘿，黃老邪果然盡撿些膿包來做弟子，到世上丟人現眼。」馮默風道：「請你莫說我恩師壞話。」李莫愁冷笑道：「人家早不要你做弟子了，你還恩師長、恩師短的，也不怕人笑掉了牙齒？」

馮默風仍一下一下的打鐵，緩緩道：「我一生孤苦，這世上親人就只恩師一人，我不敬他愛他，卻又去思念何人？小師妹，恩師他老人家近來高興嗎？」程英道：「他老人家開心的。」馮默風臉上登現喜色，說道：「小師妹，我一生的願望，就是以一條無用的老命，報答師父大恩。今日我爲維護桃花島令譽而死，正如所願。」

李莫愁見他眞情流露，心想：「黃老邪一代宗師，果然大有過人之處。他將弟子打成這般模樣，這人對他還如此忠心依戀。」

此時那塊鑌鐵打得漸漸冷卻，馮鐵匠又鉗到爐中去燒，可是他心不在焉，送進爐的竟是右手的一柄大鐵錘，卻不是那塊鑌鐵。李莫愁笑道：「馮鐵匠，你慢慢去記師父教的功夫便是，用不著手忙腳亂。」馮默風不答，望著紅紅的爐火沉思，過了一會，又將左肩窩下撐著的拐杖塞進了爐中。楊過和陸無雙同時叫道：「喂，唉，那是拐杖！」程英也大叫：「師哥！」馮默風仍然不答，雙眼呆望著爐火。但那拐杖在猛火之中居然並不燒毀，卻漸漸變紅，原來是根鐵杖。再過一陣，鐵錘也已燒得通紅，但他抓住錘柄拐杖，卻似並不燙手。

這時李莫愁才將輕蔑之心變爲提防，知眼前這容貌猥瑣的鐵匠實有過人之能，生怕他猝然發難，拂塵急揮數下，倒躍出門，叫道：「馮鐵匠，你來罷！」

馮默風應聲出戶，身手矯捷，竟不似身有殘疾。脫下外袍，往地下一丟，將通紅的鐵杖拄在地下，說道：「你這位仙姑，請你別再罵我恩師，也別跟我師妹爲難，我這苦命的鐵匠就不來跟你計較！」李莫愁道：「我只饒你一人，你若害怕，乾脆就別插手。」馮默風咬一咬牙齒，沉聲道：「好，我本來要報師恩！」說時全身發顫，咬牙切齒。

李莫愁拂塵一起，向他頭頂直擊。馮默風急躍跳開，閃避得甚是靈巧，但手臂發抖，竟不敢還擊。李莫愁連進三招，他都以巧妙身法閃過，始終沒還手。

楊過等三人站在一旁觀鬥，俟機上前相助，眼見李莫愁招數漸緊，馮默風似乎確然從沒跟人打過架，兼之生性謙和，一柄燒得通紅的大鐵錘竟擊不出去。鬥不數合，馮默風已接連中招，腳步踉蹌。楊過心想不妙，這位武林異人武功雖強，卻無爭鬥之心，非激他動怒不可，大聲道：「李莫愁，你爲甚麼罵桃花島主不忠不孝、不仁不義？」李莫愁心想：「我幾時罵過啦？」手上加快，並不回答。楊過又叫道：「你說桃花島主淫人妻女，擄人子弟，你親眼見到麼？你說他欺騙朋友、出賣恩人，當眞有這等事麼？你爲何在江湖上到處散播謠言，敗壞黃島主的清譽令名？」

程英愕然未解，馮默風已聽得怒火沖天，一股剛勇從胸中湧起，鐵錘拐杖，同時出手。他右足站地，一個「金鷄獨立」式，猶如釘在地下，又穩又定，雙手錘拐帶著一股熾烈的熱氣，向李莫愁直逼過去。

李莫愁見他來勢猛烈，不敢正面接戰，縱躍閃避，尋隙還擊。楊過又叫道：「李莫愁，你罵桃花島主招搖撞騙，是個無恥之徒，我瞧你自己才無恥！」馮默風越聽越怒，鐵錘和拐杖橫揮直壓，猛不可當，初時他招術頗見生疏，鬥了一陣，越來越順手。

馮默風離桃花島後，三十年來練功不輟，練功時日久於李莫愁，但李莫愁縱橫江湖，大小數百戰，經歷見識多他百倍，拆得二三十招，李莫愁已知馮默風功力不弱，經驗卻實在太過欠缺，兼之只有一腿，時刻一長，定然要輸，於是立意與之遊鬥，待其銳氣一挫，再行反擊。果然再鬥得十餘合，馮默風怒意稍減，鬥志即懈，漸落下風。

楊過不斷叫嚷，誣稱李莫愁到處誹謗黃藥師。馮默風只聽得怒不可遏，大叫：「你罵我恩師，我跟你拚命！」臉上連中幾拂塵，流血滿面，神情可怖。他絲毫不理會身上受傷，挺著燒紅的鐵錘鐵拐，向李莫愁猛衝過去，不顧自己死活，要跟她同歸於盡。李莫愁見他死纏爛打，在他這股剛勇之前，不由得怯了，連退幾步，叫道：「不打了，我又不想殺你！」馮默風叫道：「我要報答師恩，就是要你殺我！」勇氣大增，狂敲猛擊。李莫愁眼見勢危，又忌憚楊過窺伺在旁，心想這小子武功大進，亦是不可輕敵之人，當下只求脫身，舉拂塵向馮默風胸口疾揮。

馮默風橫錘擋開。拂塵已乘勢彎過，捲住了錘頭，這是李莫愁奪人兵刃的絕招，只要一奪一甩，馮默風的鐵錘非脫手不可。豈知嗤嗤嗤一陣輕響，青煙冒起，各人聞到一股焦臭，拂塵的帚尾竟已燒斷。

這一來，李莫愁非但沒奪到對方兵刃，反而將自己兵刃失去了。她臨危不亂，擲下拂塵柄，改使赤練神掌。這路掌法雖然厲害，卻非貼近施展不為功，馮默風右錘左拐，舞得風聲呼呼，得心應手，但見兩條人影之間不斷冒出青煙，原來李莫愁身上道袍帶到燒得通紅的錘拐，一塊塊的不斷燒毀。她心中大怒，明明可以取勝，卻讓這鐵匠在兵刃上佔了便宜，實不甘心，決意要狠狠擊他一掌出氣。

馮默風初次與人交手，倘若上來接連吃虧，登時便會畏縮，此刻佔了上風，錘拐使將出來竟極盡精妙。李莫愁想要擊他一掌，幾次都險些碰到鐵錘鐵拐，若非閃避得快，掌心都要給燒焦了。突然之間，馮默風叫道：「喂，你這女人，你這樣子太不成體統！」獨足向後躍開半丈。李莫愁一呆，一陣涼風吹來，身上衣衫片片飛開，手臂、肩膊、胸口、大腿，竟有多處肌膚露了出來。她是閨女之身，這一下羞慚難當，正要轉頭退走，突然背上一涼，又有一大塊衣衫飛走。

楊過見她處境狼狽，當即拾起地下馮默風脫下的破舊外袍，運起內力，向她背上擲去。那袍子就似一個人般張臂將她抱住。李莫愁忙將手臂穿進袖子，拉好衣襟，饒是她一生見過大陣大仗無數，此時也不由得驚羞交集，臉上紅一陣白一陣，不知是否更與敵人動手？尋思：「若再上前搏鬥，這件衣衫又會燒毀，這口氣只好嚥下再說。」向楊過點點頭，謝他贈袍之德，轉頭對馮默風道：「你使這等詭異兵刃，果是黃老邪的嫡傳邪道。你憑良心說，若以眞實武功拚鬥，可勝得過我麼？黃老邪的弟子倘若規規矩矩的與我單打獨鬥，能佔上風麼？」

馮默風坦然道：「若非你失了兵刃，那麼時刻一久，便可勝我。」李莫愁傲然道：「你知道就好。我那紙上寫道，桃花島門人恃衆爲勝，可沒說錯。」

馮默風低頭沉思，過了一會，道：「不論是誰侮辱我恩師，我都跟他拚命！倘若我曲陳梅陸四位師兄姊在此，任那一位都強過了你。別說曲師兄、陳師兄武功卓絕，就是梅超風梅師姊也屬女流，你就決計勝不了她。」

李莫愁冷笑道：「這些人死無對證，更說甚麼？黃老邪的功夫也只如此。我本想領教領教他親生女兒郭夫人的神技，但舉一反三，那也不必了。」說著轉身便走。

楊過心念微動，說道：「且慢！」李莫愁秀眉一揚，道：「怎麼？」楊過道：「你說桃花島主武功不過如此，那就錯了。我聽他說過一路玉簫劍法，儘可破得你的拂塵功夫。」說著拿起鐵條，在地下揮劃圖形，口中解說：「喏，你這一記當面迎擊，果然迅捷凌厲，但他長劍從此處橫削，你就收勢不及。你若反打，這劍就從此疾攻，你如正面拂穴，他就以虎形爪抓你帚尾，卻倒轉劍柄逆點你的肩貞穴，這一招你想得到麼？」這一招果然匪夷所思，可也眞精妙絕倫。正面拂穴原是李莫愁拂塵功夫的絕招之一，楊過所說的這一招，卻將她剋制得再無還手餘地，只有丟了拂塵認輸。

楊過又比劃著說道：「再說到你的赤練掌法，桃花島主留有指甲，這麼一掌引開，待你手掌擊到，他使出彈指神通功夫，指甲在你掌心這麼一彈，你這隻手掌豈不是當場廢了？他只須立時削去指甲，你掌上劇毒就傳不到他身上。」接著又說了十餘招黃藥師剋制她武功的法門。

這番話只把李莫愁聽得臉如土色，他每一句話都入情入理，所說的功夫每一項均巧妙無比，確非自己所能抵擋。

楊過又道：「桃花島主惱你出言無狀，他自己是大宗師身分，犯不著親自與你動手，已將這些法門傳了給我，命我代他收拾你。但我想到你與我師父有同門之誼，你是我師伯，今日將桃花島主的厲害說與你聽，下次你見到他的門人，還是遠而避之罷。」

李莫愁默然半晌，說道：「罷了，罷了！」轉頭便走，霎時之間，身形已在山後隱沒，身法之快，確屬少見。

其實這些法門黃藥師雖已傳給了楊過，若要練到眞能使用，克敵制勝，最快也須在三年之後。楊過這麼一番講述，不必出手，已嚇得她心服口服，從此終身不敢再出一句輕侮黃藥師之言。

陸無雙在李莫愁積威之下，只消聽到她聲音，心中就怦怦亂跳，見她遠去，登時如釋重負，拍手笑道：「傻蛋！你好口才啊，連我師父也給你嚇走了。」

程英見楊過向李莫愁述說招數時，連比帶劃，身形晃動，露出自己所縫新袍底下仍穿著那件破破爛爛的舊袍，顯見這袍子因是小龍女所縫，他親疏有別，決不忘舊。程英心中微微一酸，裝作渾不在意。

楊過向程英輕聲道：「程師姊，李莫愁擋不住馮師兄剛勇無比、勢在拚命的招數，見機而退。但下次你如再撞到她，倘只單獨一人，仍有兇險。師父所傳的那兩門功夫，咱們來習練一下，好嗎？」程英點點頭。

兩人走到鐵匠鋪側的林邊空地上，研討黃藥師所授的彈指神通和玉簫劍法。彈指神通須積長期功力，練得指力通神，方能克敵制勝，非短期內所能使用，程英亦早知修習之法。楊過所仗以對付赤練神掌者，乃玉女神掌快速無倫、變幻莫測的招數，此掌法乃古墓派祕技，不能傳授外人。兩人於是研習玉簫劍法，楊過將黃藥師所傳劍法中的奇招巧術，再一招一招的拆解給程英觀看，自己扮作李莫愁，讓程英用玉簫拆解。他揮動腰帶，擬作拂塵，迎面拂出，程英甚有慧悟，突然轉身，挺簫在楊過後腰戳了一下。她使的是一根堅竹所製的假簫。楊過其實也不覺如何疼痛，爲了討她歡喜，裝腔作勢，故意大叫：「啊唷！」高高跳起，臉現痛楚。

陸無雙在旁觀看，拍手大笑，叫道：「表姊，好本事，再打這傻蛋！」程英微笑道：「你當眞呢！楊大哥讓我的。」陸無雙道：「好吧，你兩個在這裏眞眞假假的玩罷。玩不玩拜天地呢？」程英道：「還是媳婦兒來玩吧！」陸無雙扁扁嘴道：「我猜他更想跟你玩拜天地。」程英提起竹子要打，陸無雙伸伸舌頭，說道：「我去瞧瞧傻蛋的好姊姊怎麼了？」剛轉過身子，只聽得山前人喧馬嘶，隱隱如雷。

楊過道：「我去瞧瞧。」躍上馬背，轉出山坳，奔了數里，已到大路，但見塵土飛揚，旌旗蔽空，原來是一大隊蒙古兵向南開拔，鐵弓長刀，勢若波濤。楊過從未見過大軍啓行，看到這般驚心動魄的壯觀，不由得呆了。

兩名小軍舞起長刀，吆喝：「兀那蠻子，瞧甚麼？」衝將過來。楊過撥轉馬頭便跑，兩名小軍彎弓搭箭，颼颼兩聲，向他後心射來。楊過回手接住，只覺這兩枝箭勢甚是勁急，若非自己身有武功，早給射得穿胸而死。兩名小軍見他如此本領，嚇得勒住馬頭，不敢再追。

楊過回到鐵匠鋪中，將所見說了。馮默風嘆道：「蒙古大軍果然南下。我中國百姓可苦了！」楊過道：「蒙古人騎射之術，實非宋兵所能抵擋，這場災禍甚是不小。」馮默風道：「楊公子正當英年，何不回南投軍，以禦外侮？」楊過一呆，道：「不，我要北上去尋我姑姑。蒙古軍聲勢如此浩大，以我一人之力，有甚麼用？」馮默風搖頭道：「一人之力雖微，衆人之力就強了。倘若人人都如公子這等想法，還有誰肯出力以抗異族入侵？」

楊過覺得他話雖不錯，可是世上决沒比尋找小龍女更要緊之事。他自幼流落江湖，深受小官小吏之苦，覺蒙古人固然殘暴，宋朝君臣也未必就是好人，犯不著爲他們出力，微微一笑，不再接口。

馮默風將鐵錘、鉗子、風箱等縛作一綑，負在背上，對程英道：「師妹，你日後見到師父，請向他老人家說，弟子馮默風不敢忘了他老人家的教誨。今日投向蒙古軍中，就算送了性命，也要刺殺他一二名侵我江山的王公大將。師妹，你多多保重。我今日得見師父的新傳人，委實歡喜得緊。」說罷撐著鐵拐，頭也不回的去了，竟沒再向楊過瞧上一眼。

楊過向程英和陸無雙望了一眼，說道：「不意在此處得識這位異人。」陸無雙心中偏袒楊過，道：「表姊，你師父門下的人物，除你之外，不是傻裏傻氣，便是瘋瘋顛顛。」程英一笑，淡然道：「馮師哥是忠義之人，不忘師恩，是我輩的模範。你說他瘋瘋顛顛，說不定他卻說咱們全無家國之情呢。再說，我自己又何嘗不是傻裏傻氣、瘋瘋顛顛？」楊過心中怦然而動，瞧她神色如常，猜不透她此言是否意帶雙關。

忽聽得砰的一聲，傻姑從凳上摔將下來。三人一驚，忙扶她上炕，但見她滿臉通紅，雙目發直，知道赤練神掌的毒性又發作了。當下程英給她服藥，楊過為她按穴推拿。傻姑怔怔的瞪著他，臉上滿是恐懼之色，叫道：「楊兄弟，你別找我抵命，不是我害你……」程英柔聲道：「姊姊，你別害怕，他不是……」

楊過忽地想到：「她此時神智迷糊，正可逼她吐露真言。」雙手一翻，扣住了她手腕，厲聲道：「是誰害死我的？你不說，我就要你抵命。」傻姑求道：「楊兄弟，不是我。」楊過怒道：「你不說！好，我就扼死你。」伸手叉住她咽喉。傻姑嚇得尖聲大叫。程英和陸無雙那明白楊過的用意，齊聲勸阻，一個叫「楊大哥」，一個叫「傻蛋」，一個說：「別嚇壞了她。」一個說：「這時候怎麼鬧著玩？」

楊過那裏理會，手上微微加勁，臉上現出凶神惡煞的神氣，咬牙切齒的道：「我是楊兄弟的惡鬼。我死得好苦，你知道麼？」傻姑道：「我知道的，你死後烏鴉吃你的肉。啊！啊！啊！」學著烏鴉叫聲。

楊過心如刀絞，他只知父親死於非命，卻不知死後連屍體也不得埋葬，竟爲烏鴉啄食，大叫：「是誰害死我的？快說，快說。」傻姑聲音嘶啞，道：「是你自己去打姑姑，姑姑身上有毒針，你就死了。」楊過大聲嚷道：「姑姑是誰？」傻姑給他扼得氣都喘不過來，幾欲暈去，低聲道：「姑姑就是姑姑。」楊過道：「姑姑姓甚麼？叫甚麼名字？」傻姑道：「我……我……我不知道啊，你放開我！」

陸無雙見情勢緊迫，去拉楊過手臂。楊過此時猶如顚狂一般，用力一揮，使了十成力，陸無雙那裏抵擋得住，給他直推出去，砰的一響，撞在牆上，好不疼痛。程英見楊過平素溫和瀟洒，此刻狀若瘋虎，嚇得手足都軟了。

楊過心想：「今日若不問出殺父仇人的姓名，我立時就會嘔血而死。」連問幾聲：「姑姑是姓曲麼？是姓梅麼？」他猜想傻姑自己姓曲，那她姑姑多半也是姓曲，說不定是梅超風。傻姑出力掙扎，她練功時日雖遠較楊過爲久，武功卻是不及，兼之手腕上穴道遭扣，只急得啞啞而呼，說道：「你去向姑姑討命，別……別找我。」楊過道：「姑姑在那裏？」傻姑道：「我和爺爺，出來！她和漢子，在島上。」

楊過聽了此言，一股涼氣從背脊心直透下去，顫聲道：「姑姑叫你爺爺做甚麼？」傻姑道：「叫爸爸啊，還能叫甚麼？」楊過臉如土色，還怕弄錯，追問一句：「姑姑的漢子名叫郭靖，是不是？」傻姑道：「我不知道。姑姑就叫：『靖哥哥，靖哥哥！』」學著黃蓉叫郭靖的腔調，雙腳亂踢，忽如殺豬般叫了起來：「救命，救命！鬼……鬼……鬼啊。」

楊過此時那裏尚有絲毫懷疑？自己幼時孤苦、受人欺凌諸般往事，霎時間都湧向心間，心想：「若不是爹爹遭害，我媽也不致悲傷困頓，這麼早便死了，我自也不會吃盡這些苦頭。」又想：「在桃花島之時，郭靖夫婦對我總是不甚自然，有些兒客氣，有些兒忌諱，絕不如對待武氏兄弟那麼要說便說，要罵便罵，當時我但覺別扭，那知道只因他們殺了我父親，心中懷著鬼胎。他們不肯傳我武功，送我去全眞教大受折磨，原來都是爲此。」他驚憤交迸，手腳都軟了。傻姑大叫一聲，從床上躍起。

程英走到楊過身邊，輕聲說道：「傻姊姊向來傻裏傻氣，你是知道的。她受傷後更加語無倫次，一切都得慢慢想想清楚。」但她內心卻也深信傻姑所說是實，也知如此勸慰管不了用，只是見楊過滿臉悲苦憤激之狀，心中不忍。

程英見楊過仍然神情激動，喘氣急迫，又走近一步，說道：「楊大哥，我有句話跟你說。」楊過回過身來，慢慢調勻呼吸，道：「請說！」程英道：「楊大哥，父仇不共戴天，自然非報不可。我只勸你一句話。」楊過道：「程師姊，你的好意勸告，我自然要聽！」程英正色道：「楊大哥，咱們這次不開玩笑，我是說正經的。」楊過收起了臉上一絲笑容，說道：「小妹子，你一直待我很好，我胡亂叫你『師姊，姑姑』，都是開玩笑。」他乘此機會，要令程英別生誤會，神色鄭重的道：「在我心中，我眞的當你是小妹子！我對你一片眞心。我的性命，我早給了我姑姑啦，不能再給你。除此之外，你說甚麼，我就全聽你的。」程英道：「楊大哥，多謝你。」伸出右掌，掌心向上。楊過伸掌在她掌心輕輕一擊，隨即翻掌，掌心向上。程英也在他掌心輕輕一擊，翻轉手掌。楊過又在她掌心輕拍一下。此之謂「三擊掌」，宋人意示立誓，三擊掌之後，所言所許決無反悔。

程英道：「楊大哥，父仇當然必報。不過請你答允我一句話。」楊過道：「你說好啦。」程英道：「我那個傻師姊人很戇直，說的話決計無假，不過她神智不清，有些事纏夾之極，也說不定把事情弄錯了。我不求你不報仇，只求你動手之前，三思而行，想想我勸你的話，會不會找錯了仇人？要是找錯了人，那便如何？我只求你答允我，臨到動手，須得淸淸楚楚的想一想。這一出手，必得決無反悔。」楊過道：「小妹子，你這話是爲了我好，眞正是金玉良言，我必定牢記在心，決不有違。」

程英道：「大哥，你一切保重，敵人厲害，事事小心。報仇大事，十年未晚，未必定須爭這一朝一夕。多等得十年，你的武功長進了十年，仇人卻老了十年。今年報不了仇，十年、二十年之後，可就易了！那時候彼消我長。咱們當求必成必勝，更須不找錯了仇人，要防犯錯、要戒心急。」楊過點頭道：「對！對！我的小妹子真聰明。」伸出雙臂，輕輕把她虛摟了一下。程英突然滿臉通紅，眼光中全是溫柔神色。

楊過呆了半晌，揮手出門，翻身上了瘦馬。雙腿力夾，那馬疾竄而前，轉瞬間奔出數十丈外，一口氣狂奔，一個多時辰中馳了數十里。忽覺口唇上甚是疼痛，伸手一摸，滿手都是鮮血，原來悲憤之際咬緊口唇，竟將上下唇都咬破了，心想：「郭伯母本來待我並不好，最近忽然待我好了，卻原來盡是假仁假義，那也罷了，但郭伯伯，郭伯伯……」他心中對郭靖一直崇敬異常，覺他德行武功固然超凡絕俗，對待自己更是一片真心，這時才知竟是大大受了欺騙，只覺此人奸詐尤甚於黃蓉。

想到傷心之處，下馬坐在大路中心，抱頭痛哭。他從未見過父親一面，連母親也絕口不說父親之事，但他自幼空想，在小小心靈之中，早把父親想得十全十美，世上再無如此好人。這樣一位英雄豪傑，卻活活讓郭靖、黃蓉害死了，而且死得如此悲慘。

他哭了一陣，忽聽得馬蹄聲響，北邊馳來四匹馬，馬上都是蒙古武士。當先一人手持長矛，矛頭上挑著個兩三歲大的嬰孩，哈哈大笑的奔來。那嬰兒尚未死絕，兀自發出微弱哭聲。四名蒙古武士見楊過坐在路上哭喊，微感詫異，但這樣衣衫破爛的漢人少年到處皆是，自也毫不在意。一名手持空矛的武士叫道：「讓路，讓路。」說著挺矛向他刺去。楊過正自煩惱，抓住矛頭一扯，將那武士拉下馬來，順手反矛橫掃，那武士直飛出丈許之外，腦骨碎裂而死。餘下三人見他如此神勇，發一聲喊，一齊轉馬逃回，只聽啪的一聲，那嬰兒摔在路上。

楊過抱了起來，見是個漢人孩子，肥肥白白的甚是可愛，長矛刺在肚中一時不得就死，可也已不能醫活，小嘴中啊啊啊的似乎還在叫著「媽媽」。楊過傷痛之餘，悲憫之心轉盛，抱著這半死不活的孩子，又流下淚來，見他痛苦難當，輕輕一掌將他擊死了，用蒙古武士的長矛在地下掘坑，要將他掩埋了。

只掘得十來下，猛聽得蹄聲如雷，號角聲中大隊蒙古兵急衝而至。楊過左手抱著死嬰，右手挺長矛上馬，那瘦馬原是久歷沙場的戰馬，重臨戰陣，精神大振，長嘶一聲，向蒙古兵衝去。楊過手起矛落，一連搠翻三四人，見敵兵不計其數的湧來，便撥轉馬頭，落荒而走。背後箭如飛蝗般射來，他揮矛一一撥落。瘦馬腳程奇快，片刻間已將追兵拋落，但兀自不停，仍在荒野中如飛奔跑。

又過一陣，楊過見天色漸晚，收韁遙望，四下裏長草沒脛，怪石迫人，暮靄蒼茫，靜悄悄的絕無人聲，連烏鴉麻雀也沒一隻。

他下得馬來，手中還抱著那個死嬰，只見他面目如生，臉上神情痛苦異常，心中淒慘，想道：「這孩子的父母自是愛他猶似性命一般，孩子已死，再無知覺，他父母卻要肝腸寸斷了。這些兇暴殘忍的蒙古兵大舉南下，一路上不知道要害死多少大人小孩？」越想越難受，當下在大樹旁掘一個坑，將小孩埋了，又想起傻姑的話來，心道：「這小孩死了，尚有我給他掩埋，我爹爹卻葬身於烏鴉之口。唉，你們既害死了他，給他埋入土中又有何妨？心腸當眞歹毒！不報此仇，楊過誓不爲人。」

當晚便在一棵大樹上睡了，次晨騎上馬背，任由瘦馬在荒山野嶺間信步而行，一時想到要回古墓去會小龍女，一時又想無論如何得先殺了郭靖、黃蓉，以報父仇，肚子餓了，便摘些野果充飢。

行到第四日上，忽見遠處有一人縱身躍高，伸手在一株野果樹上摘取果子，身法輕盈，武功不弱，楊過縱馬走近，望見是金輪國師的弟子達爾巴。他每次一躍，只採到一枚果子，後來不耐煩起來，伸臂橫擊，打了幾下，那野果樹喀喇聲響，從中折斷，他盡採樹上野果，放入懷中。

楊過心道：「難道金輪國師就在左近？」他與國師本來並無重大仇怨，此時認定郭靖、黃蓉是殺父仇人，反而後悔當日相助郭黃而與國師作對，當下悄悄跟在達爾巴身後，要去瞧個究竟。只見他邁步如飛，直向山坳中行去。楊過下馬步行，遠遠跟隨，見他轉入林木深處，越走越高，於是隨著他上了一座山峯。

峯頂上搭著座小小茅棚，四面通風。金輪國師閉目垂眉，在棚中打坐。達爾巴將野果放在棚中地下，轉過身來，突見楊過走近，不由得臉色大變，叫道：「大師兄，你要來加害師父麼？」說著向楊過急衝過來，伸手便去扭他衣襟。他武功原比楊過爲高，但此刻師父正處於奇險之境，一受外感，立時性命不保，惶急之下心神失常，這一招章法大亂，竟自犯了武學的大忌，給楊過反擒手背，一帶一送，將他摔得跌了出去。

達爾巴心中認定楊過是大師兄轉世，又給他這一摔先聲奪人，在地下打了個滾，翻身爬起，躍到楊過面前。楊過只道他又要動手，退後一步，那知他突然雙膝落地，磕頭道：「大師兄，你須念前世恩師之情。師父身受重傷，正自行功自療，你若驚動了他，那可……那可……」說到後來，喉頭哽咽，淚水長流。楊過雖不懂他蒙古話，但見他神情激動，國師又容顏憔悴，已明白了七八分，忙扶他身起，說道：「我決不傷害尊師。」達爾巴見他臉色和善，雖不懂他說話，卻已消去了敵意。

就在此時，金輪國師睜開眼來，見到楊過，大吃一驚，適才他入定運氣，並未聽到楊過與達爾巴對答之言，斗見大敵當前，長嘆一聲，緩緩說道：「我枉自修練多年，總是勘不破名關，卻不道今日喪身中原。」原來他受巨石撞擊，內臟受了重傷，這些日來躭在荒山頂上結廬療傷，不意楊過竟跟蹤過來，此時固絲毫用不得力，即令達爾巴將楊過逐走，爭鬥之時也必使他心神不定，重傷難愈。

那知楊過躬身唱喏，說道：「在下此來，非與大師爲敵，請勿多心。」國師搖了搖頭，待要說話，胸口突然劇痛，急忙閉目運氣。楊過走進茅棚，伸出右掌，貼在他背心的「至陽穴」上。這穴道在第七脊椎之下，乃是人身督脈的大穴。達爾巴一見之下，大驚失色，揮拳便要向楊過攻去。楊過搖搖左掌，向他使個眼色。達爾巴見師父神情無異，臉上且微帶笑意，這一拳舉起了便不打下去。

楊過修爲不深，於金剛宗內功更一無所知，掌心隱隱感到他體內氣息流動，便潛運內力，將一股熱氣助他上通靈台、神道、身柱、陶道各穴，下通筋縮、中樞、脊中、懸樞各穴，盡其所能，僅能維護他的督脈。達爾巴武功雖強，練的都是外功，不能助師療傷，這些日子中只有乾著急的份兒。此刻金輪國師既無後顧之慮，便氣走任脈，全力調理前胸小腹的傷勢，只一個多時辰，疼痛大減，臉現紅潤，睜眼向楊過點首爲謝，合掌說道：「楊居士，你何以忽來助我？」楊過也不隱瞞，將最近得悉郭靖夫婦害死他父親、現下決意要前去報仇、無意中跟隨達爾巴上山等情說了。

金輪國師雖知這少年甚是狡黠，十句話中連一句也難信，但他今日於殺己易於反掌之際反而相助療傷，對己確然絕無敵意，便道：「原來居士身上尚負如此深仇大恨。但郭靖夫婦武功深湛，楊居士要報此仇，只怕不易呢。」楊過默然，過了一會，說道：

「那麼我父子兩代都死在他手下，也就罷了！」國師道：「我初時自負天下無敵，欲以一人之力，壓倒中原羣雄，爭那武林盟主之位。但中土武人不講究單打獨鬥的規矩，大夥兒來個一擁而上，那只好另作打算了。老衲傷愈之後，須得多邀高手相助。我方聲勢一大，中原武師不能恃多爲勝，大家便能公平決個勝敗。你可有意參與我方麼？」

楊過待要答允，卻想起蒙古兵將屠戮之慘，說道：「我不能相助蒙古。」國師搖頭道：「你想單槍匹馬去殺郭靖夫婦報仇，那可難上加難。」

楊過沉吟半晌，說道：「好，我助你取武林盟主，你卻須助我報仇。」國師伸出手掌，說道：「大丈夫一言爲定，擊掌以誓。」二人擊掌三下，訂了盟約。楊過道：「我只助你爭盟主之位，你如幫蒙古人攻取江南，殺害百姓，我可要跟你敵對了。」

國師笑道：「你是漢人，那也勉強不來。楊兄弟，你的武功花樣甚多，不是我倚老賣老說一句，博採衆家固然甚妙，但也不免駁而不純。你最擅長的到底是那一門功夫？要用甚麼武功去對付郭靖夫婦？」

這些話可將楊過問得張口結舌，難以回答。他一生遭際不凡，性子又貪多務得，全眞派的、歐陽鋒的、古墓派的、九陰眞經、洪七公的、黃藥師的，諸般武功著實學了不少，卻又均初窺門徑，而沒深入。這些功夫每一門都精奧無比，以畢生精力才智鑽研探究，亦難望其涯岸，他東摘一鱗、西取半爪，卻沒一門功夫練到眞正第一流的境界。遇到次等對手之時，施展出來固然五花八門，令人眼花繚亂，但遇到絕頂高手，卻不免相形見絀，便和金輪國師的弟子達爾巴、霍都相較，也尚有不及。他低頭凝思，覺金輪國師這幾句話實是當頭棒喝，說中了他武學的根本大弊。

轉念又想：「我既已決意娶姑姑爲妻，卻何以又到處留情？程家妹子、媳婦兒，還有那完顏萍。我對她們既無眞情，何以又不規規矩矩的？這眞是貪多嚼不爛了。」再想：「不論洪七公、黃島主、我義父歐陽鋒、郭伯伯、金輪國師、甚至全眞七子，凡卓然而成名家者，都必精修本門功夫，別派武功他們並非不懂，卻只明其家數，並不研習，然則我該當專修那一門功夫？」在情在理，自當專研古墓派的「玉女心經」才是，但想到洪七公的打狗棒法如此奧妙、黃藥師的玉簫劍法這等精微，置之不理，豈非可惜？而義父的蛤蟆功與經脈逆行、九陰眞經中的諸般功夫，無一不是以一技即足以揚名天下，好不容易學到，又怎能棄之如遺？

他走出茅棚，在山頂上負手而行，苦苦思索，甚是煩惱，想了半天，突然間心念一動：「我何不取各派所長，自成一家？天下武功，均由人所創，別人既然創得，我難道就創不得？」想到此處，眼前登時大現光明。

他自辰時想到午後，又自午後苦思至深夜，在山峯上不飲不食，生平所見諸般精妙武功在腦海中此來彼往，相互激盪。他曾見洪七公與歐陽鋒口述比武，自己也曾口講指劃而將李莫愁驚走，此時腦中諸家武功互爭雄長，比口述更加迅速激烈。想到後來，不由自主的揮拳踢腿的施展起來。初時還能分辨這一招學自洪七公，那一招學自歐陽鋒，到得後來竟紊不可理，心中如亂絲般絞成一團，再難支持，仰天摔倒，昏了過去。

達爾巴遙遙望見他瘋瘋顛顛，指手劃腳，不知幹些甚麼，突然見他摔倒，大吃一驚，要去相救。金輪國師笑道：「別去拂亂他心思。只可惜你才智平庸，難明其中道理。」

楊過睡了半夜，次晨一早起來又想。七日之中，接連昏迷了五次。說要綜納諸門，自創一家，那是談何容易？以他此時的識力修為固絕難成功，且更不是十天半月之事。連想數日之後，驀地裏恍然有悟，明白諸般武術皆可為我所用，既不能合而為一，也就不必強求，日後臨敵之際，當用則用，適使即使，不必去想其出處來歷，也已與自創一派相差無幾。想明白了此節，登時心中舒暢。

金輪國師這數日運功自療，有時又得楊過伸手相助，傷勢愈了八九成，已可行動如常，這日見楊過突然神情平和、一副成竹在胸的模樣，知他於武學之道已進了一層，說道：「楊兄弟，我帶你去見一個人。此人雄才偉略，豁達大度，包你見了心服。」楊過問：「是誰？」國師道：「蒙古王子忽必烈。他是成吉思汗之孫，皇子拖雷的第四子。」

楊過自見蒙古軍士大肆暴虐，對蒙古人極感憎惡，皺眉說道：「我急欲去報殺父大仇，那蒙古王子卻不必見了。」國師笑道：「我已答允助你，豈能失信？但我由當朝太后派給忽必烈王子麾下在漠南辦事，須得向他稟告一聲。他王帳離此不遠，一日可至。」楊過無奈，自忖絕非郭靖、黃蓉夫婦的對手，不論鬥智鬥力，都相去不可以道里計，不得金輪國師相助，此仇難報，只得和他同去。

金輪國師受封蒙古第一護國國師，蒙古兵將對他極是尊崇，一見到來，立即通報王爺。蒙古人世世代代向居帳篷，雖然入城，仍不慣宮室，因此忽必烈也住在營帳之中。國師攜著楊過之手走進王帳。楊過見那營帳比之尋常蒙古營帳大逾一倍，帳中陳設卻甚簡樸。一個青年男子科頭布服，正坐著看書。那人見二人進帳，忙離座相迎，笑吟吟的道：「多日不見國師，常自思念。」金輪國師道：「王爺，我給你引見一位少年英雄。這位楊兄弟年紀雖輕，卻是一位了不起的人傑。」

楊過只道忽必烈是成吉思汗之孫，外貌若非貴盛尊榮，便當威武剛猛，那知竟是這麼一個會說漢語、謙和可親的青年人，頗覺詫異。

忽必烈向楊過微一打量，左手拉住國師，向左右道：「快取酒來，我和這位兄弟喝一碗。」左右送上三隻大斗，倒滿了蒙古的馬乳酒。忽必烈接過來一飲而盡，國師也自乾了。楊過平素甚少飲酒，此時見主人如此脫略形跡，不便推卻，也即舉斗飲乾，只覺那酒極是辛烈，頗帶酸味。忽必烈笑道：「小兄弟，這酒味可美麼？」

楊過道：「此酒辛辣酸澀，入口如刀，味道不美，卻是男子漢大丈夫的本色。」

忽必烈大喜，連聲呼酒，三人各盡三斗。楊過仗著內力精湛，喝得絲毫不動聲色。忽必烈喜道：「國師，你何處覓得這位好人才？眞乃我大蒙古之幸。」國師當下將楊過的經歷約略一說，言語中將他身分抬得甚高，隱然當他是中原武林的一位大人物，自己爭奪武林盟主，受挫於楊過干撓一事，也不隱匿。楊過給他這麼一捧，不自禁也有些飄飄然之感。

忽必烈奉命南取大宋江山，在中原久了，心慕漢化，日常與儒生爲伍，讀經學書（注），又廣聘武學高人，結交賓客，策劃南下攻宋。若爲旁人，見楊過如此年輕，定然難信，但忽必烈才智卓絕，氣度恢宏，眼光遠大，對金輪國師又深信不疑，大喜之下，即命大張筵席。

不多時筵席張布，酒肉滿几，蒙漢食事各居其半。忽必烈向左右道：「請招賢館的幾位英雄來見。」左右應命出帳。忽必烈道：「這幾日招賢館中又到來幾位賓客，各懷異能，實爲國家之福，只不及國師與楊君那麼文武全才了。」

言談間左右報稱客到，帳門開處，走進四個人來。當先一人身材高瘦，臉無血色，形若殭屍，忽必烈向國師與楊過引見，說是湘西名宿瀟湘子。第二人既矮且黑，乃是來自天竺的高手尼摩星。其後兩人一個身高八尺，粗手大腳，臉帶傻笑，雙眼木然；另一個高鼻深目，曲髮黃鬚，是個胡人，身上穿的卻是漢服，頸懸明珠，腕帶玉鐲，珠光寶氣。忽必烈分別引見，那巨漢是西域回疆人，名叫麻光佐。那胡人是波斯大賈，祖孫三代在汴梁、長安、太原等地販賣珠寶，取了個中國姓名叫作尹克西。

尼摩星與瀟湘子聽說金輪國師是「蒙古第一國師」，冷冷的上下打量，臉上均有不服之色，見楊過年紀幼小，只道是國師的徒子徒孫，更沒放在心上。酒過三巡，尼摩星忍耐不住，說道：「王爺，大蒙古地方大大的，這個大和尚是第一國師的，武功定是很大很大的，我們想要瞧瞧的。」忽必烈微笑不語。瀟湘子接口道：「這位尼摩星仁兄來自天竺，咱們素知吐蕃和蒙古的武功傳自天竺，難道世上當眞有青出於藍之事麼？兄弟可有點不大相信了。」

金輪國師見尼摩星雙目炯然生光，瀟湘子臉上隱隱透著一股青氣，知這兩人內功均深；尹克西則嘻嘻哈哈、竭力裝出一股庸俗市儈氣，心想漢人言道：良賈深藏若虛，此人越顯無能，只怕越有家底，倒不可小看了，那巨漢麻光佐卻不必掛懷，微微一笑，說道：「老衲受封國師，是太后、大汗和四王子殿下的恩典，老衲本來愧不敢當。」

瀟湘子道：「那你就該避位讓賢啊。」說著眼睛向尼摩星斜望，嘴角邊微微冷笑。

國師伸筷子夾了一大塊牛肉，笑道：「這塊牛肉是這盤中最肥大的了，老衲原也不想吃它，只是偶爾伸筷，偶爾夾著，在佛家稱爲緣法罷了。那一位居士有興，儘可夾去。」說著舉筷停在盤上，靜候各人來夾。

麻光佐不明白金輪國師語帶機鋒，說的是一塊肥大牛肉，其意所指卻是蒙古第一國師的高位，見他夾著牛肉讓客，當即伸筷去接。他筷頭將要和牛肉碰到，國師手中的一根筷子突然橫出，與他筷子輕輕一碰，麻光佐只感手臂劇震，把揑不定，一雙筷子竟落在桌上。國師的筷子放開了牛肉，牛肉尚未落到桌上，他筷子已及時縮回，夾住了牛肉。衆人愕然相顧。麻光佐還未明白，拾起筷子，五根手指牢牢抓住，心想：「這次你總再也碰不下了。」伸筷再去夾肉。國師又是一筷橫出，這一次麻光佐抓得極緊，果然震他不下，卻聽得喀喇一聲輕響，他一雙筷子斷爲四截，猶如刀斬一般，兩個半截落在桌上。

麻光佐大怒，大吼一聲，撲上去要和國師廝拚。忽必烈笑道：「麻壯士不須動怒，若要比武，待用完飯再較量不遲。」麻光佐畏懼王爺，恨恨歸座，指著國師喝道：「你使甚麼妖法，弄斷了我的吃飯傢伙？」國師一笑，筷子仍夾著牛肉，伸在身前。

尼摩星初時也沒將金輪國師放在眼內，待得見他內力深厚，再也不敢小覷。他是天竺國人，吃飯不用筷子，只用手抓，說道：「肥牛肉，大漢子搶不到的，我，想吃的。」突然五指如鐵爪，猛往肉上抓去。國師橫出右邊一根筷子，快如閃電般顫了幾顫，分點他手心、手腕、手背、虎口、中指指尖五處穴道。尼摩星手掌急翻，呼的一聲，向他手腕斬落。國師手臂不動，倒豎筷子，又顫了幾顫，尼摩星突覺筷尖觸到自己虎口，疾忙縮回。國師那根筷子轉了回去，仍將牛肉夾住。他出筷點穴，快捷無倫，數顫而回，牛肉尚未落下。

楊過等都瞧得明白，就在這霎時之間，二人已交換了數招，國師出筷固然極快，尼摩星能在間不容髮之際及時縮手避開，武功也著實了得。瀟湘子陰惻惻的叫了聲：「好本事！」忽必烈知道二人以上乘武功較勁，但使的是甚麼功夫卻瞧不出來。麻光佐睜著一雙銅鈴般的大眼，望望這個，瞪瞪那個，不明所以。

尹克西笑嘻嘻的道：「各位太客氣啦！你推我讓，你也不吃，我也不吃，卻讓得菜都冷了。」說著慢吞吞的伸出筷子，手腕上一隻翡翠鐲、一隻鑲金玉鐲相互撞得玎玎璫璫亂響。他筷頭尚未碰到牛肉，國師的筷子已給他內勁激得微微一盪，原來他竟搶了先著，使內勁逼得國師的筷子伸不出來。國師索性將筷子前送，讓他夾著，勁力傳到他筷上，再向他手臂撞去。尹克西忙運勁還擊。那知國師的內勁忽發即收，牛肉本已給尹克西夾去，給他自己的勁力一送，重又交回到國師筷上。國師笑道：「尹兄定要推讓，實在太客氣了。」這一下是以巧取勝。尹克西中計，同時也已試出對方內力遠勝於己，好在並未出醜，當即微微一笑，轉筷在盤中夾了一小塊牛肉，笑道：「兄弟生平所愛，只是珠寶財帛，肥牛肉卻不大喜歡，還是吃塊小的罷。」說著送肉入嘴，慢慢咀嚼。

金輪國師心想：「這波斯胡氣度倒不凡。」轉頭向瀟湘子道：「老兄如此謙讓，老衲只好自用了。」說著筷子微微向內縮了半尺。他猜想瀟湘子內力不弱，不敢大意，筷子縮回半尺，就是發出內勁時近了半尺，而對方卻遠了半尺。瀟湘子冷笑一聲，筷子緩緩舉起，突然搶出，夾住了牛肉，借勢回奪，竟給他拉回了半尺。

金輪國師沒料到他手法如此快捷，急忙運勁回奪，那牛肉便又一寸一寸的移了回來。瀟湘子站起身來，左手據桌，只震得桌子格格直響，卻阻不住牛肉向國師面前移動之勢。眼見金輪國師神態悠閒，瀟湘子額頭汗珠湧出，強弱之勢已分。

忽聽得遠處有人高聲叫道：「郭靖，郭兄弟，你在那裏？快快出來，郭靖，姓郭的小子哪！」呼聲初時發自東邊，倏忽之間卻已從西邊傳來。東西相距幾有里許之遙，似是一人喊畢，第二人跟著接上，但語音卻是一人，而且自東至西連續不斷，此人身法之快，呼聲中內力之強，均爲世上少見。

各人愕然相顧之際，瀟湘子放鬆筷子，頹然坐下。金輪國師哈哈一笑，說道：「承讓，承讓！」正要將牛肉送入口中，突然帳門揚起，人影閃動，一人伸手將國師筷上那塊肥牛肉搶了過去，咬了一半，放入口中大嚼。

這一下衆人都大吃一驚，同時站起，看那人時，卻是個白髮白鬚的老人，滿臉紅光，笑容可掬。只見他在帳內地下的氈上一坐，左手撥開白鬍子，右手將餘下半塊牛肉往口中送去，吃得嗒嗒有聲。

帳門口守衛的武士沒攔住白鬚老人，猛喝：「捉刺客。」早有四柄長矛齊向他胸間搠去。那老人伸出左手，一把抓住四個矛頭，向楊過道：「小兄弟，再拿些牛肉來吃，我肚子餓得狠了。」四名蒙古武士用力推前，竟紋絲不動，隨即使力回奪，但四人掙得滿臉通紅，四柄長矛竟似鑄入了一座鐵山，連半寸也拉不回轉。

楊過看得有趣，拿起席上的那盤牛肉，平平向他飛去，說道：「請用罷！」

那老人右手抄起盤子，托在胸前，突然盤中一塊牛肉跳將起來，飛入他口中，猶如活了一般。忽必烈看得有趣，只道他會玩魔術，喝一聲采。金輪國師等卻知那老人手掌局部運力，推動盤中的某一塊牛肉激跳而出。常人隔著盤子用力敲擊，原可震得牛肉跳起，但定是衆肉齊飛，汁水淋漓，要牛肉分別一塊塊躍出卻萬萬不能，這老人的掌力實已到了所施無不自如的境地，席上衆人自量無法做到，均起敬畏之心。

那老人不停咀嚼，剛吞下一塊牛肉，盤中又跳起一塊，片刻之間，將一盤牛肉吃了一半。他吃得夠了，右手輕揚，盤子脫手上飛，在半空中劃個弧形，向楊過與尹克西飛去。楊尹二人見他功夫了得，生怕在盤上暗中使了怪勁，不敢伸手去接，忙分向兩旁讓開。那盤子平平的貼著桌面飛來，對準了一盤烤羊肉一撞，那盤羊肉便向老人飛去，牛肉盤在桌上轉了幾個圈子，停住不動。原來他使的是股「太極勁」，如太極圖一般周而復始，連綿不斷，若在空曠處擲出盤子，那盤就會繞身兜圈。這股勁力使發也並不甚難，頗多善變幻術之人均擅此技，所難者是勁力拿捏恰到好處，剛巧飛向席上一撞，牛肉盤停住，而將另一盤食物送到他手中。

那老人哈哈大笑，極是得意，手掌運勁，烤羊肉又一塊塊躍起，飛入他嘴裏。其時最狼狽的莫過於那四名蒙古武士，用力奪回長矛固然不能，而放手卻又不敢。蒙古軍法極嚴，臨陣抛棄兵刃是殺頭的死罪，何況四人身負護衛四王子的重任，只得使出吃奶的力氣來與之爭奪。

那老人見他們手足無措，高興之極，突然喝道：「變變變，兩個給我磕響頭，兩個仰天摔一交！一二三！」那「三」字剛說完，手臂一震，四根長矛同時斷折。他五指使力的方向不同，在兩根長矛上運力外推，對另外兩根長矛卻向內拉扯，只聽得「啊喲」連聲，果然兩名武士俯跌下去，如同磕頭，另外兩名武士卻仰天摔跌。那老人拍手唱道：「小寶寶，滾元寶，跌得重，長得高！」唱的是首兒歌，那是當小孩跌交之時，大人唱來安慰他的。

尹克西猛地省起，問道：「前輩可是姓周？」那老人笑道：「是啊，哈哈，你認得我麼？」尹克西站起身來，抱拳說道：「原來是老頑童周伯通周老前輩到了。」瀟湘子素聞其名，金輪國師與尼摩星卻不知周伯通的名頭，但見他武功深湛，行事卻頑皮胡鬧，果然不枉了「老頑童」三字的稱號。各人登時減了敵意，臉上都露出笑容。

金輪國師道：「請恕老衲眼拙，未識武林前輩。便請入座如何？王爺求賢若渴，今日得見高人，定必歡喜暢懷。」忽必烈拱手道：「正是，周先生即請入座。」周伯通搖頭道：「我吃得飽了，不用再吃。郭靖呢，他在這裏麼？」楊過曾聽黃藥師說過周伯通與郭靖結拜之事，冷冷的道：「你找他幹甚麼？」

周伯通自來天眞爛漫，最喜與孩童接交，見座中楊過年紀最小，先便歡喜，又聽他直稱自己爲「你」，不說甚麼「老前輩」、「周先生」，更加高興，說道：「郭靖是我拜把子的兄弟，你認得他麼？他從小愛跟蒙古人在一起，因此我見到蒙古包，就鑽進來找找。」楊過皺眉道：「你找郭靖有甚麼事？」周伯通心無城府，那知隱瞞心中之事，隨口答道：「他派人送個信給我，叫我去赴英雄大宴。我老遠趕去，路上玩了幾場，遲到了幾日，他們卻早已散了，教人好沒興頭。」楊過道：「他們沒留下書信給你麼？」

周伯通白眼一翻，說道：「你爲甚麼儘盤問我？你到底識不識得郭靖？」楊過道：「我怎麼不識？郭夫人名叫黃蓉，是不是？他們的女兒名叫郭芙，是不是？」周伯通拍手笑道：「錯啦，錯啦！黃蓉這丫頭自己也是個小女孩兒，有甚麼女兒？」

楊過一怔，隨即會意，問道：「你和他夫妻倆有幾年不見啦？」周伯通扳著手指頭兒計數，十隻手指每一隻屈了兩遍，說道：「總有二十年了罷。」楊過笑道：「對啊，她隔了二十年還是小女孩兒麼？這二十年中她不會生孩子麼？」

周伯通哈哈大笑，只吹得白鬚根根飄動，說道：「是你對，是你對！他們夫妻小兩口兒，生的女兒可也挺俊嗎？」楊過道：「那女孩兒相貌像郭夫人多些，像郭靖少些，你說俊不俊呢？」周伯通呵呵笑道：「那就好啦，一個女孩兒倘若濃眉大眼，黑黑的臉蛋，像我郭兄弟一般，那自然美不了。」楊過知他再無懷疑，為堅其信，又道：「黃蓉的爸爸桃花島主黃藥師黃兄，跟我是好朋友，你可認得他麼？」周伯通一怔，說道：「你這娃娃，怎麼能跟黃老邪稱兄道弟？你師父是誰？」楊過道：「我師父的本事大得緊，說出來只怕嚇壞了你。」周伯通笑道：「我才嚇不壞呢。」右手一揚，手中空盤向他疾飛過去，呼呼風響，勢道猛烈異常。

楊過早知周伯通是馬鈺、丘處機他們的師叔，又見他揚手時臂不內曲，全以指力發出，正是全真派的手法。他對全真武功的門道自無所畏懼，伸出左手食指，在盤底一頂，那盤子就在他手指上滴溜溜轉動。這一下周伯通固大為歡喜，而瀟湘子、尹克西、尼摩星等也羣相聳動。瀟湘子初時見楊過衣衫襤褸，年紀幼小，那將他放在眼內，此刻卻想：「憑這盤子飛來之勢，我便不敢伸手去接，更何況單憑一指之力？只消有半點摸不準力道的來勢，連手腕也得折斷了。卻不知這少年是甚麼來歷？」

周伯通連叫幾聲：「好！」也已瞧出他以指頂盤是全真一派的家數，問道：「你識得馬鈺、丘處機麼？」楊過道：「這兩個牛鼻子小娃子我怎不認識？」周伯通大喜。他與丘處機等雖無芥蒂，總覺他們清規戒律煩多，太過拘謹，內心委實瞧他們不起。他生平最佩服的除師兄王重陽外，就是放誕落拓的九指神丐洪七公，而與黃藥師之邪、郭靖之戇、黃蓉之巧，也隱隱有臭味相投之感。這時聽楊過稱馬鈺、丘處機爲「牛鼻子小娃子」，極爲入耳，又問：「郝大通他們怎樣啦？」

楊過一聽「郝大通」三字，怒氣勃發，罵道：「這牛鼻子混蛋得很，終有一日，我要讓他好好吃點兒苦頭。」周伯通興致越來越高，問道：「你要給他吃點甚麼苦頭？」楊過道：「我捉著他綁住了手足，在糞缸裏浸他半天。」周伯通大喜，悄聲道：「你捉著他之後，可別忙浸入糞缸，你先跟我說，讓我在旁偷偷瞧個熱鬧。」他對郝大通其實並無半分惡意，只天性喜愛惡作劇，旁人胡鬧頑皮，投其所好，非來湊趣不可。楊過笑道：「好，我記得了。可是你幹麼要偷偷的瞧？你怕全眞教的牛鼻子麼？」周伯通嘆道：「我是郝大通的師叔啊！他瞧見我，自然要張口呼救。那時我如不救，未免不好意思，但來相救，好戲可又瞧不到啦。」

楊過暗自沉吟：「此人武功極強，性子倒也樸直可愛，不妨跟他交個朋友，但他總是全眞派的，又是郭靖的把兄。成大事者不拘小節，須得設法除了他才好。」周伯通那知他心中起了毒念，又問：「你幾時去捉郝大通？」楊過道：「我這就去。你愛瞧熱鬧，就跟我來罷。最好你幫我一起捉！」

周伯通大喜，拍著手掌站起身來，突然神情沮喪，又坐了下來，說道：「唉，不成，我得上襄陽去。」楊過道：「襄陽有甚麼好玩？還是別去罷。」周伯通道：「郭兄弟在陸家莊留書給我，說道蒙古大軍南下，必攻襄陽。他率領中原豪傑趕去相助，叫我也去出一把力。我一路尋他不見，只好追去襄陽了。」忽必烈與金輪國師對視了一眼，均想：「原來中原武人大隊趕去襄陽，相助守城。」

正說到此處，帳門中進來一個和尚，約莫四十來歲年紀，容貌儒雅，神色舉止均似書生。他走到忽必烈身旁，兩人交頭接耳的說了幾句。這和尚是漢人，法名子聰，是忽必烈的謀士。他俗家姓劉名侃，又名劉秉忠，少年時在縣衙爲吏，後來出家爲僧，學問淵博，審事精詳，忽必烈對他甚是信任（注）。他得到衛士稟報，說王爺帳中到了異人，當即入見。

周伯通撫了撫肚皮，道：「和尚，你走開些，我在跟小兄弟說話。喂，小兄弟，你叫甚麼名字？」楊過道：「我姓楊名過。」周伯通又問：「你師父是誰？」楊過道：「我師父是個女子，她相貌美得不得了，武功又高，可不許旁人提她的名字。」

周伯通打個寒噤，心想天下女子相貌美得不得了，武功又高的，除了自己的舊情人瑛姑之外，更有何人？登時不敢再問，站起身來，伸袖子一揮身上的灰塵，登時滿帳塵土飛揚。子聰忍不住打了兩個噴嚏。周伯通大樂，衣袖揮得更加起勁，突然大聲笑道：「我去也！」左手一揚，四柄折斷的矛頭向瀟湘子、尼摩星、尹克西、麻光佐四人激射過去。四柄矛頭夾著嗚嗚破空之聲，去勢奇速，相距又近，剎那間已飛到四人眼前。

瀟湘子等一驚，見閃避不及，只得各運內勁去接，那知四隻手伸出去，一齊接了個空，噗的一聲大響，四柄矛頭都插入四人面前地下土中。原來他這一擲之勁，即發即收，矛頭剛飛到四人身前，突然轉彎插地。麻光佐是個戇人，只覺有趣，哈哈大笑，叫道：「白鬍子，你的戲法眞多。」瀟湘子等三人卻大爲驚駭，忍不住變色，均想適才這一接不中，矛頭轉彎，自己的性命實已交在對方手裏，矛頭若非轉而落地，卻是插向自己小腹，憑他這一擲的剛猛勁力，那裏還有命在？

周伯通戲弄四人成功，極是得意，笑聲不絕，走到營帳門口，忽地童心大起，揮掌劈向營帳支柱，那柱子喀的一聲斷了，一座牛皮大帳登時落將下來，將忽必烈、金輪國師、楊過等一齊蓋罩在內。周伯通大喜，縱身帳上，來回奔馳，將帳內各人都踏到了。金輪國師在帳內揮掌拍出，正好擊在他腳底心。周伯通只覺一股大力衝到，卻也抵擋不住，一個觔斗翻了下來，大叫：「有趣，有趣！」揚長而去。

待得國師等護住忽必烈爬出，衆侍衛七手八腳換柱立帳，周伯通早去得遠了。國師與瀟湘子等齊向忽必烈謝罪，自愧護衛不周，驚動了王爺。忽必烈並不介懷，反不絕口的稱讚周伯通本事，說如此異人不能羅致帳下，甚感可惜。國師等均有愧色。

忽必烈道：「蒙古大軍數攻襄陽，始終難下。眼下中原豪傑聚會守城，這周伯通又去相助，倒是件棘手之事，不知各位有何妙策？」尹克西道：「這周伯通武功雖強，咱們也未必就弱於他了。王爺儘管攻城，咱們兵對兵，將對將，中原固有英雄，西域也有能人。」忽必烈道：「話雖不錯，但漢人兵書有云：『未戰而廟算勝者，得算多也。多算勝，少算不勝。』進兵之前，務須成竹在胸。」子聰道：「王爺之見，極爲英明……」

他一言未畢，忽聽帳外有人叫道：「我說過不去就不去，你們軟請硬邀，全都沒用。」正是周伯通在大叫大嚷，不知他何以去而復來，又在和誰說話，衆人好奇心起，均想出帳查看。忽必烈笑道：「大家去瞧瞧，不知那老頑童又在跟誰胡鬧了。」

衆人步出帳外，只見周伯通遠遠站在西首的曠地上，四個人分站南、西、西北、北四個方位，成弧形將他圍住，卻空出了東面。周伯通伸臂攘拳，大聲叫嚷：「不去，不去！」楊過心中奇怪：「他若不去，又有誰勉強得了？何必如此爭吵？」看那四人時，都是一式的綠袍，服色奇古，並非當時裝束。三個男人均是中年，各戴高冠，站在西北方的則是個少女，腰間一根綠色綢帶隨風飄舞。

只聽站在北方的男子說道：「我們並非有意爲難，不過尊駕踢翻丹爐、折斷靈芝、撕毀道書、焚燒劍房，只得屈請大駕，親自向家師說明，否則家師怪責，我們做弟子的擔當不起。」周伯通嬉皮笑臉的道：「你就說是一個老野人路過，無意中闖的禍，不就完了？」那男子道：「尊駕是一定不肯去的了？」周伯通搖搖頭。

那男子伸手指著東方道：「好啊，好啊，是他來了。」周伯通回頭一看，不見有人。那男子做個手勢，四人手中突然拉開一張綠色的大漁網，兜頭向周伯通罩落。這四人手法熟練無比，又古怪萬分，饒是周伯通武功出神入化，給那漁網一罩住，登時手足無措，只聽得他大呼小叫、喚爹喊娘，卻給四人提著漁網東繞西轉，綁了個結結實實。一個男子將他負在肩頭，餘下三人持劍在旁相護，向東飛奔而去。

楊過本有暗害周伯通之意，用意只在利於報仇，但這惡念在心頭一閃即過，他與老頑童無怨無仇，又覺他天眞爛漫，便想和他結交爲友，見周伯通遭擒，心道：「我非救他不可。」提氣追去，叫道：「喂，喂！你們捉他到那裏去？快放了他。」

忽必烈低聲囑咐：「國師，這位周先生是個人才，最好能收羅過來，別讓他去助守襄陽，以增對方力量。」國師應道：「是，小僧跟去瞧瞧，相機行事。」尼摩星等也願同行，當即快步隨後追去。

奔行數里，與楊過會齊，來到一條溪邊，望見那四人扛著周伯通上船，兩人扳槳，溯溪上行。楊過大叫：「這老先生是我朋友，你們快放開他！」衆人沿岸追趕，追了里許，見溪中有艘小舟，當即入舟。麻光佐力大，扳槳而划，頃刻間追近數丈。但溪流曲折，轉了幾個彎，忽然不見了前舟影蹤。

尼摩星從舟中躍起，登上山崖，霎時間猶如猿猴般爬上十餘丈，四下眺望，見綠衫人所乘小舟已划入西首一條極窄的溪水之中。溪水入口處有一大叢樹木遮住，若非登高俯視，眞不知這深谷之中居然別有洞天。他躍回舟中，指明了方向，衆人忙倒轉船頭，划向來路，從那樹叢中划了進去。溪洞山石離水面不過三尺，衆人須得橫臥艙中，小舟始能划入。划了一陣，但見兩邊山峯壁立，抬頭望天，只餘一線。山靑水碧，景色極盡淸幽，四下裏寂無聲息，隱隱透著凶險。又划出三四里，溪心忽有九塊大石迎面聳立，猶如屏風一般，擋住了來船去路。大石之間稍有縫隙，可容溪水流過。

麻光佐首先叫起來：「糟啦，糟啦，這船沒法划了。」瀟湘子陰惻惻的道：「你一身牛力，將船提了過去罷。」麻光佐怒道：「我可沒這般大力，除非你殭屍來使妖法。」

金輪國師當二人爭吵之先，早自尋思：「那小舟如何過得這九個石屏風？」聽了二人之言，說道：「憑一人之力，任誰都拔不起這船，咱們六人合力，那就成了。楊兄弟、尹兄和我三人一面，尼兄、瀟湘兄、麻兄三位一面，六人合力齊施如何？」

衆人同聲叫好，依著他的分派，六人分站兩旁，各自在山石上尋到了堅穩立足之處，好在那溪極是狹窄，六人站立兩旁，伸出手來足夠握到船邊。國師叫一聲：「起！」

六人同時用力。六人中只楊過與尹克西力氣較小，其餘四人都力兼數人，麻光佐尤具神力，只聽得波的一聲，小舟離開水面，已越過了那九塊大石組成的石屏。

衆人躍回船頭，一齊撫掌大笑。這六人本來勾心鬥角，相互間頗存敵意，經此一番齊心合力，自然而然的親密了幾分。

瀟湘子道：「我們六人的功夫雖不怎麼樣，在武林中總也挨得上是一流好手，六人合力抬一艘小船，原也算不了難事，可是……」尼摩星搶著道：「四個綠衫子的男的女的，武功胡裏胡塗的，怎麼小船抬得過大石的？」六人中倒有五人早在暗暗詫異，只有麻光佐卻在思索他說「武功胡裏胡塗的」是甚麼意思。尼摩星道：「他們的船小的，人的……人的……四個人……也少的。四個人能夠這麼……這麼幹的，力氣也就……就好的。」尹克西道：「那三個男子也還罷了，另一個嬌滴滴的十七八歲大姑娘，決計沒此本事，這大石中料來另有機關，咱們一時猜想不透罷了。」

國師微微一笑，說道：「人不可以貌相，如我們這位楊兄弟，他小小年紀，卻身負絕頂武功，若非我們親眼得見，誰又信來？」楊過謙道：「小弟末學後進，有何足道？但那四個綠衫人居然能將周伯通綁縛而去，自有過人之處。」他口中謙遜，但說話之間已與瀟湘子等一流名家稱兄道弟。衆人親見他以一指之力接了周伯通的飛盤，均已不輕視於他，聽他這番話說得有理，都紛紛猜測起來。

這六人中楊過年幼，國師久在蒙古，麻光佐、尼摩星二人向在西域，瀟湘子荒山獨修，素不與外人交往，只尹克西於中原武林的門派、人物、武功，所知甚是廣博，但對這四個綠衣男女的來歷卻也想不起半點端倪。說話之間，已划到小溪盡頭，六人棄舟登陸，沿小徑向深谷中行去。

山徑只一條，倒不會行錯，但山徑越行越高，也越崎嶇，天色漸黑，仍不見那四個綠衫人影蹤。正感焦躁，忽見遠處有幾堆火光，衆人大喜，均想：「這荒山窮谷之中，有火光自有人家，除了那幾個綠衣人之外，常人也決不會住在如此險峻之地。」發足向前奔去，心知身入險地，各自戒備。各人過去都曾獨闖江湖，多歷凶險，此時六大高手並肩入山，天下有誰擋得？是以雖存戒心，卻無懼意。

行不多時，到了山峯頂上一處平曠之地，只見一個極大的火堆熊熊而燃，再走近數十丈，火光下已看得明白，火堆之後有座石屋。

尼摩星大聲叫道：「喂，喂，有客人來的！你們快出來的。」石屋門緩緩打開，出來四人，三男一女，正是日間擒拿周伯通的綠衫人。四人躬身行禮，右首一人道：「貴客遠來，未克相迎，實感歉仄。」國師道：「好說，好說。」那人道：「列位請進。」

金輪國師等六人走進石屋，只見屋內空蕩蕩地，除幾張桌椅外一無陳設。四個綠衫男女跟著入內，坐在主位。當先一人道：「不敢請問六位高姓大名。」尹克西最擅言詞，笑吟吟的將五人身分說了，最後說道：「在下名叫尹克西，是個波斯胡人，我的本事除了吃飯，就是識得些珠玉寶物，可不像這幾位那樣個個身負絕藝。」

那綠衫人道：「敝處荒僻得緊，從無外人到訪，今日貴客降臨，幸何如之。卻不知六位有何貴幹？」尹克西笑道：「我們見四位將那老頑童周伯通捉拿來此，好奇心起，是以過來瞧瞧。貴處景色幽雅，令人大開眼界，實不虛此行。」

第一個綠衫人道：「那搗亂的老頭兒姓周麼？也不枉了他叫做老頑童。」說著恨恨不已。第二個綠衫人道：「各位和他是一路的麼？」國師接口道：「我們和他也是今日初會，說不上有甚交情。」楊過道：「他是我朋友，請你們放了他。」

第一個綠衫人道：「那老頑童闖進谷來，蠻不講理的大肆搗亂。」國師問道：「他搗亂了甚麼？當眞是如各位所說，又撕壞書本，又放火燒屋？」那綠衫人氣忿忿的道：「可不是嗎？晚輩奉師父之命，看守丹爐，那老頭兒忽地闖進丹房，跟我胡說八道個沒完沒了，說要講故事，又要我跟他打賭翻觔斗，瘋不像瘋，顚不像顚。那丹爐正燒到緊急的當口，我沒法理會，只好當作沒聽見，那知他突然飛腿將一爐丹藥踢翻了。這爐丹藥的藥材十分難得，再要採全，可不知要到何年何月了。」說著怒氣不息。

楊過笑道：「他還怪你不理他，說你的不對，是不是？」那綠衫少女道：「一點兒不錯。我在芝房中聽得丹房大鬧，知道出了岔兒，剛想過去察看，這怪老頭兒已閃身進來，將一株四百多年的靈芝折了兩段。」楊過見那少女約莫十七八歲年紀，膚色嬌嫩，晶瑩雪白，眼神清澈，嘴邊有粒小小黑痣，容貌甚美，便道：「那老頑童當眞胡鬧得緊，一株靈芝長到四百多年，自是十分珍異了。」那少女嘆道：「我爹爹原定在新婚之日和我繼母分服，那知卻給老頑童毀了，我爹爹大發雷霆，那也不在話下。那老頑童折斷了靈芝，放入懷內，說甚麼也不肯還我，只哈哈大笑。我又沒得罪他，不知爲甚麼這般無緣無故的來跟我爲難。」說著眼眶兒紅紅的，甚感委屈。楊過心道：「老頑童毫沒來由的欺侮這位姑娘，那可不該。」安慰道：「待會我幫姑娘向他討還。」

尹克西道：「請問令尊名號。我們無意闖入，連主人的姓名也不知，委實禮數有虧。」那少女遲疑未答。第一個綠衫人道：「未得谷主允可，不便奉告，還請貴客原諒。」楊過尋思：「這些人隱居荒谷，行跡如此詭秘，原不肯向外人洩露身分。」問道：「那老頑童搶了靈芝去，後來又怎樣了？」

第三個綠衣人道：「這姓周的在丹房、芝房中胡鬧得還嫌不夠，又衝進書房來，搶到一本書便看。在下職責所在，不得不出手攔阻。他卻說：『這些騙小孩子的玩意兒，有甚麼大不了！』一口氣撕毀了三本道書。這時二師兄、三師兄和師妹一齊趕到了。我們四人合力，仍攔他不住。」國師微微一笑，說道：「這老頑童性子希奇古怪，武功可著實了得，原不易攔他得住。」

第二個綠衫人道：「他鬧了丹房、芝房、書房，還不放過劍房。他踏進室門，就大發脾氣，說劍房內兵刃……兵刃太多，東掛西擺，險些兒刺傷了他，當即放了把火，將劍房壁上的書畫盡數燒毀。我們忙著救火，終於給他乘虛逃脫。我們一想這事可不得了，於是追出谷去，將他擒回，交由谷主發落。」

楊過道：「不知谷主如何處置，但盼別傷他性命才好。」第三個綠衫人道：「家師新婚在即，不會輕易殺人。但若這老兒仍然胡言亂道，儘說些不中聽的言語得罪家師，那是他自討苦吃，可怨不得人。」

尹克西笑道：「那老頑童不知爲何故意來跟尊師爲難？我瞧他雖然頑皮，脾氣卻似乎不壞。」綠衫少女道：「他說我爹爹年紀這麼大啦，還娶……」那師兄突然接口道：「這老頑童說話傻裏傻氣，當得甚麼準？各位遠道而來，定然餓了，待晚輩奉飯。」麻光佐大叫：「妙極，妙極！」登時容光煥發。

四個綠衫人入廚端飯取菜，一會兒開出席來，四大盆菜，青的是青菜，白的是豆腐蘿蔔，黃的是豆芽，黑的是冬菰，竟沒一樣葷腥。

麻光佐生下來三個月，從此吃飯便無肉不歡，面前這四大盆素菜連油星也不見半點，不禁大失所望。第一個綠衫人道：「我們谷中摒絕葷腥，須請貴客原諒。請用飯罷。」說著拿出一個大瓷瓶，在各人面前碗中倒滿了清澈澄淨的一碗白水。麻光佐心想：「既沒肉吃，多喝幾碗酒也是好的。」舉碗骨都骨都喝了兩口，只覺淡而無味，卻是清水，大嚷起來：「主人家忒煞小氣，連酒也沒一碗。」

第一個綠衫人道：「谷中不許動用酒漿，這是數百年來的祖訓，須請貴客原諒。」那綠衫女郎道：「我們也只在書本子上曾見到『美酒』兩字，到底美酒是怎麼的樣兒，可從來沒見過。書上說酒能亂性，想來也不是甚麼好東西。」

國師、尹克西等眼見這四個綠衫男女年紀不大，言行卻如此迂腐拘謹，而且自與他們見面以來，從未見四人中有那一個臉上露過一絲笑容，雖非面目可憎，可委實言語無味。當眞是：話不投機半句多，各人不再說話，低頭吃飯。四個綠衫人也即退出，不再進來。

用飯既畢，麻光佐嚷著要乘夜歸去。但其餘五人眼見谷中處處透著詭異，好奇心起，均盼查明究竟。國師更奉忽必烈囑咐，要籠絡周伯通，說道：「麻兄，咱們明日還須會見谷主，怎能就此回去？」麻光佐嚷道：「沒酒沒肉，這等日子我是半天也不能過的。」瀟湘子板著臉道：「大夥兒說不去，你一個人吵些甚麼？」

麻光佐見他殭屍一般的相貌，一直暗自害怕，聽他這麼一說，不敢再作聲了。

當晚六人就在石屋中安睡，地下只幾張草蓆。只覺這谷中一切全然十分的不近人情，直比寺廟還更嚴謹無聊，廟中和尚雖然吃素，卻也不會如此對人冷冰冰的始終不露笑容。只楊過住慣了古墓、對慣了冷若冰霜的小龍女，倒絲毫不以為意。

尼摩星氣憤憤的道：「老頑童拆屋放火，大大好的！」此言一出，麻光佐登時大有同感，大聲喝采。尼摩星道：「金輪老兄，你是我們六個頭腦的，你說這谷主是甚麼路道？是好人的還是不好人的？明兒咱們給他客氣客氣呢，還是打他個落花……落花甚麼水的？」國師道：「這谷主的路數，我和諸位一般，也難以捉摸，明日見機行事便了。」尹克西低聲道：「這四個綠衫弟子武功不弱，谷中自然更有高手，大家務須小心在意，只要稍有疏忽，六人一齊陷身此處，那就不妙之極了。」

麻光佐還在嘮嘮叨叨的訴說飯菜難以下嚥，沒將他一句話聽在耳中。楊過道：「你不聽人說話，胡裏胡塗的，倘若明日不小心給他們抓住了關一輩子，整日價餵你清水白飯、青菜豆腐，只怕連你肚裏的蛔蟲也要氣死了……」麻光佐大吃一驚，忙道：「好兄弟，我聽，我聽。」這一晚眾人身處險地，都睡得殊不安穩，只麻光佐卻鼾聲如雷，有時夢中大叫：「來，來！乾杯！這塊牛肉好大，夠肥的！」

注：一、忽必烈雄才大略，奉蒙古太后、大汗之命經管大漠以南奪自中國的漢人地區，訪求漢人賢才，聽取意見，施行政治、軍事、經濟策略。當時所信用的漢人，主要為趙璧、董文用、竇默、王鶚、張德輝以及僧子聰等人。他接受漢人儒生

的建議，採用儒家治道，尊崇孔子。後來其親兄蒙哥接任大汗，忽必烈權力更大，更任用漢臣姚樞、張文謙等，對子聰仍極信任，並約束蒙古大官之不法者。

二、原作中麻光佐名馬光佐，但稍後元朝文人大官中有人名馬光佐，爲免混淆，故改其名。

樊一翁忙偏頭避讓，敵招來得甚快，他這一偏也極迅捷，長鬍子跟著甩起。楊過的大剪刀早張開了守在右方，喀的一聲，將他鬍子剪去了一尺有餘。

第十七回　絕情幽谷

次晨楊過醒來，走出石屋。昨晚黑暗中沒看得清楚，原來四周草木青翠欲滴，繁花似錦，一路上風物佳勝，此處更是個罕見的美景之地。信步而行，只見路旁仙鶴三二、白鹿成羣，松鼠小兔，盡皆見人不驚。

轉了兩個彎，那綠衫少女正在道旁摘花，見他過去，招呼道：「閣下起得好早，請用早餐罷。」說著在樹上摘下兩朵花，遞給了他。

楊過接過花來，心中嘀咕：「難道花兒也吃得的？」卻見那女郎將花瓣一瓣瓣的摘下送入口中，於是學她的樣，也吃了幾瓣，入口香甜，芳甘似蜜，更微有醺醺然酒氣，正感心神俱暢，但嚼了幾下，卻有一股苦澀的味道，要待吐出，似覺不捨，要吞入肚內，又有點難以下咽。他細看花樹，見枝葉上生滿小刺，花瓣的顏色卻嬌艷無比，似玫瑰而更香，如山茶而增艷，問道：「這是甚麼花？我從來沒見過。」那女郎道：「這叫做情花，聽說世上並不多見。你說好吃麼？」

楊過道：「上口極甜，後來卻苦了。這花叫做情花？名字倒也別致。」說著伸手又去摘花。那女郎道：「留神！樹上有刺，別碰上了！」楊過避開枝上尖刺，落手甚是小心，豈知花朵背後又隱藏著小刺，還是將手指刺損了。那女郎道：「這谷叫做『絕情谷』，偏偏長著這許多情花。」楊過道：「爲甚麼叫絕情谷？這名字確是……確是不凡。」那女郎搖頭道：「我也不知甚麼意思。這是祖宗傳下來的名字，爹爹或者知道來歷。」

楊過道：「情是絕不掉的，谷名『絕情』，想絕去情愛，然而情隨人生，只要有人，便即有情，因此絕情谷中偏多情花。」那女郎以手支頤，想了一想，說道：「你解說得眞好。你怎麼這樣聰明？」言詞中欽佩之意甚誠。楊過笑了笑，道：「或許我說得不對。」那女郎拍手道：「一定對的，一定對的，你說得再好也沒有了。」

二人說著話，並肩而行。楊過鼻中聞到陣陣花香，又見道旁白兔、小鹿來去奔躍，甚是可愛，說不出的心曠神怡，自然而然的想起了小龍女來：「倘若身旁陪我同行的是我姑姑，我眞願永遠住在這兒，再不出谷去了。」剛想到此處，手指上刺損處突然劇痛，傷口微細，痛楚竟厲害之極，宛如胸口驀地裏給人用大鐵錘猛擊一下，忍不住「啊」的一聲叫了出來，忙將手指放入口中吮吸。

那女郎淡淡的道：「想到你意中人了，是不是？」楊過給她猜中心事，臉上一紅，奇道：「咦，你怎知道？」女郎道：「身上若給情花小刺刺痛了，十二個時辰之內不能動相思之念，否則苦楚難當。」楊過大奇，道：「天下竟有這等怪事？」女郎道：「我爹爹說道：情之爲物，本是如此，入口甘甜，回味苦澀，且遍身是刺，就算萬分小心，也不免爲其所傷。多半因這花兒有此特性，人們才給它取上這名兒。」昨日楊過應承她向周伯通索還靈芝，那女郎對他心生好感，因之和他說話時神態友善，但脫不了一股冷冰冰之意。

楊過問道：「那幹麼十二個時辰之內不能……不能……相思動情？」那女郎道：「爹爹說道：情花的刺上有毒。大凡一人動了情慾之念，不但血行加速，且血中生出一些不知甚麼的物事來。情花刺上之毒平時於人無害，但一遇上血中這些物事，立時使人痛不可當。」楊過聽了，覺得也有幾分道理，將信將疑。

兩人緩步走到山陽，此處陽光照耀，地氣和暖，情花開放得早，這時已結了果實。但見果子或青或紅，有的青紅相雜，還生著茸茸細毛，就如毛蟲一般。楊過道：「那情花何等美麗，結的果實卻這麼難看。」女郎道：「情花的果實是吃不得的，有的酸，有的辣，有的更加臭氣難聞，中人欲嘔。」楊過一笑，道：「難道就沒甜如蜜糖的麼？」

那女郎向他望了一眼，說道：「有是有的，只是從果子的外皮上卻瞧不出來，有些長得極醜怪的，味道倒甜，可是難看的又未必一定甜，只有親口試了才知。十個果子九個苦，因此大家從來不去吃它。」楊過心想：「她說的雖是情花情果，卻似是在比喻男女之情。難道相思的情味初時雖甜，到後來必定苦澀麼？難道一對男女傾心相愛，相思之意，定會令人痛得死去活來？到頭來定是醜多美少嗎？難道我這般苦苦的念著姑姑，將來……」

他一想到小龍女，突然手指上又是幾下劇痛，不禁右臂大抖了幾下，才知那女郎所說果然不虛。那女郎見了他這等模樣，嘴角微微一動，似乎要笑，卻又忍住。這時朝陽斜射在她臉上，只見她眉目清雅，膚色白裏泛紅，甚是嬌美。楊過笑道：「我曾聽人說故事，古時有一個甚麼國王，燒烽火戲弄諸侯，送掉了大好江山，不過爲求一個絕代佳人之一笑。可見一笑之難得，原是古今相同的。」那女郎給楊過這麼一逗，再也忍耐不住，格格一聲，終於笑了出來。

這麼一笑，二人之間的生分隔閡更去了大半。楊過又道：「世上皆知美人一笑的難得，說甚麼一笑傾城，再笑傾國。其實美人另有一樣，比笑更是難得。」那女郎睜大了眼睛，問道：「那是甚麼？」楊過道：「那便是美人的名字了。見上美人一面已是極大緣份，要見她嫣然一笑，那便須祖宗積德，自己還得修行三世……」他話未說完，女郎又已格格笑了起來。楊過仍一本正經的道：「至於要美人親口吐露芳名，那便須祖宗十八代廣積陰功了。」

那女郎道：「我不是甚麼美人，這谷中從來沒一人說過我美，你又何必取笑？」楊過長嘆一聲，道：「唉，怪不得這山谷叫做絕情谷。但依我之見，還是改一個名字的好。」那女郎道：「改甚麼名字？」楊過道：「應該稱作盲人谷。」女郎奇道：「爲甚麼？」楊過道：「你這麼美貌，他們卻不讚你，這谷中所居的不都是瞎子麼？」

那女郎又格格嬌笑。她容貌固也算得甚美，比之小龍女自遠遠不及，但較之程英之柔、陸無雙之俏，似亦不見遜色，楊過心中比較，覺此女清雅，勝於完顏萍。她秀雅脫俗，自有一股清靈之氣。她一生中確無人讚過她美貌，因她門中所習功夫近乎禪門，各人相見時都冷冰冰的不動聲色，旁人心中縱然覺她甚美，決無那一個膽敢宣之於口。今日忽遇楊過，此人卻生性跳脫，越見她端嚴自持，越要逗她除卻那一副拒人於千里之外的無情神態。她先聽楊過解說「絕情谷」之名，已佩服他的見識，這時再聽他眞心讚美自己，更加歡喜，笑道：「只怕你自己才是瞎子，把醜八怪看作了美人。」

楊過板著臉道：「我看錯了也說不定。不過這谷中要太平無事，你原是笑不得的。」那女郎奇道：「爲甚麼？」楊過道：「古人說一笑傾人城，再笑傾人國，其實是寫了個別字。這個別字非國土之國，該當是山谷之谷。」那女郎微微彎腰，笑道：「多謝你，別再逗我了，好不好？」楊過見她腰肢嬝娜，上身微顫，心中不禁一動，豈知這一動心不打緊，手指尖上卻又一陣劇痛。

那女郎見他連連揮動手指，微感不快，嗔道：「我跟你說話，你卻去思念你的意中人。」楊過道：「冤枉啊冤枉，我為你手指疼痛，你卻來怪我。」那女郎滿臉飛紅，突然發足急奔。

楊過一言出口，心中便已懊悔：「我既一心一意向著姑姑，這不規不矩的壞脾氣卻何以始終不改？楊過啊楊過，你這小壞蛋可別再胡說八道了。」他天性中實帶了父親的三分輕薄無賴，雖無歹意，但和每個少女調笑幾句，招惹一下，害得人家意亂情迷，卻是他心之所喜。

那女郎奔出數丈，忽地停住，站在一株情花樹下面，垂下了頭呆呆出神，過了一會，回過頭來，微笑道：「倘若一個醜八怪把名字跟你說了，那定是你祖宗十八代壞事做得太多，以致貽禍子孫了。」楊過走近身去，笑道：「你偏生愛說反面話兒。我祖宗十八代做了這許多好事，到我身上，總該好有好報罷。」這幾句話還是在讚對方之美。她臉上微微一紅，低聲道：「說便跟你說了，你可不許跟第二個說，更不許在旁人面前叫我。」楊過伸了伸舌頭道：「唐突美人，我不怕絕子絕孫麼？」

那女郎又嫣然一笑，道：「我爹爹複姓公孫……」她總是不肯直說己名，要繞個彎兒。楊過插嘴道：「但不知姑娘姓甚麼？」那女郎抿嘴笑道：「那我可不知道啦。我爹爹曾給他的獨生女兒取個名字，叫做綠萼。」楊過讚道：「果然名字跟人一樣美。」

公孫綠萼將姓名跟楊過說了，跟他又親密了幾分，道：「待會兒爹爹要請你相見，你可不許對我笑。」楊過道：「笑了便怎地？」公孫綠萼嘆道：「唉，倘若他知道我對你笑過，又知我將名字跟你說了，眞不知會怎樣罰我呢？」楊過道：「也沒聽見過這樣嚴厲的父親，女兒對人笑一下也不行。這般如花似玉的女兒，難道他就不愛惜麼？」

綠萼聽他如此說，不禁眼眶一紅，道：「從前爹爹是很愛惜我的，但自我六歲那年媽媽死後，爹爹就對我越來越嚴厲了。他娶了我新媽媽之後，不知還會對我怎樣？」說著流下了兩滴淚水。楊過安慰道：「你爹爹新婚後心中高興，定是待你更加好些。」綠萼搖頭道：「我寧可他待我更兇些，也別娶新媽媽。」

楊過父母早死，對這般心情不大了然，有意要逗她開心，道：「你新媽媽一定沒你一半美。」綠萼忙道：「你偏說錯了，我這新媽媽才眞正是美人兒呢。爹爹可爲她……爲她……昨兒我們把那姓周的老頭兒捉了來，若不是爹爹忙著安排婚事，決不會再讓這老頑童逃走。」楊過又驚又喜，問道：「老頑童又逃走了？」綠萼秀眉微蹙，道：「可不是嗎？」楊過早料到以周伯通的本事，絕情谷中四弟子縱有漁網，也決拿他不住。

二人說了一陣子，朝陽漸漸升高，綠萼驀地驚覺，道：「你快回去罷，別讓師兄們撞見我們在一起說話，去稟告我爹爹。」楊過對她處境油然而生相憐之意，伸左手握住了她手，右手在她手背上輕輕拍了幾下，意示安慰。綠萼眼中露出感激之色，低下頭來，突然滿臉紅暈。楊過生怕想到小龍女，手指又痛，快步回到所居石屋。

他尚未進門，就聽得麻光佐大叫大嚷，埋怨清水青菜怎能果腹，又說這些苦不苦、甜不甜的花瓣也叫人吃，那不是謀財害命麼？尹克西笑道：「麻兄，你身上有甚麼寶貝，當眞得好好收起，我瞧這谷主哪，有點兒不懷好意。」麻光佐不知他是取笑，連連點頭稱是。楊過走進屋去，見石桌上堆了幾盤情花的花瓣，人人都吃得愁眉苦臉，想起連金輪國師這大和尚也受情花之累，暗暗好笑。他拿起水杯來喝了兩口，門外腳步聲響，走進一個綠衫人來，拱手躬身，說道：「谷主請六位貴客相見。」

國師、尼摩星等人均是一派宗師，不論到甚麼處所，主人總是親自遠迎，連大蒙古國四王子忽必烈也禮敬有加，卻不道來到這深山幽谷之中，主人卻如此大剌剌的無禮相待，各人都心頭有氣，均想：「待會兒見到這鳥谷主，可要給點顏色他瞧瞧。」

六人隨著那綠衫人向山後走去，行出里許，忽見迎面綠油油的好大一片竹林。北方竹子極少，這般大的一片竹林更屬罕見。七人在綠竹篁中穿過，聞到一陣陣淡淡花香，登覺煩俗盡消。穿過竹林，一陣清香湧至，眼前無邊無際的全是水仙花。原來地下是淺淺的一片水塘，深不逾尺，種滿了水仙。這花也是南方之物，不知何以竟會在關洛之間的山頂出現？國師心想：「必是這山峯下生有溫泉之類，以致地氣奇暖。」

水塘中每隔四五尺便是一個木樁，引路的綠衫人身形微晃，縱躍踏樁而過。六人依樣而為，只麻光佐身軀笨重，輕功又差，跨步雖大，卻不能一跨便四五尺，踏倒了幾根木樁之後，索性涉水而過。

青石板路盡處，遙見山陰有座極大石屋。七人走近，只見兩名綠衫僮兒手執拂塵，站在門前。一個僮兒進去稟報，另一個便開門迎客。楊過心道：「不知谷主是否出門迎接？」思念未定，石屋中出來一個身穿綠袍的長鬚老者。

這老者身材極矮，高僅四尺，五岳朝天，相貌清奇，最奇的是一叢鬍子直垂而下，幾觸地面，身穿墨綠色布袍，腰束綠色草繩，形貌古怪。楊過心道：「這谷主這等怪模怪樣，生的女兒卻美。」那老者向六人深深打躬，說道：「貴客光臨，幸何如之，請入內奉茶。」麻光佐聽到這個「茶」字，眉頭深皺，大聲道：「喝茶麼！甚麼地方沒茶了？又何必定要到這裏來？」長鬚老者不明其意，向他望了一眼，躬身讓客。

尼摩星心想：「我是矮子，這裏的谷主卻比我更矮。矮是你矮，武功卻看誰強。」他搶前先行，伸出手去，笑道：「幸會，幸會。」拉住了老頭的手，隨即手上使勁。餘人一見兩人伸手相握，各自讓開幾步，均知高手較勁，非同小可。

尼摩星手上先使兩分勁，只覺對方既不還擊，亦不抗拒，微感奇怪，又加了兩分勁，但覺手中似乎握著一段硬木。他跟著再加兩分勁，那老者臉上微微閃過一陣綠氣，那隻手仍似木頭一般僵直。尼摩星大感詫異，最後幾分勁不敢再使將出來，生怕全力施爲之際，對方突然反擊，自己抵擋不住，哈哈一笑，放脫了他手。

金輪國師走在第二，見了尼摩星的情狀，知他沒能試出那老者的深淺，心想對方虛實不明，自己不必妄自出手，當下雙手合什，大大方方的走了進去。瀟湘子、尹克西二人魚貫而入，更其次是麻光佐。他見那老者長鬚垂地，十分奇特，他一早沒吃過甚麼東西，幾朵情花只有越吃越餓，這時飢火與怒火交迸，進門時突然伸出大腳，往那老者長鬚上踹去，一腳將他的鬚尖踏在足底。那老者不動聲色，道：「貴客小心了。」麻光佐另一隻腳也踏到了他鬚上，道：「怎麼？」那老者微一搖頭，麻光佐站立不穩，猛地裏仰天一交摔倒。這樣一個巨人摔將下來，實是一件了不起的大事。楊過走在最後，搶上兩步，伸掌在他屁股上一托，掌上發勁，將他龐大的身軀彈了進去。麻光佐站樁立穩，雙手摸著自己屁股發楞，回頭向楊過點頭示謝。

那老者恍若未見，請六人在大廳上西首坐下，朗聲說道：「貴客已至，請谷主見客。」楊過等都是一驚：「原來這矮子並非谷主。」

只見後堂轉出十來個綠衫男女，在左邊一字站開，公孫綠萼也在其內。又隔片刻，屏風後轉出一人，向六人一揖，隨隨便便的坐在東首椅上。那長鬚老者垂手站在他椅子之側。瞧那人的氣派，自然是谷主了。

那人四十五六歲年紀，面目英俊，舉止瀟洒，上唇與頦下留有微髭。只這麼出廳來一揖一坐，便有軒軒高舉之概，只面皮蠟黃，容貌雖然秀氣，卻臉色枯槁，略有病容。他一坐下，幾個綠衣童子獻上茶來。大廳內一切陳設均尙綠色，那谷主身上一件袍子卻是嶄新的寶藍緞子，在萬綠之中，顯得頗爲搶眼，裁剪式樣，亦不同於時尙。

谷主袍袖一拂，端起茶碗，道：「貴客請用茶。」麻光佐見一碗茶冷冰冰的，水面上漂浮著兩三片茶葉，想見其淡無比，發作道：「主人哪，你肉不捨得吃，茶也不捨得喝，無怪滿臉病容了。」那谷主皮肉不動，喝了一口茶，說道：「本谷數百年來一直茹素。」麻光佐道：「那有甚麼好處？能長生不老麼？」谷主道：「自敝祖上於唐玄宗時遷來谷中隱居，茹素之戒，子孫從不敢破。」

金輪國師拱手道：「原來尊府自天寶年間便已遷來此處，眞是世澤綿長了。」谷主拱手道：「不敢。」

瀟湘子突然怪聲怪氣的問道：「那你祖宗見過楊貴妃麼？」這聲音異常奇特。尼摩星、尹克西等聽慣了他說話，均覺有異，都轉頭向他臉上瞧去。一看之下，更嚇了一跳，只見他臉容忽地全然改變，他本來生就一張殭屍臉，這時顯得更加詭異。尼摩星等心下暗自忌憚，均想：「此人的內功竟如此厲害，連容貌也忽然全變。他暗自運功，是要立時發難，對這谷主一顯顏色麼？」各人想到此處，各自戒備。

谷主答道：「敝姓始遷祖當年確是在唐玄宗朝上為官，後見楊國忠混亂朝政，這才憤而隱居。」瀟湘子咕咕一笑，說道：「那你祖宗一定喝過楊貴妃的洗腳水了。」

此言一出，大廳上人人變色。這句話自是向谷主下了戰書，頃刻間就要動手。國師等都覺詫異：「這瀟湘子本來極為陰險，諸事都讓旁人去擋頭陣，今日怎地如此奮勇當先？」那谷主並不理睬，向站在身後的長鬚老頭一拂手。那老者大聲道：「谷主敬你們是客，以禮相待，如何恁地胡說？」

瀟湘子又咕咕一笑，怪聲怪氣的道：「你們老祖宗當年非喝過楊貴妃的洗腳水不可，倘若沒喝過，我把頭割下來給你。」麻光佐大感奇怪，問道：「瀟湘兄，你怎知道？難道你當日一起喝了？」瀟湘子哈哈大笑，聲音又是一變，說道：「要不是喝洗腳水喝反了胃，怎麼不吃葷腥？」麻光佐鼓掌大笑，叫道：「對了，對了，定是這個道理。」

國師等卻眉頭深皺，均覺瀟湘子此言未免過火，想各人飲食自有習性，如何拿來取笑？何況六人深入谷中，乃不請自來，對方並非須供應美食不可，眼見對方決非善類，就算動手較量，也該留下餘地為是。

那長鬚老頭再也忍耐不住，走到廳心，說道：「瀟湘先生，我們谷中可沒得罪你啊。閣下既然定要伸手較量，就請下場。」瀟湘子道：「好！」他仍坐在椅中，連人帶椅躍過身前桌子，登的一聲，坐在廳心，叫道：「長鬍子老頭，你叫甚麼名字？你知道我名字，我可不知道你的，動起手來太不公平。這個眼前虧我萬萬吃不起。」這幾句話似通非通，那長鬚老人更增怒氣，只是他見瀟湘子連椅飛躍這手功夫飄逸靈動，非同凡俗，戒心卻又深了一層。那谷主道：「你跟他說罷，不打緊。」

長鬚老人道：「好，我姓樊，名叫一翁，請站起來賜招罷。」瀟湘子道：「你使甚麼兵器，先取出來給我瞧瞧。」樊一翁道：「你要比兵刃？那也好。」右足在地下一頓，叫道：「取來！」兩名綠衣童子奔入內室，出來時肩頭扛了一根長約一丈一尺的龍頭鋼杖。楊過等都是一驚：「如此長大沉重的兵刃，這矮子如何使用？」

瀟湘子理也不理，從長袍底下取出一柄大剪刀，說道：「你可知道這剪刀做甚麼用的？」眾人見了這把大剪刀不過覺得希奇，楊過卻大吃一驚，他也不用伸手到衣囊中去摸，背脊微微一挺，便察覺囊中大剪刀已然失去，心想：「這大剪刀是馮鐵匠給我打的，原本要用以剪斷李莫愁的拂塵，怎麼這殭屍竟偷偷摸了去，我可半點也沒知覺。」

樊一翁接過鋼杖，在地下一頓。石屋大廳極是開闊，鋼杖一頓，震出嗡嗡之聲，加上四壁回音，聲勢非凡。

瀟湘子右手拿起剪刀，手指盡力撐持，方能使剪刀開合，叫道：「喂，矮鬍子，你不知我這寶剪的名字，可要我教你？」樊一翁怒道：「你這般旁門左道的兵刃，能有甚麼高雅名字了。」瀟湘子哈哈大笑，道：「不錯，名字確是不雅，這叫做狗毛剪。」

楊過心下不快：「我好好一柄剪刀，誰要你給取這樣一個難聽名字。」只聽瀟湘子又道：「我早知這裏有個長鬍子怪物，因此去定造了這柄狗毛剪，用來剪你鬍子。」

麻光佐與尼摩星縱聲大笑，尹克西與楊過也忍不住笑出聲來，只金輪國師端嚴自持，和那谷主隔坐相對，兩人竟似沒聽見。

樊一翁提起鋼杖，微微一擺，激起一股風聲，說道：「我的鬍子原嫌太長，你愛做剃頭的待詔，再好也沒有了，請罷！」瀟湘子抬頭望著大廳橫樑，呆呆出神，似乎全沒聽到他說話，猛地裏右臂閃電般伸出，喀的一響，大剪刀往他鬍子上剪去。樊一翁萬料不到他身在椅中，竟會斗然發難，危急中不及閃避，鋼杖急撐，向上躍起，一個觔斗翻高丈餘，鋼杖仍支在地下。瀟湘子這一下發動極快，樊一翁也閃得迅捷，這一剪一避，兩位高手在一瞬之間都露了上乘武功。但樊一翁終於吃虧在給對方攻了個措手不及，雖讓開了這一剪，仍有三莖鬍子給剪刀尖頭剪斷了。

瀟湘子甚爲得意，左手提起鬍子，張口一吹，三莖鬍子向桌上自己那碗茶飛去，鬍子碰上茶碗，乒乓一聲，茶碗落地打得粉碎。楊過等皆知瀟湘子故弄玄虛，推落茶碗的只是他所吹的那一口勁氣。麻光佐卻不明其理，只道三根鬍子給他這麼一吹，竟能生出恁大力量，大聲叫道：「瀟湘子，你的鬍子好厲害啊！」瀟湘子哈哈一笑，剪刀一開一夾，叫道：「矮鬍子，你想不想再試試我的狗毛剪？」

眾人見他雖縱聲長笑，臉上卻皮肉不動，越來越驚異，心想：「內功練到上乘境界，原可喜怒不形於色，甚至無嗔無喜，但如他這般笑得極為歡暢，臉上卻陰森可怖，實是從所未見。」他臉色實在太過難看，眾人只瞧上一眼，便即轉頭。

樊一翁連遭戲弄，怒火大熾，向谷主躬身說道：「師父，弟子今日不能再以敬客之禮待人了。」楊過甚為奇怪：「這矮子年紀比谷主老得多，怎地稱他師父？」那谷主微微點頭，左手輕擺。樊一翁揮動鋼杖，呼的一聲，往瀟湘子坐椅上橫掃過去，他身子雖矮，卻神力驚人，這重逾百斤的鋼杖揮將出來，風聲勁急。

楊過等雖與瀟湘子同來，但他眞正功夫到底如何，卻也不甚了然，凝神觀看二人拚鬥，見鋼杖離椅腳不到半尺，瀟湘子左臂垂下，竟伸手去抓杖頭，同時剪刀張開，又去剪對方長鬚。樊一翁怒極，心想：「你竟如此小覷於我！」腦袋一側，長鬚甩開，鋼杖仍往他手上掃去，這一下正好擊中他手掌。眾人「噫」的一聲，同時站起，均想這一下瀟湘子手掌定受重傷。樊一翁卻感鋼杖猶如擊在水中，柔若無物，心知不妙，急忙收杖，不料瀟湘子手腕斗翻，已抓住了杖頭。

樊一翁覺到對方拉奪，便將鋼杖向前疾送，這一挺力道威猛，瀟湘子非離椅不可，不料他又連人帶椅躍起，向左避讓，鋼杖落空，但他手指卻也不得不放開杖頭。樊一翁左手在頭頂一轉，鋼杖打個圈子，揮擊過去。瀟湘子有意賣弄，連人帶椅的躍高丈許，竟從鋼杖之上越過。眾人見這手功夫既奇特又輕捷，他雖身在椅中，實與空身無殊，都不自禁的喝了聲采。

樊一翁全神接戰，一根鋼杖使得呼呼風響，心知要打中他身子大是不易，但若打碎了他坐椅，也算佔了先著。那知瀟湘子右手剪刀忽張忽合，不住往他長鬍子上招呼，左手卻使出擒拿手法乘隙奪他鋼杖。國師等心中暗驚：「瞧不出這殭屍般的怪物，竟有這等了不起的手段。」

又鬥數合，樊一翁的鋼杖儘是著地橫掃的招數，瀟湘子連人帶椅的縱躍閃避，只聽椅腳忽上忽落，登登亂響，越來越快。谷主叫道：「別打椅子，否則你對付不了。」樊一翁一怔，登時省悟：「他坐在椅上，我才勉強跟他戰成平手。若他雙腳著地，只怕用不了幾招，我鬍子就給他剪去了。」杖法一變，狂舞急揮，但見一團銀光之中裹著個長鬍子的綠袍矮子，銀光之外卻是個殭屍般的人形坐在椅中跳蹦不定，洵是罕見奇觀。

那谷主瞧出瀟湘子存心戲弄，再鬥下去，樊一翁定要吃虧，緩步離席，說道：「一翁，你不是這位高人對手，退下罷。」樊一翁聽到師父吩咐，大聲答應：「是！」鋼杖一挺，正要收招躍開，瀟湘子叫道：「不行，不行！」身子離椅飛起，往他鋼杖上直撲下去。只聽喀喇一響，一張椅子登時給鋼杖打得粉碎，杖身卻已給瀟湘子左手抓住，左足踏定，同時大剪張開，將樊一翁頦下長鬚夾入刃口，只須剪刀一合，這叢美髯就不保了。

豈知樊一翁這把長長的鬍子，其實是一件極厲害的軟兵刃，用法與軟鞭、雲帚、鍊子錘是同一路子，只見他腦袋微晃，鬍子倒捲，早已脫出剪口，倒反過來捲住剪刀，腦袋向後一仰，一股大力將剪刀往上扯奪。瀟湘子大叫：「啊喲，老矮子，你的鬍子眞厲害，我服了你啦。」一個長鬚纏住剪刀，一個左手抓住鋼杖，一時糾纏不決。瀟湘子哈哈大笑，只叫：「有趣，有趣！」

突然大門口綠影晃動，一條人影迅捷異常的搶進，雙掌突往瀟湘子背後推去。谷主喝道：「是誰？」瀟湘子左掌放杖回轉，往敵人肘底一托，立時便將他掌力化解了。那人怒道：「賊廝鳥，跟你拚個你死我活！」

楊過等向他望去，驚奇不已，同聲叫道：「瀟湘子！」原來進門偷襲的人竟也是瀟湘子。何以他一人化二？又何以他向自己的化身襲擊？衆人一時都茫然不解。

再定神看時，與樊一翁糾纏的那人明明穿著瀟湘子的服色，衣服鞋帽，半點不錯，臉孔雖也殭屍一般，面目卻與瀟湘子原來相貌全然不同。後來進廳那人面目是對了，卻穿了谷中衆人所服的綠衫綠褲，他雙手猶如鳥爪，又向拿剪刀的瀟湘子背心抓去，叫道：「混蛋，你施暗算！」樊一翁陡見來了幫手，那人穿的是谷中服色，卻非相識，驚訏中綽杖退在一旁，但見兩個殭屍一般的人砰砰嘭嘭，鬥在一起。

楊過此刻早已猜到，持剪刀那人定是偷了自己的人皮面具，戴在臉上，又掉換了瀟湘子的衣衫，混到大廳中來混鬧，只因瀟湘子平時的面相就和死人一般，初時誰都沒瞧出來。楊過雖常戴人皮面具，但戴上之後的相貌如何，自己卻是不知，程英戴了面具的模樣他又不敢多看，竟給這人瞞過。他凝神看了片刻，認明了持剪刀那人的武功，叫道：「周伯通，還我的面具剪刀。」說著躍到廳心，伸手去奪他手中大剪。

原來此人正是周伯通。他要進谷來混鬧，故意讓絕情谷的四弟子用漁網擒住。當時並不抗拒，直到進谷之後，這才破網逃出。他躲在山石之後，有意要在谷中鬧個天翻地覆，卻見楊過等一行六人到來。到得晚間，他暗施偷襲，點了瀟湘子穴道，將他移出石屋，除了他衣服自行穿上。他輕功了得，來去無蹤，瀟湘子固在睡夢中著了他道兒，連國師等也茫然不覺。周伯通換過衣服後，回進石屋在楊過身畔臥倒，順手偷了他背囊中的剪刀與面具。次晨眾人醒轉，竟未發覺。

瀟湘子穴道遭點，忙運內力自通，但周伯通點穴手法了得，直至三個時辰後，四肢方能運轉如意。那時他身上只剩下貼肉的短衫小衣，惱怒已極，見到谷中一個綠衫子弟走過，將之打倒，換了他衣褲鞋襪，趕到大石屋中來。見一人穿了自己的衣服正與樊一翁惡鬥，狂怒之下，惡狠狠的向他撲擊。

周伯通見楊過上來搶奪剪刀，運起左右互搏之技，左掌忽伸忽縮，對付楊過，右手剪子或開或合，將瀟湘子逼得不敢近身。大剪刀張開時，剪刃之間相距二尺來長，若給他夾中頭頸，收勁一合，腦袋就得和脖子分家。瀟湘子雖然狂怒，卻不敢輕率冒進。

公孫谷主當見周伯通與樊一翁相鬥之時，已暗中驚佩，待見他雙手分鬥二人，宛然便是一人化身為二一般，自己所學的一門陰陽雙刃功夫與此稍有相似，可怎能如他這般一心二用？又見瀟湘子雙爪如鐵，出招狠辣，楊過卻風度閒雅，儀形端麗，舉手投足間飄飄然有出塵之姿，不禁好生羨慕，尋思：「天下之大，能人輩出。兩個老兒固然了得，這少年功力雖淺，身法拳腳卻也秀氣得緊。」朗聲說道：「三位且請住手。」

楊過與瀟湘子同時後躍，周伯通拉下人皮面具，連剪刀向楊過擲去，叫道：「玩得夠了，我去也！」雙足一登，疾往樑上竄去。

谷中弟子見他露出本來面目，無不嘩然。公孫綠萼叫道：「爹，便是這老頭兒！」周伯通橫騎樑上，哈哈大笑，屋樑離地有三丈來高，廳中好手甚多，輕身功夫盡皆不弱，但要這般輕躍而上，卻均自愧不能。樊一翁是絕情谷掌門大弟子，年紀還大過谷主，谷中除谷主外數他武功最強，今日連遭周伯通戲弄，如何不怒？他身子矮小，精於攀援之術，身形縱起，已抱住了柱子，便似猿猴般爬了上去。周伯通最愛有人跟他胡鬧，見樊一翁爬上湊趣，正投其所好，不等他爬到樑上，已伸出手來相接。

樊一翁那知他存的是好心，見他右手伸出，便伸指直戳他腕上「大陵穴」。周伯通手腕上微有知覺，立即閉住穴道，放鬆肌肉。樊一翁這一指猶如戳在棉花之中，急忙縮手，周伯通手掌疾翻，在他手背上啪的打了一下，聲音淸脆，叫道：「一籮麥，二籮麥，哥哥弟弟拍大麥！」樊一翁怒極，腦袋一晃，長鬚往他胸口疾甩過去。周伯通聽得風聲勁急，左足一撐，身子盪開，左手攀住橫樑，全身懸空，就似打秋千般來回搖晃。

瀟湘子心知樊一翁決非他對手，縱然自己上去聯手，也未必能勝，轉頭向尼摩星和麻光佐道：「尼麻二兄，這老兒將咱們六人全不瞧在眼內，委實欺人太甚。」尼摩星性子暴躁，受不得激，麻光佐腦筋遲鈍，是非不明，聽他說「將咱們六人全不瞧在眼內」，二人只道當眞如此，齊聲怒吼，縱身躍向橫樑，去抓周伯通雙腳。周伯通左一腳，右一腳，踢向尼麻二人手掌。

瀟湘子向尹克西冷冷的道：「尹兄，你始終袖手旁觀嗎？」尹克西微微一笑，說道：「瀟湘兄先上，小弟願附驥尾。」瀟湘子一聲怪嘯，四座生寒，突然躍起。但見他雙膝不彎，全身僵直，雙臂也筆直前伸，眞如殭屍一般，向周伯通小腹抓去。

周伯通見他雙爪襲到，身子忽縮，如貍奴般捲成一球，抓住橫樑的左手換成了右手。瀟湘子雙爪落空，在空中停留不住，落下地來。他全身猶似一根硬直的木材，足底在地下一登，又竄了上去。樊一翁在橫樑上揮鬚橫掃，瀟湘子、尼摩星、麻光佐三人此起彼落，此落彼起，不住高躍仰攻。

尹克西笑道：「這老兒果眞身手不凡，我也來趕個熱鬧。」伸手在懷中一探，斗然間滿廳珠光寶氣，金輝耀眼，手中已多了一條軟鞭。這軟鞭以金絲銀絲絞就，鑲滿了珠玉寶石，如此豪闊華貴的兵刃，武林中料來只此一件而已。金絲珠鞭霞光閃爍，向周伯通小腿纏去。

楊過瞧得有趣，心想：「這五人各顯神通圍攻老頑童，我若不出奇制勝，不足稱能。」心念一動，將人皮面具戴在臉上，學著瀟湘子般怪嘯一聲，拾起樊一翁抛在地下的鋼杖，一撐之下，便已借力躍在半空。鋼杖本已有一丈有餘，再加上這一撐，他已與周伯通齊頭，大叫：「老頑童，看剪！」大剪刀往他白鬍子上剪去。

周伯通大喜，側頭避過剪刀，叫道：「小兄弟，你這法兒有趣得緊。」楊過道：「老頑童，我沒得罪你啊，幹麼開我玩笑？」周伯通笑道：「有來有往，你半點也沒吃虧，反而佔了便宜。」楊過一怔，道：「甚麼有來有往？」周伯通笑道：「你曾大叫說是我朋友，叫他們放我，我就當你是朋友了。」見尹克西的金絲鞭擊到，伸手抄去。尹克西軟鞭倒捲，欲待反擊對方背心，身子已落了下去。周伯通道：「你這根死赤練蛇，花花綠綠的倒也好玩。」此時樊一翁的長鬚也已揮將過來，他雙手攀住橫樑，全憑一把鬍子擊敵。

周伯通笑道：「大鬍子原來還有這用處？」學他模樣，也將頦下長鬚甩將過去，但他鬍子既比樊一翁的短得多，又沒在鬍子上練過功夫，這一甩全不管用，唰的一下，卻給對方鬍子打中了臉頰，臉上登時起了絲絲紅痕，熱辣辣的好不疼痛，若非他內力深厚，登時就會暈去。老頑童吃了一下苦頭，卻不惱怒，反大感欽佩，說道：「長鬍子，我的鬍子不及你，我認輸，現下不比了。待我去練好鬍子功，再來比過。」

樊一翁一招得手，跟著又是一鬍子甩去。周伯通不敢再用鬍子去和他對攻，左手使出「空明拳」拳招，虛飄飄的揮拳打出，拳風推動樊一翁的鬍子向右甩去，適逢麻光佐縱身攻到，長鬍子正好拂在他臉上。麻光佐雙眼遭遮，兩手順勢抓住鬍子。樊一翁的鬍子本來舒捲自如，但爲周伯通的拳風激得失卻控縱之力，竟落入麻光佐掌中。他一驚之下用力奪回，卻爲麻光佐使出蠻力，抓住了牢牢不放，身子下落時順勢拉扯，砰嘭大響，二人一齊摔下地來。

麻光佐皮粗肉厚，倒也不怎麼疼痛。樊一翁摔在他身上，怒道：「你怎麼啦，還不放手？」麻光佐摔得雖然不痛，給這矮子雙足在小腹一撐，卻有點經受不起，怒喝：「我偏不放，瞧你怎麼？」說著手腕急轉，竟將他鬍子在臂上繞了幾轉。樊一翁劈面一掌，麻光佐側頭避讓，那知對方這掌卻是虛招，左手砰的一拳，正中鼻樑。麻光佐哇哇大叫，回擊一拳。說到武功，原是樊一翁高出甚多，苦在鬍子纏於敵臂，難以轉頭，這一拳竟也給他擊中顴骨。一高一矮，便在地下砰砰嘭嘭的打將起來，樊一翁雖然在上，卻脫不出對方糾纏。

金輪國師見廳上亂成一團，自己六人同來，已有五人出手，仍奈何不了一個老頑童，未免臉上無光，嗆啷啷兩聲響亮，從懷中取出一隻銀輪、一隻銅輪，一隻自左至右，一隻自右至左，劃成兩道弧光，向周伯通襲去。雙輪在空中噹啷急響，聲勢驚人。兩輪質地均爲精鋼，甚爲沉重，只外表鍍銀、鍍銅，色澤有別。

周伯通不知厲害，說道：「這是甚麼東西？」伸手去抓。楊過有心助他，大叫：「抓不得！」揮手擲上鋼杖，噹的一聲巨響，又粗又長一根鋼杖給銅輪激得直飛到牆角，打得石牆火光四濺，石屑紛飛。銅輪迴飛過來，國師左手一撥，輪子又急轉著向橫樑上旋去。

這一來，周伯通才知和尙甚不好惹，心想對手人多，自己應付不了，一個觔斗翻下地來，叫道：「各位請了，老頑童失陪，趕明兒咱們再玩。」說著奔向廳口，卻見四個綠衫人張著一張漁網攔在門前。周伯通知這漁網厲害，叫道：「不好！」縱身欲從東窗躍出，眼看綠影晃動，又有一張漁網罩將過來。

周伯通躍回廳心，只見東南西北四方均有四名綠衫人張開漁網擋住去路。周伯通又即躍上橫樑，一招「沖天掌」在屋頂上打了個大洞，待要從洞中鑽出，一抬頭，卻見上面也罩了張漁網。他無路可走，翻身下地，指著谷主笑道：「黃臉皮老頭兒，你留住我幹麼啊？要我陪你玩耍嗎？」

公孫谷主淡淡的道：「你只須將取去的四件物事留下，立時放你出谷。」周伯通奇道：「咦！我要你的臭東西有甚麼用？就算本領練到如你這般，好希罕麼？」公孫谷主緩緩走到廳心，右袖拂了拂身上的灰塵，左袖又拂了一拂，說道：「若非今日是我大喜日子，便得向你領教幾招。你還是留下谷中物事，好好去罷。」

周伯通大怒，叫道：「這麼說，你硬栽我偷了你東西啦。呸，你這窮山谷中能有甚麼寶貝了？」說著便解衣服，一件件的脫下，手腳極其快捷，片刻之間已赤條條的除得清光。公孫谷主連聲喝阻，他那裏理睬，將衣褲連袋子裏裏外外翻了一轉，果然並無別物。廳上衆女弟子均感狼狽，轉過了頭不敢看他。這一下卻也大出谷主意料之外，他書房、丹房、芝房、劍房中每處失去的物事都甚要緊，非追回不可，難道這老頑童當眞並未偷去？

他正自沉吟，周伯通拍手叫道：「瞧你年紀也已一大把，怎地如此爲老不尊？說話口不擇言，行事顚三倒四，在大庭廣衆之間不顧體面，豈不笑掉了旁人牙齒？」這幾句話其實正該責備他自己，不料卻給他搶先說了，公孫谷主啼笑皆非，倒也無言可對，見樊一翁與麻光佐兀自在地下纏打不休，喝道：「一翁起來，別再跟客人胡鬧。」

周伯通笑道：「長鬍子，你這死纏爛打的脾氣我很喜歡，咱二老大可交個朋友。」其實樊一翁一生端嚴穩重，今日與麻光佐廝打實乃迫不得已，他早已數次欲待站起，苦於鬍子給對方纏在手臂之上，沒法脫身。

公孫谷主眉頭微皺，指著身上一絲不掛的周伯通道：「說到在大庭廣衆之間，行事惹人恥笑，只怕還是閣下自己。」周伯通道：「我赤條條從娘肚子中出來，現下赤身露體，淸淸白白，有甚麼不對了？你這麼老了，還想娶一個美貌的小姑娘爲妻，糟老頭子全沒自知之明，嘿嘿，可笑啊可笑！」這幾句話猶似一個個大鐵錘般打在谷主胸口，他焦黃的臉上掠過一片紅潮，半晌說不出話來。

周伯通叫道：「啊喲，不好，沒穿衣服，只怕著涼。」突然向廳口衝去。

廳中四個綠衫弟子只見人形一晃，忙移動方位，四下裏兜上，將他裹入網中。四人將漁網四角結住，提到谷主面前。那漁網是以極堅韌極柔軟的金絲混以鋼絲鑄成，即是寶刀寶劍，也不易切割得破。四人兜網的手法十分奇特迅捷，交叉走位，遮天蔽地的撒將過來，縱是高手也難應付，所差者必須四人合使，單身一人便用它不來。四人一兜成功，大爲得意，卻見谷主注視漁網，臉上神色不善，忙低頭看時，登時嚇得出了一身冷汗，七手八腳解開金絲網，放出兩個人來，卻是樊一翁與麻光佐。

原來周伯通脫光了衣服，誰也沒防到他竟會不穿衣服而猛地衝出。他身法奇快，兜手抄起地下正自纏鬥的樊麻二人，丟入網中。乘著四弟子急收漁網，他早已竄出。虛虛實實，聲東擊西，鬧了個神出鬼沒。

老頑童這麼一鬧，公孫谷主固臉上無光，連金輪國師等也心中有愧，均想：自己枉稱武林中的一流好手，合這許多人之力，仍擒不住這樣瘋瘋顛顛的一個老頭兒，也算得無能之至。只楊過甚感欣喜，他對周伯通頗為佩服，早消了害他之念，心中已當他是朋友，他若失手被擒，便要設法相救，現下他能自行脫逃，那就再好也沒有了。

國師奉忽必烈之命，要想拉攏周伯通，但周伯通一陣搗亂，沒機會跟他拉交情，覺得再躭下去也無意味，與瀟湘子、尹克西兩人悄悄議論了兩句，站起身來拱手道：「極蒙谷主盛情，厚意相待，本該多所討教，但因在下各人身上有事，就此別過。」

公孫谷主本來疑心這六人與老頑童是同路人，後見瀟湘子與他性命相搏，國師、尹克西、楊過、尼摩星、麻光佐各施絕技攻打，倒頗有相助自己之意，各人武功不弱，於是拱手道：「小弟有一件不情之請，不知六位能予俯允否？」國師道：「但教力之所及，當得效勞。」谷主道：「今日午後，小弟續弦行禮，想屈各位大駕觀禮。敝居僻處窮鄉，數百年來外人罕至，今日六位貴客同時降臨，也眞是小弟三生有幸了。」麻光佐道：「有酒喝麼？有肉吃麼？」

公孫谷主待要回答，只見楊過雙眼怔怔的瞪視廳外，臉上神色古怪已極，似是大歡喜，又似大苦惱。衆人均感詫異，順著他目光瞧去。只見一個白衣女郎緩緩的從廳外長廊上走過，淡淡陽光照在她蒼白的臉上，清清冷冷，陽光似乎也變成了月光。她睫毛下淚光閃爍，走得幾步，淚珠就從她臉頰上滾下。她腳步輕盈，身子便如在水面上飄浮一般掠過走廊，始終沒向大廳內衆人瞥上一眼。

楊過好似給人點了穴道，全身動彈不得，突然間大叫：「姑姑！」

那白衣女郎已走到了長廊盡頭，聽到叫聲，身子劇烈一震，輕輕的道：「過兒，過兒，你在那兒？是你叫我嗎？」回頭似乎在尋找甚麼，但目光茫然，猶似身在夢中。

楊過從廳上急躍而出，拉住她手，叫道：「姑姑，你也來啦，我找得你好苦！」接著「哎唷」一聲，卻是手指上爲情花小刺刺傷處驀地裏劇痛難當，跟著撲倒在地。

那白衣女郎「啊」的一聲大叫，身子顫抖，坐倒在地，合了雙眼，似乎暈倒。楊過叫道：「姑姑，你……你怎麼啦？」將她摟在懷裏。過了半晌，那女郎緩緩睜眼，站起身來，冷冷的道：「閣下是誰？你叫我甚麼？」

楊過大吃一驚，向她凝目瞧去，卻不是小龍女是誰？忙道：「姑姑，我是過兒啊，怎……怎地你不認得我了麼？你身子好麼？甚麼地方不舒服？」

那女郎再向他望了一眼，冷冷的道：「我與閣下素不相識。」說著走進大廳，到公孫谷主身旁坐下。楊過奇怪之極，迷迷惘惘的回進廳來，左手扶住椅背。

公孫谷主一直臉色漠然，此時不自禁的滿臉喜色，舉手向國師等人道：「她便是兄弟的新婚夫人，已擇定今日午後行禮成親。」說著眼角向楊過淡淡一掃，似怪他適才行事莽撞，認錯了人，以致令他新夫人受驚。

楊過這一驚更加非同小可，大聲道：「姑姑，難道你……你不是小龍女麼？難道你不是我師父麼？」那女郎緩緩搖頭，說道：「不是！甚麼小龍女？」

楊過雙手捏拳，指甲深陷掌心，腦中亂成一團：「姑姑惱了我，不肯認我？只因咱們身處險地，她故弄玄虛？還是她像我義父一樣，甚麼事都忘記了？可是義父仍然認得我啊。莫非世間眞有與她一模一樣之人？」只說：「姑姑，你……你……我……我是過兒啊！」

公孫谷主見他失態，微微皺眉，低聲向那女郎道：「柳妹，今日奇奇怪怪的人眞多。」那女郎也不睬他，慢慢斟了杯清水，慢慢喝了，眼光從金輪國師起逐一掃過，卻避開了楊過，沒再看他。衆人但見她衣袖輕顫，杯中清水潑了出來濺上她衣衫，她卻全然不覺。

楊過心下慌亂，徬徨無計，轉頭問國師道：「我師父和你比過武的，你自然記得。你說我……我認錯了人麼？」

當這女郎進廳之時，國師早已認明她是小龍女，然見她對楊過毫不理睬，心想定是這對少年男女在鬧別扭，微微一笑，說道：「我也不大記得了。」小龍女與楊過聯手使玉女素心劍法，令他遭受生平從所未有之大敗，他想倘若這對男女齟齬反目，不能聯手，便可分別予以翦除，於自己實大有好處，何必助他們和好？楊過又是一愕，隨即會意，心下大怒：「你這和尚太也歹毒。當你在山頂養傷之際，我出力助你，此時你卻來害我。」恨不得立時便殺了他。

金輪國師見他失神落魄，眼中露出恨恨之意，尋思：「他對我已懷恨在心，留著這小子總是後患。今日他方寸大亂，實是除他的良機。」拱手向公孫谷主笑道：「今日欣逢谷主大喜，自當觀禮道賀，只老衲和這幾位朋友未攜賀禮，未免有愧。」

公孫谷主聽他說肯留下參與婚禮，心中大喜，對那女郎道：「這幾位都是武林高人，只須請到一位，已是莫大榮幸，何況請到了……請到了……」他本想說「六位」，但覺楊過少年輕浮，適才見他與周伯通動手，姿式雖然美觀，功力卻屬平平，料想武學修為華而不實，不能將他列於「武林高人」之數，但若將他除外而只說「五位」，未免又過於著跡，微一躊躇，接口道：「……請到了這衆位英雄。」就沒接下文。國師暗想：「這谷主氣派儼然，瞧他布漁網擒拿老頑童的陣勢，武功智謀都甚了得，可是器量卻小。楊過與小龍女說了這幾句話，他就耿耿於懷。」

公孫谷主道：「柳妹，這位是金輪國師……」一個個說下去，最後說了楊過姓名。那女郎聽到各人名號時只微微點頭，臉上木然，似對一切全不縈懷，對楊過卻連頭也不點，眼向廳外。楊過滿臉脹得通紅，心中已如翻江倒海一般，公孫谷主說甚麼話，他半句也沒聽見。尹克西等本不知他的淵源，只道他認錯了人，以致慚愧。

公孫綠萼站在父親背後，楊過這一切言語舉止沒半點漏過她耳目，儘自思量：「晨間他手指給情花刺傷，即遭相思之痛，瞧他此時情狀，難道我這新媽媽便是他意中人麼？天下事怎能有如此巧法？莫非他與這些人到我谷中，其實是爲我新媽媽而來？」側頭打量那「新媽媽」時，見她臉上既無喜悅之意，亦無嬌羞之色，實不似將作新嫁娘的模樣，心下更是犯疑。

楊過胸口悶塞，如欲窒息，隨即轉念：「姑姑既執意不肯認我，料來她另有圖謀，我當別尋途徑試探眞相。」站起身來，向谷主一揖，朗聲說道：「小子有位尊親，跟……跟這位姑娘容貌極是相像，適才不察，竟致誤認，還請勿罪。」

公孫谷主聽到他這幾句雍容有禮之言，立時改顏相向，還了一揖，說道：「認錯了人，也是常情，何怪之有？只是……」頓了一頓，笑道：「天下竟然另有一個如她這等容顏之人，那不僅巧合，也奇怪之極了。」言下之意，自是說普天之下那裏還能再有一個這般美貌的女子。

楊過道：「是啊，小子也挺奇怪。小子冒昧，請問這位姑娘高姓？」公孫谷主微微一笑，道：「她姓柳。尊親可也姓柳？」楊過道：「那倒不是。」心下琢磨：「姑姑幹麼要改姓柳？」心念一動：「啊，爲的是我姓楊。」念頭這麼一轉，手指又即劇痛。公孫綠萼見他痛楚神情，甚有憐意，眼光始終不離他臉龐。

公孫谷主向楊過凝視片刻，又向那白衣女郎望了一眼，見她低頭垂眉，一聲不作，心中起疑：「剛才她聽到這小子呼喚，我隱隱聽到她似乎說『過兒，過兒，你在那兒？是你叫我麼？』莫非她眞是這小子的姑姑？何以卻不認他？」待要出言相詢，但想眼下外人衆多，此事待婚禮之後慢慢再問不遲，話到口邊，卻又縮回。

楊過又道：「這位柳姑娘自非在谷中世居的了，不知谷主如何與她結識？」

古時女子本來決不輕易與外人相見，成親吉日更加不會見客，但金輪國師等或爲蒙古僧人，或是西域胡人、江湖異流，絕不拘泥俗禮，見那白衣女郎出來，也不以爲奇，但覺她於良辰吉日兀自全身縞素，未免太也不倫不類；聽得楊過詢問谷主與她結識的經過，涉及旁人私情，均覺不免逾份。

公孫谷主卻也正想獲知他未婚夫人的來歷，心道：「這小子眞的認識柳妹也未可知。」說道：「楊兄弟所料不差。半月之前，我到山邊採藥，遇到她臥在山腳之下，身受重傷，氣息奄奄。我一加探視，知她因練內功走火，於是救到谷中，用家傳靈藥助她調養。說到相識的因緣，實出偶然。」國師插口道：「這正所謂千里姻緣一線牽。想必柳姑娘由是感恩圖報，委身以事了。那眞是郎才女貌，佳偶天成啊。」他這番話似是奉承谷主，用意卻在刺傷楊過。

楊過一聽此言，臉色大變，全身發顫，胸口劇痛，突然一大口鮮血噴在地下。

那白衣女郎見此情狀，顫聲道：「你……你……」急忙站起，伸手欲去扶楊過手臂，終於強自忍住，全身顫抖，也是一口鮮血吐在胸口，白衣上赤血殷然。

這柳姑娘正是小龍女的化名。她那晚在客店中聽了黃蓉一席話後，左思右想，長夜盤算，終於硬起心腸，悄然離去。心想若回古墓，他必來尋找，於是獨自踽踽涼涼的在曠野窮谷之中漫遊，一日獨坐用功，猛地裏情思如潮，難以克制，內息突然橫突經脈，就此走火，引得舊傷復發，若非公孫谷主路過救起，已然命喪荒山。

公孫谷主失偶已久，見小龍女秀麗嬌美，實爲生平難以想像，不由得在救人的心意上又加上了十倍殷勤。其時小龍女心灰意懶，又想此後獨居，定然管不住自己，終不免重蹈覆轍，又會再去尋覓楊過，遺害於他，見公孫谷主情意纏綿、吐露求婚之意，當即忍心答允，心想此後既爲人婦，與楊過這番情緣自是一刀兩斷，兼之這幽谷外人罕至，料得此生與他萬難相見。豈知老頑童突然出來搗亂，竟將他引來谷中。

小龍女此刻陡然與楊過重逢，當眞柔腸百轉，難以自已，心想：「我既已答允嫁與旁人，還是裝作不識得他，任他大怒而去，終身恨我。以他這般才貌，何愁無淑女佳人相配？如此我雖傷心一世，他卻可平平安安、快快樂樂的過日子了。」因此眼見楊過情急難過，她總強忍傷痛，漠然不理，但心中悽惻，越來越難忍，驀地裏見他嘔血，又憐惜，又傷心，不由得熱血逆湧，噴將出來。

她臉色慘白，搖搖晃晃的待要走入內堂，公孫谷主忙道：「快坐著別動，莫震動了經脈。」轉過頭來，向楊過道：「你出去罷，以後可永遠別來了。」

楊過熱淚盈眶，向小龍女道：「姑姑，倘若我有不是，你儘可打我罵我，便一劍將我殺了，我也甘心。可是你怎能不認我啊？」小龍女低頭不語，輕輕咳嗽。

當日小龍女聽了黃蓉一番勸解後，尋思：若與楊過結爲夫妻，自己當然歡喜逾恆，楊過卻不免受到天下英雄譏嘲，連他最敬愛的郭靖夫婦也要打死他，他自然不會快樂；倘若二人永居古墓，決不出世，以楊過活潑愛動、喜歡熱鬧的性情，到後來必定鬱鬱寡歡，那也是只有自己快樂，而令得楊過不快樂。她心中摯愛楊過，爲了這個郎君，即使要自己身受千刀萬劍之痛，也甘之如飴，不論與他一起入世避世，自己都終身歡樂，楊過卻要爲了自己而強忍痛苦。她一生之中，雖未與師父、孫婆婆談論過情愛的眞諦，但既對楊過愛到極處，自覺得應當令愛郎喜樂，而由自己來心痛吃苦。「該當誰得喜樂，誰來心痛？」這一件事，凡眞正愛憐對方的深情之人，自易抉擇。她既想通了此節，在客店中淚洒滿房，此意已決，自後再難回頭了。楊過只道是小龍女惱了自己，以致不認，其實小龍女所以不認他，全是出於一片深愛他之心，只盼他今後一生喜樂，所有心痛如刀割的滋味，全由自己一人來嘗。若二人易身而處，楊過愛她之情既不弱於小龍女，所作決定，也當是「讓對方喜樂，由自己心痛」。

公孫谷主見他激得意中人吐血，早已惱怒異常，總算他涵養功夫甚好，卻不發作，低沉著嗓子道：「你再不出去，可莫怪我手下無情。」

楊過雙目凝視著小龍女，哪去理睬這谷主，哀求道：「姑姑，我答允一生一世在古墓中陪你，決不後悔，咱們一齊走罷。」

小龍女抬起頭來，眼光與他相接，見他臉上深情無限，愁苦萬種，不由得心中搖動，心道：「我這就隨著他！」但立即想到：「我與他分手，又非出於一時意氣。好好惡惡，前後已思慮周詳。眼下若無一時之忍，不免日後貽他終身之患。」將頭轉過，長嘆一聲，說道：「我不認得你。你說些甚麼，我全不明白。我一切全是爲你好，你好好去罷！」這幾句話說得有氣無力，可是言語中充滿著柔情密意，除了痲光佐是個渾人、全無知覺之外，廳上人人皆知她對楊過實懷深情，這幾句話乃違心之言。

公孫谷主不由得醋意大興，心想：「你雖允我婚事，卻從未對我說過半句如此深情的言語。」側目瞪了楊過一眼，但見他眉目清秀，英氣勃勃，與小龍女確是一對少年璧人，尋思：「瞧來他二人定是一對情侶。只因有事失和，柳妹才憤而允我婚事，實則對這小子全未忘情。『姑姑』、『師父』甚麼的，定是他二人平素調情時的稱謂。」想到此處，目光中更露憤色。

樊一翁對師父最是忠心，見他一直孤寂寡歡，常盼能有甚麼法子為他解悶才好，日前見師父救回一個美貌少女，而這少女又允下嫁，他心中的歡喜幾乎不遜乃師，突見楊過出來打擾，引得新師母嘔血，師父已憤怒異常，便挺身而出，厲聲喝道：「姓楊的小子，你識趣就快走！我們谷主不喜你這等無禮賓客。」

楊過聽而不聞，對小龍女柔聲又道：「姑姑，你眞的忘了過兒麼？」樊一翁大怒，伸手往他背心抓去，想抓著他身子甩出廳去。楊過全心全意與小龍女說話，一切全置之度外，直至樊一翁手指碰到背心，這才驚覺，急忙回縮，對方五指抓空，只聽嗤的一響，背上衣服給抓出了個大洞。

楊過一再哀求，見小龍女始終不理，越來越急，若在古墓之中或無人處，自可慢慢求懇，偏生大廳上有這麼多外人，而樊一翁又來喝罵動手，滿腔委屈，登時盡數要發作在他身上，回頭喝道：「我自與我姑姑說話，又干你這矮子甚麼事了？」樊一翁大聲喝道：「谷主叫你出去，永遠不許再來，你不聽吩咐，莫怪我手下無情。」

楊過怒道：「我偏不出去，我姑姑不走，我就在這裏躭一輩子。就算我死了，屍骨化成灰，也永遠跟著她。」這幾句話自是說給小龍女聽的。

公孫谷主偷瞧小龍女的臉色，只見她目中淚珠滾來滾去，終於忍耐不住，一滴滴的濺在胸口鮮血之上。他又含酸，又擔憂，向樊一翁使個眼色，右手作個殺人手勢，叫他猛下殺手，斃了楊過，索性斷絕小龍女之念，免有後患。

樊一翁見到師父這個手勢，倒大出意料之外，他本來只想將楊過逐出谷去，叫他別再囉唣，也就是了，想不到師父竟會忽下殺人的號令，大聲說道：「今日雖是師父大喜的好日子，難道我就殺不得人麼？」說著眼望師父。公孫谷主又重重將手一劈，意思說：「不用顧忌甚麼吉日良辰，快斃了這小子便是。」樊一翁拾起純鋼巨杖，在地下重重頓落，只震得滿廳嗡嗡聲響，喝道：「小子，你眞不怕死麼？」

楊過適才噴了一口血，此時胸頭滿腔熱血滾來滾去，又要奪口而出。古墓派內功講究克己節欲，小龍女的師父傳她心法之時，諄諄叮囑須得摒絕喜怒哀樂，到後來小龍女克制不住心情，以致數度嘔血。楊過受小龍女傳授，內功與她路子相同，此時手足冰冷，心想：「我就在姑姑面前狂噴鮮血，一死了之，瞧她是否仍不理我？」但轉念又想：「姑姑平時待我何等親愛，今日之事，中間定有別情，多半她受了這賊谷主的挾持，無可奈何，才不敢認我。若我自殘身軀，反而難與抗拒。」思念及此，雄心大振，決意拚命殺出重圍，救護小龍女脫險，當下鎭懾心神，氣沉丹田，將滿腔熱血緩緩壓落，微微一笑，指著樊一翁道：「你這死樣活氣的山谷，小爺要來時，你擋我不住，欲去時你也別想留客。」

衆人見他本來情狀大變，勢欲瘋狂，突然間神定氣閒，均感奇怪。

樊一翁先前見到楊過傷心嘔血，暗暗代他難受，實不欲傷他性命，鋼杖擺動，一股疾風帶得楊過衣袂飄動，大聲道：「小兄弟，你快走吧！」公孫谷主眉頭一皺，說道：「一翁，怎地囉唆個沒完沒了？」樊一翁見師父下了嚴令，只得抖起鋼杖，猛力往楊過腳脛上叩去。

綠萼素知大師兄武藝驚人，雖身長不逾四尺，卻天生神力，武功已得父親所傳十之七八，這柄鋼杖下殺斃過不少兇猛惡獸。她料想楊過年紀輕輕，決難敵得過大師兄九九八十一路潑水杖法，待得二人交上了手，再要相救便難，雖見父親臉帶嚴霜，神色極怒，還是鼓足勇氣，站出來向楊過道：「楊公子，你在這裏多躭無益，又何苦枉自送了性命？」語氣溫柔，充滿了關懷之意。

國師等一齊向她望去，無不暗暗稱奇，均想：「楊過和我等同時進谷，卻怎地偷偷和這姑娘結下了交情？」楊過點頭一笑，說道：「多謝姑娘好意。你愛不愛用長鬍子編個辮子來玩？」綠萼一怔，問道：「甚麼？」楊過道：「我拔下這矮子的鬍子，送給你玩兒，好不好？」綠萼大驚失色，心想這般玩笑也敢開，你當眞活得不耐煩了。絕情谷中規矩極嚴，她勸楊過這幾句話，已拚著受父親重重一頓責罰，那知反引得他胡說八道，臉上一紅，再也不敢接嘴，退入了衆弟子行列。

樊一翁身軀矮了，對自己的鬍子向來極爲自負，聽楊過出言輕薄，猛地拋下鋼杖，縱上前來，喝道：「好小子，教你先吃我一鬍子。」吆喝聲中，長鬚已拂將過去。楊過笑道：「老頑童沒剪下你鬍子，我來試試。」從背囊中取出大剪刀，疾向他鬍子上剪落。樊一翁鬍子直甩，猛往他頭頂擊落，勢道著實凌厲。楊過爲了鬥李莫愁，曾在這大剪刀的招式上用過一番心思，步子微挫，早已讓開，剪刀刃口迴了過來，喀的一響，雙刃合攏。樊一翁大驚，忙一個觔斗翻出，只要遲得瞬息之間，一叢鬍子便全給他剪斷了。這一下驚得他非同小可。旁觀衆人也不約而同「吁」的一聲低呼。

李莫愁雲帚上的功夫何等了得，楊過欲以大剪破她，事先早已細細想過，她拂塵如何捲，大剪便如何刺，拂塵如何擊，大剪又如何夾。不料李莫愁沒鬥到，竟在這絕情谷中遇上這個以鬍子當兵器的矮子。楊過心想：「你的鬍子功再厲害，也決強不過李莫愁的拂塵。」一急憤交迸下，手持大剪著著進迫。樊一翁在鬍子上已有十餘年功力，因有雙掌空著爲輔，比之一般軟鞭雲帚更加厲害，只見他搖頭晃腦，帶動鬍子，同時催發掌力向楊過急攻。

適才周伯通以大剪去剪樊一翁鬍子，反而讓他以鬍子捲住剪刀，只得服輸。衆人見識了周伯通的功夫，均自忖與他相比實有所不及，那知楊過使開了那把大剪刀，縱橫剪夾，來去絞舞，竟猶勝老頑童的手法，各人無不納罕。以武技功力而論，楊過與周伯通當然差得甚遠，但他事先曾細心揣摩過李莫愁的雲帚功夫，設想了剪刀的招數，而樊一翁的鬍子正與雲帚的用法大同小異，他這剪刀使將開來，竟然得心應手，大佔上風。比之周伯通胡亂拿一柄大剪刀來全無章法的亂夾亂剪，自大不相同。金輪國師等不知緣由，只見到老頑童將大剪刀交給楊過，料想以周伯通之爲人，這把古怪胡鬧的兵刃自然是他異想天開而去打造來的。楊過擅於使劍，乃國師所素知。

樊一翁數次險爲剪刀所傷，登時消了輕視他年少無能之心，招法一變，將鬍子舞得團團亂轉，四面八方的打將過去，縱擊橫掃，居然也成招數。楊過連夾數剪，盡皆落空，又見敵人掌風凌厲，有時鬍子是虛招，掌力是實，有時掌法誘敵，卻以鬍子乘隙進攻，虛虛實實，的是武林中前所未見的奇妙功夫。輾轉拆了數十招，楊過心想：「這谷主陰險狠辣，武功定當遠在矮子之上，我不勝其徒，焉能敵師？」心中微感焦躁。但樊一翁的鬍子又長又厚，比李莫愁的拂塵長大得多，鋪發開來，實無破綻。

又拆數招，楊過凝神望著對手，但見他搖頭晃腦，神情滑稽，鬍子越使得急，那顆圓圓的小腦袋更加晃動得厲害，心念一動，已想到破法，剪刀喀的一聲，躍後半丈，叫道：「且慢！」樊一翁並不追擊，道：「小兄弟，你既服輸，還是快出谷去罷！」楊過笑著搖了搖頭，道：「你這叢大鬍子剪短之後，要多久才留得回來？」樊一翁怒道：「那關你甚麼事？我的鬍子從來不剪的。」楊過搖頭道：「可惜，可惜！」樊一翁道：「可惜甚麼？」楊過道：「我三招之內，就要將你的大鬍子剪去了。你這人不錯，你如怕了，這時退開還來得及。」

樊一翁心想：「你和我已鬥了數十招，始終是個平手，三招之內要想取勝，哼，那是夢想。」怒喝一聲：「看招！」右掌劈出。楊過左手斜格，右剪砸落，擊向對方左額。他身子高，擊敵頭臉時剪刀自上而下，樊一翁側頭閃避，不料楊過左掌跟著落下，劈他右額。這一劈勢道兇猛，樊一翁忙又偏頭左避，敵招來得快，他這一偏也極爲迅捷，長鬍子跟著甩起。楊過的大剪刀早張開了守在右方，喀的一聲，將他鬍子剪去了一尺有餘。

衆人「啊」的一聲，無不大感驚訝，見他果然只用三招，就將樊一翁的鬍子剪斷了。原來楊過久鬥之下，終於發見樊一翁鬍子左甩，腦袋必先向右，鬍子上擊，腦袋必先低垂，暗罵自己愚蠢：「他鬍子長在頭上，若要揮動鬍子，自然必先動頭。我竟不擊其根本，卻一味跟他的鬍子纏鬥，當眞大傻蛋一個。」心中定下了擊首剪鬚之計，這才聲言三招剪他鬍子。

樊一翁一呆，見自己以半生功夫留起來的鬍子一絲絲落在地下，又痛惜，又憤怒，一個起落，將鋼杖搶在手中，怒喝：「今日不拚個你死我活，你休想出得谷去。」楊過笑道：「我本就不想出去啊！」樊一翁鋼杖橫掃，往他腰裏擊去。

麻光佐剛才與樊一翁廝打良久，著實吃了虧，這時甚是得意，大聲道：「老矮子，你相貌本就不美，少了這一大把鬍子，更加怪模怪樣。」樊一翁聽了，咬牙切齒，手上又加了三分勁力。

楊過與他相鬥多時，一直是與他鬍子的柔力周旋，不知他膂力如何，見他鋼杖揮來，伸出剪刀去一格，只聽得噹的一聲巨響，手臂酸麻，剪刀已給鋼杖打得彎了過來，不成模樣。就只這麼一招，那大剪刀已不能再用。旁觀衆人眼見楊過已然獲勝，不料兵刃一變，二人登時優劣易勢，樊一翁手持一件長大沉重的厲害兵刃，楊過卻拿著一堆廢鐵。綠萼忍不住叫道：「楊公子，你不及我大師兄力大，何必再鬥？」

谷主見女兒一再維護外人，怒氣漸盛，向她瞪了一眼，只見她一臉的關切焦慮之狀，再向小龍女望去時，卻見她神色淡然，竟不以楊過的安危縈懷，當即轉怒爲喜，暗想：「原來她對這小子並無情意，否則眼見他身處險境，何以竟不介意？」其實小龍女素知楊過智計百出，武功也在樊一翁之上，二人相鬥，他有勝無敗，是以絕不耽心。

楊過將那扭曲的大剪刀拋在地下，說道：「老樊，你不是我敵手，快快丟下鋼杖投降了罷。」樊一翁怒道：「你若贏得我手中鋼杖，我就一頭撞死。」楊過道：「可惜，可惜！」樊一翁叫道：「看招！」一招「泰山壓頂」，鋼杖當頭擊下。楊過側身閃開，左足已踏住杖頭。樊一翁雙手疾抖，甩起鋼杖。楊過身隨杖起，竟給他帶在半空，左足卻穩穩站在杖上。樊一翁連抖幾下，始終未能將他震落，待要倒轉鋼杖，楊過右足邁出，竟從杖身上走將過去。

這兩下怪招在旁人與樊一翁眼中，自是匪夷所思，其實卻是古墓派武功中以絕頂輕功破長大兵刃的常法。當年李莫愁在嘉興破窯外與武三通相鬥，站在他當作兵器的栗樹樹幹上，武三通始終甩她不脫，便是這門功夫。樊一翁一怔之際，楊過左足又跨前一步，右足飛起，向他鼻尖踢去。樊一翁處境狼狽，敵人附身鋼杖，自己若向後閃躍，勢必將敵人帶了過來，這一腳自躲避不了，他雙手持杖，沒法分手招架，而鬍子遭剪，又少了一件防身利器，情急之下，只得拋下鋼杖，這才後躍而避了這一腳。噹的一響，鋼杖一端著地，另一端尚未跌落，已讓楊過抄在手中。

麻光佐、尼摩星、瀟湘子等齊聲喝采。楊過將鋼杖在地下一頓，笑道：「怎麼？」樊一翁脹紅了臉，道：「我一時不察，中了你的詭計，心中不服。」楊過道：「咱們再來過。」將那鋼杖輕輕拋去，樊一翁伸手去接。那知鋼杖飛到他身前兩尺餘之處，突然向上躍起，樊一翁接了個空，楊過飛身長臂，又抓了過來。麻光佐等采聲越響，樊一翁一張臉更脹成了紫醬色。

金輪國師與尹克西相視一笑，暗讚楊過聰明。昨日周伯通以斷矛擲人，勁力即發即收，矛頭擲出後中途變向，此時楊過學了他這法子。但矛頭有四而鋼杖惟一，鋼杖沉重，轉勁不難，楊過此舉遠較周伯通爲易。谷主與衆弟子不知有此緣由，不免大爲驚詫。

楊過笑道：「怎麼？要不要再來一次？」樊一翁鬍子遭剪，鋼杖脫手，全是對方用智取勝，要他認輸，如何肯服？大聲道：「你若憑眞實本領勝我，自然服你。」楊過微笑道：「武學之道，以巧爲先。你師父頭腦不淸，教出來的弟子自然也差勁了。我勸你啊，還是改投明師的是。」這話自是指著公孫谷主的鼻子在罵了。

樊一翁心想：「我學藝不精，有辱師尊，如當眞不能取勝，今日只有自刎以謝師父了。」一咬牙，猱身直上。楊過橫持鋼杖，交在他手裏，說道：「這一次可要小心了，如再給我奪來，須怨不得旁人。」樊一翁不語，右手牢牢抓住杖端，心道：「再要奪得此杖，除非將我這條手臂割去。」楊過叫道：「小心了！」和身向前撲出，左手已搭住杖頭，右手食中二指倏取他的雙目，同時左足翻起，已壓住杖身，這正是打狗棒法的絕招「獒口奪棒」。樊一翁不得不退，鋼杖又入楊過之手。

先兩次楊過奪杖，旁人雖感他手法奇特，都看得淸淸楚楚，這一次卻連樊一翁也不明其中奧妙，只眼睛一霎，鋼杖又已到了敵手。

麻光佐叫道：「沒鬍子的長鬍子，這一下你服了麼？」樊一翁大叫：「他使的是妖術，又非眞實武功，我如何能服？」楊過笑道：「你要怎地才服？」樊一翁道：「除非你憑眞實本領打倒我，小老兒方肯服輸。」楊過又將鋼杖還他，道：「好罷，咱們再試幾招。」

樊一翁對他空手奪杖的妙術極是忌憚，心想：「不論我如何佔到上風，他抵擋不住之時，只須突使妖術奪杖，終難勝他。」說道：「我使這般長大兵刃，你卻空手，就算勝了，你也不服。」楊過笑道：「你是怕了我空手入白刃的功夫，也罷，我用一樣兵刃便是。」目光在廳中一轉，只見大廳四壁光禿禿的全無陳設，一件可用的兵刃也無，院子中卻有兩株大柳樹，枝條依依，掛綠垂翠，他向小龍女望了一眼，說道：「你要姓柳，我就用柳枝作兵器罷！」說著縱身入庭，折了一根寸許圓徑的柳枝，長約四尺，長短粗細，就與丐幫的打狗棒相似，只不去柳葉，另增雅致。

小龍女心中混亂一片，對日後如何已全無主見，楊過在她眼前越久，越難割捨。她當時獨自凝思，雖與楊過分手極是傷心，但想此舉捨己爲郎，全是爲楊過著想，一了百了，縱不能忍，一死了之便是。此刻這個人活生生的來到眼前，但覺他一言一動，一笑一怒，無不令她心動意蕩，欲待入內不聞不見，卻又如何捨得？她低頭不語，內心卻如千百把鋼刀在絞剜一般。

公孫止突然使出了平生絕學「陰陽倒亂刃法」。黑劍本來輕柔，此時卻硬砍猛斫，變成了剛猛之極的刀法，而笨重長大的鋸齒金刀卻刺挑削洗，全走單劍的輕靈路子，刀成劍，劍變刀，奇幻無方。

第十八回　公孫谷主

樊一翁見楊過折柳枝作兵刃，宛似小兒戲耍，全不將自己放在眼裏，怒氣更盛，他那知這柳枝柔中帶韌，用以施展打狗棒法，雖不及丐幫世代相傳的竹棒，其厲害處實不下於寶劍寶刀。

麻光佐道：「楊兄弟，你用我這柄刀罷！」說著唰的一聲，抽刀出鞘，精光四射，確是一柄利刃。楊過雙手一拱，笑道：「多謝了！這位矮老兄人是不壞的，只可惜他拜錯了師父，武藝很差，一根柳條兒已夠他受的。」柳枝抖動，往鋼杖上搭去。

樊一翁聽他言語中又辱及師尊，心想此番交手，實決生死存亡，再不容情，當即展開了九九八十一路潑水杖法。杖法號稱「潑水」，意謂潑水不進，可見其招數嚴密。

杖法展開，初時響聲凌厲，但數招之後，漸感揮出去方位微偏，杖頭有點兒歪斜，帶動的風聲也略見減弱。原來楊過使開打狗棒法中的「纏」字訣，柳枝搭在杖頭之上，對方鋼杖到東，柳枝跟到東，鋼杖上挑，柳枝也跟了上去，但總是在他勁力的橫側方向稍加推拉，令杖頭不由自主的變向。這打狗棒法「纏」字一訣，正是從武學上乘功夫「四兩撥千斤」中生發出來，精微奧妙，遠勝於一般「借力打力」、「順水推舟」之法。

衆人愈看愈奇，萬料不到楊過年紀輕輕，竟有如此神妙武功。但見鋼杖的力道逐步減弱，柳枝的勁道卻不住加強。此消彼長，三十招後，樊一翁已全爲柳條所制，手上勁力出得越大，鋼杖招數越加不由自主，到後來宛如入了一個極強的旋風渦中，只捲得他昏頭暈腦，不明所向。公孫谷主伸手在石桌上一拍，叫道：「一翁，退下！」

這一聲石破天驚，連楊過也心頭一凜，暗想：「此時豈能再讓你退出。」一手臂抖處，已變爲「轉」字訣，身子凝立不動，手腕急畫小圈，帶得樊一翁如陀螺般急速旋轉。楊過手腕抖得愈快，樊一翁轉得也愈快，手中鋼杖就如陀螺的長柄，也跟著滴溜溜的旋轉。楊過柳枝向上疾甩，躍後丈許。

樊一翁此時心神身法已全然亂了套，腳步踉蹌，腦袋亂晃，眼見他再轉得幾轉，立即就要摔倒。公孫谷主斗然躍高，舉掌在鋼杖頭上一拍，輕輕縱回。這一拍看上去輕描淡寫，力道卻奇大，將鋼杖拍得深入地下尺許，登時便不轉了。樊一翁雙手牢牢抓住鋼杖，這才不致摔倒，但身子東搖西擺，恍如中酒，一時難以寧定。

瀟湘子、尹克西等瞧瞧楊過，又瞧瞧公孫谷主，心想這二人均非易與之輩，且看這場龍爭虎鬥誰勝誰敗，均存了隔岸觀火之意。只麻光佐一意助著楊過，大聲呼喝：「楊兄弟，好功夫！矮鬍子輸了！」

樊一翁深吸一口氣，寧定心神，轉過身來，突向師父跪倒，拜了幾拜，磕了四個頭，一言不發，猛向石柱上撞去。衆人都大吃一驚，萬想不到他竟如此烈性，比武受挫竟會自殺。公孫谷主叫聲：「啊喲！」急從席間躍出，伸手去抓他背心，但相距遠了，而樊一翁這一撞又極爲迅猛，一抓卻抓了個空。

樊一翁縱身撞柱，使上了十成剛勁，突覺額頭所觸之處竟軟綿綿地，抬起頭來，只見楊過伸出雙掌，站在柱前，說道：「樊兄，世間最傷心之事是甚麼？」

原來楊過見樊一翁向師父跪拜，已知他將有非常之舉，已自全神戒備，他與樊一翁相距既近，古墓派輕功了得，在堂奧之間進退若神，竟搶在頭裏，出掌擋了他這一撞，於絕無可能之中救了他一命。

樊一翁一怔，問道：「是甚麼？」楊過淒然道：「我也不知。我心中傷痛過你十倍，我還沒自盡，你又何必如此？」樊一翁道：「你比武勝了，又有甚麼傷痛？」楊過搖頭道：「比武勝敗，算得甚麼？我一生之中，不知給人打敗過多少次。你要自盡，你師尊急得如此。若我自盡，我師父卻絲毫不放在心上，這才是最傷心之事。」

樊一翁還未明白，公孫谷主厲聲道：「一翁，你再生這種傻念頭，那便是不遵師令。你站在一旁，瞧爲師收拾這小子。」樊一翁對師命不敢有違，退在廳側，瞪目瞧著楊過，自己也不明白對他是怨恨？是憤怒？還是感恩佩服？

小龍女聽楊過說「若我自盡，我師父卻絲毫不放在心上」這兩句話，眼眶一紅，幾滴眼淚又掉了下來，心道：「如你死了，難道我還會活著麼？」

公孫谷主隔不片刻，便向小龍女瞧上一眼，不斷察看她神情，突見她又流眼淚，心下又妒又惱，雙手連擊三下，叫道：「將這小子拿下了。」他自恃身份，不屑與楊過動手。兩旁的綠衫弟子齊聲答應，十六人分站四方，突然間呼的一聲響，每四人合持一張漁網，同時展開，圍在楊過身周。谷主一瞥眼間，見女兒綠萼向楊過連使眼色，腦袋微晃，示意他儘快出外，心想：「女生外向。這漁網陣必須人人盡力，若有人不盡全力，便生漏洞。」叫道：「萼兒，你退下歇歇！十四兒，你來替綠萼師姊！」一個十四五歲的少年應聲而前，接替了公孫綠萼的位置。

楊過與國師等同來，國師隱然是一夥人的首領，此時鬧到這個地步，是和是戰，按理國師該當挺身主持，但他只微微冷笑，不發一言。

公孫谷主不知國師用意，還道他譏笑自己對付不了楊過，心道：「終須讓你見見絕情谷的手段。」雙手又連擊三下。十六名綠衫弟子交叉換位，將包圍圈子縮小了幾步。

四張漁網或橫或豎、或平或斜，不斷變換。

楊過曾兩次見到綠衫弟子以漁網陣擒拿周伯通，變幻無方，極難抵擋，陣法之精，與全眞教的「天罡北斗陣」可說各有千秋。心想：「以老頑童這等武功，尙且給漁網擒住，我卻如何對付？何況他是只求脫身，將樊麻二人擲入網中，即能乘機兔脫，我卻偏偏要留在谷中。」每張漁網張將開來丈許見方，持網者藏身網後，要破陣法，定須先攻倒持網弟子，但只要一近身，不免先爲漁網所擒，竟無從著手。十六人愈迫愈近，楊過一時不知如何應付，只得展開輕功，在大廳中奔馳來去，斜竄急轉，縱橫飄忽，令對方難以確定出手方位。

他四下遊走，十六名弟子卻不跟著他轉動，只逐步縮小圈子。楊過腳下奔跑，眼中尋找陣法破綻，見漁網轉動雖極迅速，四網交接處卻始終互相重疊，不露絲毫空隙，心想：「除了以暗器傷人，再無別法。」滴溜溜一個轉身，手中已扣了一把玉蜂針，見西邊四人欺近，左手一揚，七八枚金針向北邊四人擲去。

眼見四人要一齊中針，不料叮叮叮幾聲輕響，七八枚金針盡數爲漁網吸住。原來漁網金絲的交錯之處，綴有一塊塊小磁石，如此一張大網，不論敵人暗器如何厲害，自能盡數擋住。玉蜂針六成金、四成鋼，只因這四成鋼鐵，便給網上的磁石吸住了。

楊過滿擬一擊成功，那料到這張網竟有這許多妙用，百忙中向公孫谷主瞪了一眼，料知再發暗器也是無用。右手往懷中一揣，放回金針，正待再想破解之法，東邊的漁網已兜近身邊，掌陣者一聲唿哨，一張漁網已從右肩斜罩下來。楊過身形一挫，待要從西北方逸出，北邊與西北的漁網同時湊攏。

楊過陡然間使出「天羅地網勢」身法，從兩張漁網間倏地逸出，身法快速無比，那正是他初入古墓不久小龍女所教他的輕功，八十一隻麻雀高飛逃逸，他都能快速躍起，伸掌擋住，絕情谷弟子撒網罩人，手法終不能如此迅捷。衆人「咦」的一聲，只見楊過已笑吟吟的站在小龍女身畔。

小龍女見他以自己所授輕功脫險，不由得舒了口氣，心中高興，嘴角邊露出一絲微笑，但隨即又板起了臉。楊過見她若有若無的一笑，心中大喜，說道：「姑姑，過兒這一下還不錯罷？」小龍女欲待不理，終於忍不住，微微點了點頭。

楊過既站在小龍女身畔，漁網陣若再上裹，便連小龍女也裹在網裏。十六名綠衫弟子眼望谷主，瞧他如何示下。公孫谷主雙掌互擊，錚錚有聲，便如是敲打鋼鐵一般，陰森森的道：「小子，你來接我的鐵掌！你如不敢，快快出谷去罷，我也不來難爲你。」

楊過斜眼向小龍女瞧去，想到她適才這一笑，胸口熱血上湧，朗聲道：「只要我姑姑不走，我便死十次也不走，你有本事就打死我好了！」倏然躍出，一晃之間已到了谷主背後，彎起右手，啪的一聲，指節骨打在谷主頸後大椎穴上。這一下恍若偷襲，但身法快極，縱起時與谷主相對，空中轉身，搶到了他背後，谷主剛欲轉身，頸後要穴已然中招。

楊過這下出手，手腳之快，如鬼似魅，國師、瀟湘子等雖見多識廣，卻也從未見過這等電閃若神的招數。這是玉女心經的手法，也即是李莫愁苦求而不得的妙技，小龍女與楊過練成以來，從未施展過一次。這路拳招掌法，並無招數名稱。林朝英當年創此武功，只是求快，風馳電掣一般，於頃刻間連出數十招，一招未完，二招又至。發招者心中來不及去想招數，一想招數名稱次序，手腳就慢了。總之是有如狂風暴雨，連續出招。旁觀衆人喝采聲中，谷主背上接連中招，砰砰砰砰、啪啪啪啪，響聲不斷，楊過勢若顚狂，拳掌不住往谷主背上招呼，喝道：「你夠了麼！」躍開幾步，雙掌拍了拍。看谷主時，他兀立不動，上前一步，斜退一步，說道：「小子，多謝你給我搥背！」

小龍女見楊過將這路玉女拳功使得圓轉快速，深得祖師婆婆的遺意，心下讚嘆，臉色也不禁如花之放，但見公孫谷主要穴數處受擊，竟若無其事，不禁駭然失色。楊過也即大驚，適才明明打中了他背心幾處要穴，對手竟若無其事。

他曾聽洪七公、歐陽鋒、黃藥師等高手講論武學，知道一人內功練到眞正上乘境界，當敵招襲到時可暫行封閉自身穴道，但只能於極短時刻中封閉一次，決不能長時連續封閉。又如歐陽鋒修習異派功夫，能練得經脈逆轉，周身大穴盡數變位，但其時他頭下腳上，一見而知。此刻這谷主卻對自己的拳打指戳全無反應，若不是殭屍復活，便是身上不生穴道，或已練成古怪的金鐘罩、鐵布衫奇功，只怕此人竟不是人，又或身有妖法邪術，不由得心中怯了。

公孫谷主雙掌翻起，掌心隱隱帶著一股黑氣，楊過不敢硬接，只以輕功閃避，但見谷主的掌法也不特異，與完顏萍的「鐵掌」功夫有些相似，當下凝神拆接，心中怯意漸去，玉女心經神功使出來便頭頭是道。他想這人不知是人還是殭屍，不敢使用對付達爾巴取勝的移魂大法或美女拳招，只以小龍女所授的古墓派正宗掌法應付，鬥到緊處，楊過搶到谷主左側，飛腿向他腿上踢去。

谷主不閃不避，讓他踢中「期門穴」，左手反撩，已抓住了楊過左足小腿。楊過右足急撐，左足才脫掌握，心念一動，記得在古墓外與小龍女拆招時，小龍女也曾抓過他左足摔出。當時他入古墓不久，武功仍低，給師父抓住了一摔，額頭撞中一塊石子，他一半撒嬌，一半撒賴，趴在地下放聲假哭。小龍女伸掌在他屁股上重重一拍，喝道：「起來，不准哭！」他一躍而起，眼中竟沒半滴眼淚，向小龍女做了個鬼臉。小龍女本來少喜少怒，那時卻忍不住破顏微笑，說道：「羞，羞，羞！又哭又笑！」楊過嬉皮笑臉的道：「姑姑，我不哭，你能笑麼？」

這時情景約略相似，他要讓小龍女憶及共處古墓時的溫馨，故意乘勢向前撲出，摔在小龍女之前，趴在地下不動，放開嗓子，長號假哭。這一招甚為兇險，乃是把自己背心賣給了公孫谷主，谷主倘若上前一掌一腳，中其要害，立時便取了他性命。但楊過此時與谷主相鬥，早就豁出了性命不要，要旨在情而不在勝，不是要勝過谷主，而是要挑起小龍女心中之情。

小龍女陡然見到這情景，當年授藝的心情立時湧向心頭，情不自禁，伸掌在楊過屁股上重重一拍，笑道：「起來，不准哭！」她這一拍，時刻拿捏得恰到好處，公孫谷主搶上一步，正要發拳往楊過背心擊落，小龍女這麼一拍，就擋身在其間。楊過跳起身來，哈哈大笑，握住了小龍女雙手，喜道：「姑姑，你認了我，我就不哭了！」

公孫谷主向楊過恨恨的瞪了一眼，擊掌四下，十六名弟子突然快步退入內堂，楊過一怔，心想：「難道你認輸了？」他正自奇怪，一回頭，卻見綠萼神色驚惶，連使眼色，示意他急速出谷，瞧這模樣，自己便似有大禍臨頭一般。楊過剛才給小龍女這麼一拍，心花怒放，拉過一張椅子，坐了下來。忽聽得內堂叮叮噹噹一陣輕響，十六名弟子轉了出來，手中仍拉著漁網。

衆人一見漁網，無不變色。原來四張漁網已經換過，網上遍生倒鉤和匕首，精光閃亮，顯極鋒利，任誰給網兜住，全身中刀，絕無活命之望。痲光佐大叫：「喂，谷主老兒，你用這般歹毒傢伙對付客人，要不要臉？」

谷主指著楊過道：「非是我要害你，我幾次三番請你出去，你偏生要在此搗亂。我最後良言相勸，快快出谷去罷。」麻光佐見了這四張漁網，饒是他膽氣粗壯，也不由得肉爲之顫，聽得網上刀鉤互撞而發出叮噹之聲，更加驚心動魄，站起身來拉著楊過的手道：「楊兄弟，這般歹毒的傢伙，咱們去他媽的爲妙，你何必跟他嘔氣？」

楊過眼望小龍女，瞧她有何話說。

小龍女見谷主取出帶有刀鉤的漁網，心中早已想了一個「死」字，只待楊過一給漁網兜住，自己也就撲在漁網之上，與他相擁而死。她想到此處，心下反而泰然，覺得人世間的愁苦就此一了百了，嘴角不禁帶著微笑。楊過正想著古墓中授藝的情景，見到帶刀漁網，心中倏地閃過一個念頭，站起身來，走到小龍女身前，微微躬身，說道：「姑姑，你的金鈴索與掌套請借給我一用。」

小龍女只想著與他同死之樂，此外更無別樣念頭，聽了他這句話，當即從懷中取出一條白綢帶子，遞了給他，又取出一雙白色手套，分別給他雙手戴上，戴手套時捏著他手，不由得深情款款，竟不捨得放開。

楊過凝視著她臉，說道：「你現今認了我麼？」小龍女握住他手，柔情無限，微笑道：「我心中早就認你啦！」楊過精神大振，顫聲問道：「那你決意跟了我去，不嫁給這谷主啦，是不是？」小龍女微笑點頭，道：「我決意跟了你去，自不能再嫁旁人啦。

過兒，從今以後，我自然是你妻子。」

她話中「跟了你去」四字，說的是與他同死，連楊過也未明白，旁人自然不懂，但「我自然是你妻子」這七個字，卻說得再也清楚不過。公孫谷主臉色慘白，雙手猛擊四下，催促綠衫弟子動手。十六名弟子抖動漁網，交叉走動。

楊過聽了小龍女這幾句話，宛似死中復活，立時勇氣百倍，就算眼前是刀山油鍋，他也不放在眼裏，右手綢帶抖動，玲玲聲響，綢帶就如一條白蛇般伸了出去。綢帶末端是個發聲的金鈴，綢帶一伸一縮，金鈴已擊中南邊一名弟子的「陰谷穴」，回過來時擊中了東邊一名弟子的「曲澤穴」。那陰谷穴正當膝彎裏側，那人立足不牢，屈膝跪下；曲澤穴位處臂彎，給點中的手臂酸軟，漁網脫手。

這兩下先聲奪人，金鈴索一出手，漁網陣立現破綻，西邊持網的四名弟子一驚之下，攻上時稍形遲緩，楊過金鈴索倒將過來，玎玲玲聲響，又將兩名弟子點倒。但就在此時，北邊那張漁網已當頭罩下，網上刀鉤距他頭頂不到半尺，以金鈴索應敵已然不及。楊過左掌翻起，一把抓住漁網，借力甩出，他手上戴著金絲掌套，手掌雖抓住匕首利鉤，卻絲毫無損。漁網給他抓住了一抖，斗然向四名綠衫弟子反罩過去。

衆弟子操練漁網陣法之時，只怕敵人漏網兔脫，但求包羅嚴密，從來沒想到漁網竟會掉頭反噬，見網上明晃晃的刀鉤向自己頭上撲來，素知這漁網厲害無比，同聲驚呼，撒手躍開。那替補公孫綠萼的少年身手較弱，大腿上終於給漁網的匕首帶著，登時鮮血長流，摔倒在地，痛得大聲號哭。

楊過笑道：「小兄弟，別害怕，我不傷你。」左手抖動漁網，右手舞起金鈴索，但聽得嗆啷啷、玎玲玲，刀鉤互擊，金鈴聲響，極是清脆動聽。這一來，衆弟子那裏還敢上前，遠遠靠牆站著，只未得師父號令，不敢認輸逃走，但雖不認輸，卻也是輸了。

麻光佐拍手頓足，大聲叫好，人羣中唯他一人喝采，未免顯得寂寞，他叫了幾聲，瞪眼向國師道：「和尙，楊兄弟的本領不高麼？怎麼你不喝采？」國師一笑，道：「很高，很高，但也不必叫得這般驚天動地。」麻光佐瞪眼道：「爲甚麼？」國師見公孫谷主雙眉豎起，慢慢走到廳心，凝神注視他的動靜，不去理會麻光佐說些甚麼。

谷主聽小龍女說了「我自然是你妻子」這七字後，已知半月來一番好夢到頭來終於成空，雖又失望，又惱怒，但想：「我縱然得不了你的心，也須得到你的人。我一掌將這小畜生擊斃，你不跟我也得跟我，時日久了，終能教你回心轉意。」

楊過見他雙眉越豎越高，到後來眼睛與眉毛都似直立一般，不知是那一派的厲害武功，也不禁駭然，右手提索，左手抓網，全神戒備，自己和小龍女的生死存亡，在此一戰，實不敢有絲毫怠忽。

谷主繞著楊過緩緩走了一圈，楊過也在原地慢慢轉頭，眼睛始終不敢離開他眼光，知他越遲不動手，出手越厲害，只見他雙手向前平舉三次，雙掌合拍，錚的一響，錚錚然如金鐵相擊。楊過心中一凜，退了一步，谷主右臂突伸，一把抓住漁網邊緣一扯。他似乎周身刀槍不入，手掌竟不怕漁網上的匕首利鉤。楊過但覺這一扯之力大極，五指劇痛，只得鬆手。谷主將漁網拋向廳角空著手的四名弟子，這才喝道：「退下！」

楊過漁網遭奪，不容他再次搶到先手，綢索振處，金鈴抖動，分擊對方肩頭「巨骨」與頸中「天鼎」兩穴。公孫谷主右臂長出，倏向他臂上抓來，但聽叮叮兩聲，谷主「巨骨」與「天鼎」雙穴齊中，他恍若不覺，呼的一響，手抓變掌，拍向楊過左乳。楊過大驚，側身急閃，幸好他輕身功夫了得，才讓開對方這斗然而至的掌擊。

玉女心經武功的厲害之處，純在以內功爲根基，練就了絕頂輕功，臨敵之時，突然以快速身手，搶點敵人穴道，或攻其要害。但公孫谷主練就閉穴奇功，周身穴道不受侵害，則玉女心經的攻勢便屬無效。楊過先前和他相鬥，是拚了性命以引動小龍女對自己的情意，認了自己，生死已置之度外。此時小龍女既已認了他，自己如給谷主或傷或擒，小龍女便陷身此谷，不能得脫，因之此番再戰，勝負之數便不能輕忽。谷主鐵掌之來，掌力沉重，楊過接了兩掌，已震得胸口隱隱作痛。此後谷主拳腳攻來，楊過只以輕功閃避，不敢硬接，但每每相去僅間一線，甚爲兇險。楊過勢難反擊，即令反擊，傷不到對方，也屬無用，當此處境，已屬必敗，麻光佐等手中都爲他捏了一把冷汗。

楊過又閃避了兩次，突然搶前，閃到谷主背後，突然出拳，在他背心「大椎穴」上啪啪啪啪連擊四下。谷主哈哈一笑，說道：「好舒服，再打！」回手一掌，在楊過面門前掠過，相距不過寸餘。楊過叫聲：「啊喲！」挫出幾步，險些摔倒，隨即使出「天羅地網勢」，高躍而起，搶到谷主背後，又連拍四掌，啪啪啪啪四響，密如擊鼓，都拍在他腰間「至陽穴」上。

谷主又道：「勞你駕，舒服得很！」回拳打出。楊過跌出幾步，腳下踉蹌，猛地躍起，又搶到谷主背後，雙手連拍，一共八下。谷主大聲怒吼，轉身大罵：「小畜生！」雙掌橫拍豎打，滿臉怒色，似欲拚命。楊過急速躍開，叫道：「好舒服嗎？」

公孫谷主躍起半空，十指似爪，惡狠狠的揷將下來。楊過斜躍避開，谷主雙足落地，突然全身麻癢難當，摔倒在地，嗚嗚大呼。公孫綠萼大驚，搶上扶起，急叫：「爹，爹，你怎麼啦？」谷主左掌力推，將綠萼推開幾步，氣急敗壞的嘶聲道：「小畜生使餵毒暗器，快，快，快取解藥！」

小龍女眼望楊過，明明見他已敗得十分狼狽，不知何以能反敗爲勝？楊過笑吟吟的道：「玉蜂金針，他舒服得很，勞我的駕！」小龍女這才恍然，便要取玉蜂漿救他。楊過道：「咱們先脫身出谷，再給他蜂漿。此人反覆，言而無信，靠不住得很！」小龍女點點頭。

原來楊過擊打他穴道無用，比鬥勢在有輸無贏，情急之下，猛想起先前勝過霍都王子之法，兩次搶到谷主身後，打他穴道。谷主能自封穴道，擊打自然無用。楊過這兩下乃是虛招，令他不防，第三次手中暗持玉蜂金針，拍打八下，將兩枚餵毒金針拍入了他的「中樞穴」。這穴位在人身第十椎節之下，乃督脈內息所必經，實爲人身大穴。這兩枚餵毒金針，即是打中尋常肌膚，亦必痲癢難當，何況中在要穴？楊過還怕他閉穴後諸毒不侵，兩針正中中樞穴，其餘四針卻拍在穴道之旁。

公孫谷主雖練得獨門怪異武功，能自封穴道，但究非銅皮鐵骨，刀槍不入，其實縱然是有「金鐘罩」、「鐵布衫」橫練功夫的高手，也不過能在危急中硬擋一下刀槍拳腳，玉蜂金針這等尖針，一刺之下，自然應手而入。即令針揷不入，以餵毒尖針在皮肉上刺得幾下，毒質入肉，也必痲癢難當。這玉蜂金針的毒性，比之李莫愁的冰魄銀針尤爲厲害，不過冰魄針片刻間致人死命，玉蜂針並不見血殺人，卻令人癢入內臟，中者不免打滾呼號，難忍難當。公孫谷主是自重身份的大豪，即令斬斷他一臂一腿，他也必不動聲色，但給玉蜂針在背上連刺八下，六針入肉，忍不住狂叫急號，就地滾動。

公孫綠萼走到楊過面前，彎腰行禮，說道：「楊公子，請你賜予解藥，解了我爹爹的傷毒。」楊過點頭道：「姑娘不必多禮！」朗聲說道：「公孫谷主，你如答允讓我們平安出谷，不加阻攔，解藥自當奉上。」公孫谷主勉強坐起，嘶聲道：「好！我讓你們平安出谷，決不阻攔。快給解藥。」

楊過向小龍女道：「姑姑，能給蜂漿嗎？」小龍女點點頭，從懷中取出一瓶玉蜂蜜漿，交給綠萼，說道：「公孫谷主，小徒得罪莫怪，咱們此後是友非敵，一切請你包涵。我給你賠禮了！」說著斂衽爲禮，盈盈拜了下去。

綠萼道：「柳姑娘，多謝了。」微微躬身還禮，快步過去將小瓶遞給父親。公孫谷主夾手搶過，問道：「是吃的嗎？」小龍女道：「先須拔出金針，再口服蜜漿止癢。」公孫綠萼接過小龍女遞來的磁石，在父親背上拔出金針。谷主拔去瓶塞，將一瓶蜂蜜都倒在口裏。

公孫谷主轉頭向女兒道：「取我兵刃來。」綠萼遲疑不答。谷主厲聲道：「你沒聽見麼？」綠萼臉色慘白，只得應道：「是！」轉入內堂。

楊過瞧了父女二人的神情，心想：「這谷主恐怕又有詭計。此時不走，更待何時？」走到小龍女身前，伸出手來，柔聲道：「姑姑，你跟了過兒去罷！」

谷主背上痲癢未止，雙掌蓄勢，只要小龍女一站起身來伸手與楊過相握，立時便撲上去以鐵掌猛襲楊過背脊，打定了主意：「拚著柳妹怪責，也要將這小子打死。柳妹如跟了他去，我這下半生做人還有何意味。」

那知小龍女只淡淡的道：「我當然要跟你去。這裏的谷主救過我性命，咱們得跟他說明白一切緣由，請他見諒，還得好好道謝。」楊過大急，心想：「姑姑甚麼事也不懂。你跟他說明白了緣由，再加道謝，難道他就會見諒？」

小龍女問道：「過兒，這些日子來你好嗎？」問到這句話時，關切之情溢於言表。楊過聽到這溫柔語意，見到這愛憐神色，便天塌下來也不顧了，那裏還想到甚麼快走？問道：「姑姑，你不惱我了？」小龍女淡淡一笑，道：「我怎麼會惱你？我從來沒惱過你。我先前不認你，是寧可自己傷心，全是爲了你好，你怎不明白？你轉過了身子。」楊過依言轉身，不明她用意。

小龍女從懷裏取出一個小針線包兒，在針上穿了線，比量了一下他背心衣衫上給樊一翁抓出的破孔，嘆道：「這些日子我老在想，我不在你身邊，你衣服壞了誰給你縫，破了誰給你補？本已決心今後永不再見你面，有時卻想你會不會來找我？唉，想不到你眞會尋到這裏來。」說話間悽傷神色轉爲歡愉，拿小剪刀在自己衣角上剪下一塊白布，慢慢爲他縫補。楊過此刻外面所穿的長袍是程英所縫，裏面仍穿著小龍女所縫、已經破爛的長袍，外袍長途跋涉，塵土滿身，早已不新了。小龍女道：「這袍子是誰給你縫的？」楊過說了程英如何救他，如何給他縫了一件新袍子的經過，兩人絮絮叨叨，竟把這龍潭虎穴，當成了古墓幽居。

當二人同在古墓之時，楊過衣服破了，小龍女就這麼將他拉在身邊，給他縫補，這些年來也不知有過多少次。此時二人於經歷大難後重聚，恍如隔世，當眞旁若無人，大廳上雖衆目睽睽，兩人就與在古墓中相依爲命之時一般無異。

楊過歡喜無限，熱淚奪眶而出，哽咽道：「姑姑，適才我激得你嘔了血，我……我眞不好。」小龍女微微一笑，道：「那不關你事。你知道我早有這病根子。沒見你多時，我天天想你，你功夫進步得好快。你剛才也嘔了血，可沒事嗎？」楊過笑道：「那不打緊。我肚子裏的血多得很。」小龍女微笑道：「你就愛這麼胡說八道。」

兩人一問一答，說的話雖平淡無奇，但人人都聽得出來，他二人相互間情深愛切，以往又有極深淵源。國師見二人和好，對己不利，一時也無法可想。谷主又驚又妒，呆在當地，不知如何是好，背上的痲癢卻漸漸減輕了。

楊過道：「這幾天中我遇到了好幾個有趣之人。姑姑，你倒猜猜我這把大剪刀是那裏得來的？」小龍女道：「我也在奇怪啊，倒似是你早料到這裏有個大鬍子，定打了這剪刀來剪他鬍子。唉，你眞頑皮，人家的長鬍子辛辛苦苦留了幾十年，卻給你一下子剪斷了，不可惜麼？」說著抿嘴一笑，明眸流轉，風致嫣然。

谷主再也忍耐不住，伸手往楊過當胸抓來，喝道：「小雜種，你也未免太過目中無人。」楊過竟不招架，說道：「不用忙，等姑姑給我補好了衣衫，再跟你打。」

谷主手指距他胸口數寸，他究是武學大宗匠的身分，雖惱得胸口不住起伏，這一招總是不便就此送到楊過身上。忽聽綠萼在背後說道：「爹爹，兵刃取來啦。」他並不轉身，肩頭一晃，退後數尺，接兵刃在手。

衆人看時，只見他左手拿著一柄背厚刃寬的鋸齒刀，金光閃閃，當是鋼刀外鍍了黃金，右手執的是一柄又細又長的黑劍，在他手中輕輕顫動，顯得刃身甚爲柔軟，兩邊刃口發出藍光，自是鋒銳異常。兩件兵器全然相反，一件至剛至重，一件卻極盡輕柔。

楊過向他一對怪異兵刃望了一眼，說道：「姑姑，前幾日我遇見一個女人，他跟我說了我殺父仇人是誰。」小龍女心中一凜，問道：「你的仇人是誰？」楊過咬著牙齒，恨恨的道：「你眞猜一輩子也猜不著，我一直還當他們待我極好呢。」小龍女道：「他們？他們待你極好？」楊過道：「是啊，那就是……」

只聽嗡嗡一響，聲音淸越，良久不絕，卻是谷主的黑劍與金刀相碰。他手腕抖動，嗡嗡嗡連刺三劍，一劍刺向楊過頭頂，一劍刺他左頸，一劍刺他右頸，都貼肉而過，相差不到半寸。那谷主自重身分，敵人旣不出手抵禦，也就不去傷他，只是這三劍擊刺之準，的是神技。

小龍女道：「補好啦！」輕輕在楊過背上一拍。楊過回頭一笑，提著金鈴索走到廳心，朗聲道：「公孫谷主，剛才你痲癢難當，在地下打滾之時，答允讓我們平安出谷，不加阻攔，這話不算數了嗎？」

谷主雙眉一豎，陰森森的道：「我怎麼說話不算數？不過要在十年之後，柳姑娘要先跟我拜堂成親，你小兄弟啊，在谷裏給我砍柴種花，住上十年，那時我就讓你們平安出谷，不加阻攔！剛才我說了甚麼時候才放你們出谷沒有？我平生言而有信，決不反覆無常！」若依公孫谷主平日性格，決不致言而無信，在衆人面前失了臉面，尤其在衆弟子之前，從來不失仁義道德的絲毫尊嚴，但這些日子來，全心全意就在痴想與仙女下凡一般的小龍女成婚，如何能一招失手，便放人出谷，以致諸般想望，盡成畫餅？他提出「十年之後」四字，自覺並非反悔食言，只不過玩弄言語狡獪，遠比楊過聰明而已。

痲光佐一聽之下，哇哇大叫，大聲道：「放你娘的狗屁，說話不像人話，楊兄弟，再用暗器打他，讓他癢死了也不給解藥！」瀟湘子、尼摩星等本來無所偏袒，樊一翁、公孫綠萼等原本站在谷主一面，聽了谷主這番顛倒是非的強辯，也均覺無理之極，不以爲然。

谷主右手提起黑劍，急轉圈子，在身周前後左右舞成一團黑圈，楊過身法再快十倍，也決計不能欺近身去針刺他肌膚後再全身而退。他這劍圈先護自身，令楊過無從欺近，然後漸漸逼前，劍鋒在楊過身前亂轉圈子。

楊過不知這黑劍要刺向何方，大驚之下，急向後躍。谷主出手快極，楊過後躍退避，黑劍劃成的圓圈又已指向他身前，劍圈越劃越大，初時還只繞著他前胸轉圈，數招一過，已連他小腹也包在劍圈之中，再使數招，劍圈漸漸擴及他頭頸。楊過自頸至腹，所有要害已盡在他劍尖籠罩之下。金輪國師、尹克西、瀟湘子、尼摩星等從未見過這般劃圈逼敵的劍法，無不大爲駭異。

谷主一招使出，楊過立即竄避，他連劃十次劍圈，楊過逃了十次，竟沒法還上一招半式，眼見敵招越來越凌厲，當下竄躍向左，抖動金鈴索，玎玲玲一響，金鈴飛出，擊敵左目。谷主側頭避過，挺劍反擊。楊過鈴索一抖，已將他右腿纏住，剛要收力拉扯，谷主黑劍劃下，嗤的一聲輕響，金鈴索從中斷絕，這黑劍竟是鋒銳無比的利刃。

衆人齊聲「啊」的一叫，只聽得風聲呼呼，谷主已揮鋸齒刀向楊過劈去。楊過倒地急滾，噹的一響，震得四壁鳴響，原來他已搶起樊一翁的鋼杖擋架，杖刀相交，兩人手臂都震得隱隱發痲。谷主左刀橫斫，右劍斜刺。本來刀法以剛猛爲主，劍招以輕靈爲先，兩般兵刃的性子截然相反，一人同使刀劍，幾是絕不可能之事，但谷主雙手兵刃越使越急，而刀法劍法卻分得清清楚楚，剛柔相濟，陰陽相輔，實是武林中罕見絕技。

楊過大喝一聲，運起鋼杖，使出打狗棒法的「封」字訣，緊緊守住門戶。谷主刀劍齊施，一時竟難攻入。只打狗棒法以變化精微爲主，一根輕輕巧巧的竹棒自可使得圓轉自如，手中換了長大沉重的鋼杖，數招之後便已感變化不靈。

谷主忽地尋到破綻，金刀上托，將鋼杖凌空橫架，黑劍劃將下來，喀的一聲，鋼杖竟給黑劍割斷。楊過舞動半截鋼杖，杖身短了，反見靈動。谷主左手金刀疾砍下來，這一刀當頭直砍，招數似乎頗爲呆滯，楊過只須稍一側身，便可輕易避過，然而谷主黑劍所劃劍圈卻籠罩住了他前後左右，令他無處閃避躲讓。楊過只得雙手舉起半截鋼杖，一招「獨柱擎天」，硬接了他這招。但聽得噹的一聲巨響，刀杖相交，只爆得火花四濺，楊過雙臂只感一陣酸麻。

谷主第二刀跟著又上，招法與第一刀一模一樣。楊過武學所涉既廣，臨敵時又機靈異常，但他所精的古墓派武功所長在快速而不在勁力，沒法破解對手這笨拙鈍重的一招，除了同法硬架之外，更無善策。刀杖二度相交，楊過雙臂酸麻更甚，心想只要再給他這般砍上幾刀，我手臂上的筋絡也要給震壞了。思念未定，谷主第三刀又已砍落。再接數刀，楊過手中的半截鋼杖已給金刀砍起累累缺口，右手虎口也震出血來。

谷主見他危急之中仍臉帶微笑，左手一刀砍過，右手黑劍倏地往他小腹上刺去。楊過此時已給他逼在廳角，眼見劍尖刺到，忙伸手平掌一擋，劍尖刺中他掌心，劍刃彎成弧形，彈了回來。小龍女的掌套甚是堅密，黑劍雖利，卻傷它不得。

楊過試出掌套不懼黑劍，手掌一翻，突然伸手去拿他劍鋒，要師法當年小龍女拗斷郝大通長劍的故技，那料到谷主手腕微震，黑劍斗地彎彎的繞過，劍尖正中他下臂，鮮血迸出。楊過一驚，忙向後躍開。谷主卻不追擊，冷笑幾聲，這才緩步又進。若谷主手中只有一柄沉重之極的鋸齒金刀，或只一柄鋒銳無比又能拐彎刺人的黑劍，楊過定當有法抵禦，現下兩件兵刃一剛一柔，相濟而攻，楊過登時給打了個手忙腳亂。谷主揮刀砍來，楊過舉半截鋼杖擋格，嚓的一聲，谷主黑劍又將他手中半截鋼杖削去了一段，只剩尺許來長，沒法再用。

谷主左刀砍過，右劍疾刺，楊過肩頭又中，袍子上鮮血斑斑。谷主沉聲道：「你服了沒有？」楊過微笑道：「你大佔便宜的和我比武，居然還來問我服是不服，哈哈，公孫谷主，怎地你如此不要臉？」谷主收回刀劍，道：「我佔了甚麼便宜，倒要請教。」楊過道：「你左手一柄怪刀，右手一柄奇劍，這一刀一劍，只怕走遍天下也再找不到第三件，是不是？」谷主道：「是便怎樣？你的掌套鈴索，可也並不尋常啊。」

楊過將尺來長的一截鋼杖往地下一擲，笑道：「這是你大鬍子弟子的。」除下掌套，拾起割成了兩段的金鈴索，擲還給小龍女，道：「這是我姑姑的。」他雙手一拍，彈了彈身上灰塵，也不理三處傷口中鮮血汩汩流出，笑道：「我空手來你谷中，豈有為敵之意？你要殺便殺，何必多言。」

谷主見他氣度閒雅，面目俊秀，身上數處受傷，竟談笑自如，行若無事，而自己雖然狡辯，似乎言之成理，畢竟內心也知言而無信，顯非君子作風，相較之下，不由得自慚形穢，心想：「此人留在世上，柳妹定然傾心於他。」挺劍往他胸口直刺過去。

楊過早打定了主意：「我既打他不過，任他刺死便了。」見他劍到，不閃不避，卻回頭去瞧小龍女，心想：「我瞧著姑姑而死，那也快活得很。」只見小龍女臉帶甜笑，一步步向他走近，四目相投，對谷主的黑劍竟誰都不瞧一眼。

谷主與楊過素不相識，那裏來的仇怨？所以要將楊過置之死地，全是爲了小龍女之故，因此一劍既出，情不自禁的向小龍女瞧去。這一眼瞧過，心中立時打翻了醋缸，但見她情致纏綿的瞧著楊過，再斜眼向楊過看去，見他神色也與小龍女一般無異。此時黑劍劍尖已抵住楊過胸口，只須臂力微增，劍尖便透胸而入，但小龍女既不驚惶關切，楊過也不設法抵禦，兩人痴痴的互望，心意相通，早把身外之事盡數忘了。谷主憤恚難平，心道：「此時將這小子殺了，看來柳妹立時要殉情而死，我定須逼她和我成婚，過了洞房花燭，再殺這小子不遲。」叫道：「柳妹，你要我殺他呢，還是饒他？」

小龍女眼望楊過之時，全未想到谷主，突然給他大聲一呼，這才醒悟，驚道：「把劍拿開，你劍尖抵著他胸口幹麼？」谷主微微冷笑，說道：「要饒他性命不難，你叫他立時出谷，莫阻了你我吉期。」小龍女這次未見楊過之時，打定了主意永世不再與他相會，拚著自己一生傷心悲苦，盼他得能平安喜樂，此時當眞會面，如何再肯與谷主成婚？自知這些日子來自己所打的主意絕難做到，寧可自己死了，也不能捨卻他另嫁旁人，回頭向谷主道：「公孫先生，多謝你救我性命。但我是不能跟你成親的了。」

谷主明知其理，仍問：「爲甚麼？」

小龍女與楊過並肩而立，挽著他手臂，微笑道：「我決意跟他結成夫妻，終身廝守，難道你瞧不出來嗎？」谷主身子晃了兩晃，說道：「當日你若堅不答允，我豈能乘人之危，以勢相逼？你親口允婚，那可是眞心情願的。」小龍女說道：「那不錯，可是我捨不了他。咱們要走了，請你別見怪。」說著拉了楊過的手，逕往廳口走去。

谷主急縱而起，攔在廳口，嘶啞著嗓子道：「若要出谷，除非你先將我殺了。」小龍女微笑道：「你於我有救命大恩，我焉能害你？再說，你武功這般高強，我也決計打你不過。」一面說，一面撕下自己衣襟給楊過裹傷。

金輪國師突然大聲說道：「公孫谷主，你還是讓他們走的好。」谷主哼了一聲，鐵青著臉不語。國師又道：「他二人雙劍聯手，你的金刀黑劍如何能敵？與其賠了夫人又折兵，還不如賣個人情，讓了他罷。」他敗在小龍女與楊過聯手的「玉女素心劍法」之下，引爲畢生奇恥，此後苦苦思索，始終想不出破解之法，這時見谷主陰陽刃法極是厲害，頗不在自己金輪之下，於是出言相激，要他三人相鬥，一來可乘機再鑽研二人聯劍招法中的破綻，尋求取勝復仇之機，二來也盼他們鬥個三敗俱傷。

其實他縱不出言相激，谷主也決不能讓小龍女與楊過攜手出谷，回頭向金輪國師怒視一眼，心想：「你膽敢在我面前說這般言語。此刻無暇，日後再跟你算帳。」轉過頭來，咬牙切齒的瞧著小龍女，心道：「你的心不給我，身子定須給我。你活著不肯跟我成親，你死了我也要你葬在這谷裏。」初時他本擬以楊過的性命相脅，逼迫小龍女屈服，但見二人泯不畏死，心想縱然二人齊殺，也決不放人，雙眉又緩緩上豎，臉上殺氣漸盛，料想自己的陰陽倒亂雙刃招法神妙莫測，這對少年男女縱然聯手，也決不敵，要教二人輸得口服心服，死而無怨。

忽聽得麻光佐粗聲叫道：「喂，公孫老頭兒，人家說過不跟你成親了，你還攔著人家幹甚麼？死皮賴活的，要臉不要？」瀟湘子陰惻惻的插口道：「麻兄別要胡說，公孫谷主今日已擺下喜宴，要請咱們大吃一頓呢。」麻光佐大聲道：「他的淸水素菜，有甚麼吃頭？我若是這位姑娘，也決不嫁他。如她這般美貌，便皇后娘娘也做得，何苦跟一個兇霸霸的黃臉老頭兒一輩子吃青菜豆腐。就算不氣死，淡也淡死了她！」

小龍女轉過頭來，婉言道：「麻大爺，公孫先生於我有救命之恩，我……我……心中是永遠感激他的。」

麻光佐叫道：「好罷，公孫老兒，你若要大仁大義，不如今日就讓他小兩口兒在此間拜堂成親，洞房花燭。如果你救了一位姑娘，便想霸佔她身子，豈不是和下三濫的土匪賊強盜一模一樣？」他心直口快，說出來的話句句令人刺心逆耳，卻又難以反駁。

谷主殺機一起，決意要將入谷外人一網打盡，淡淡的道：「我這絕情谷雖非甚麼了不起的地方，但各位說來便來，說去便去，我姓公孫的也太過讓人小覷了。柳姑娘……」小龍女嫣然一笑，道：「我說姓柳是騙你的，我姓龍。爲的是他姓楊，我便說姓柳。」谷主醋意更甚，對她這幾句話只作沒聽見，仍道：「柳姑娘，這……」他一句話還沒接下去，麻光佐插口道：「這位姑娘明明說是姓龍，你何以叫她柳姑娘？」小龍女道：「公孫先生叫慣了，這只怪我先前騙他的不好，他愛叫甚麼便叫甚麼罷。」

谷主對二人之言絕不理會，仍道：「柳姑娘，這姓楊的只要勝得了我手中陰陽雙刃，我自任他平安出谷。咱二人私下的事，咱們自行了斷，可與旁人無干。」說來說去，仍是要憑武力截留小龍女。

小龍女嘆了一口氣，道：「公孫先生，我原不願與你動手，但他一個人打你不過，我只好幫他。」谷主雙眉豎成兩條直線，說道：「你不怕自己適才嘔過血，那麼一起上也成。」小龍女對他極感抱憾，又道：「我和他都沒兵刃，空手跟你這對刀劍相鬥準定要輸。你大人大量，還是放我們走罷。」

金輪國師插口說道：「公孫谷主，你這谷中包羅萬有，還缺兩把長劍麼？只是我先得提醒你，他二人雙劍聯手，只怕你性命難保。」

谷主向西首一指，道：「那邊過去第三間便是劍室，你們要甚麼兵刃，自行去挑選罷。只怕我所藏的利器，這幾位貴客身上還未必有。」說著嘿嘿冷笑。他自負神功無敵，再鬥亦屬必勝，免得在門人弟子之前出爾反爾，失了威風。

楊過與小龍女互視一眼，均想：「我二人若能撇開了旁人，在靜室中相處片刻，死亦甘心。」當即攜手向西，從側門出去，走過兩間房，來到第三間房前。

小龍女眼光始終沒離開楊過之臉，見房門閉著，也不細看，伸手推開，正要跨過門檻進去，楊過猛地想到一事，忙伸手拉住道：「小心了。」小龍女道：「怎麼？」楊過左足踏在門檻之外，右足跨過門檻往地板上一點，立即縮回，絲毫不見異狀。小龍女道：「你怕谷主要暗害咱們嗎？他這人很好，決不至於……」剛說完這三句話，猛聽得嗤嗤聲響，眼前白光閃動，八柄利劍自房門上下左右挺出，縱橫交錯，布滿入口，若有人於此時踏步進門，武功再高，也難免給這八柄利劍從四面八方在身上對穿而過。

小龍女透了口長氣，說道：「過兒，這谷主恁地歹毒，我真瞧錯他的為人了。咱們也不用跟他比甚麼劍，這就走罷。」忽聽身後有人說道：「谷主請兩位入室揀劍。」兩人回過頭來，見八名綠衫弟子手持帶刀漁網，攔在身後，自是谷主防楊龍二人相偕逃走，派人截住後路。小龍女的金鈴索已為黑劍割斷，再不能如適才這般遙點綠衫弟子的穴道。

小龍女向楊過道：「你說這室中還有甚麼古怪？」楊過將她雙手握在掌中，說道：「姑姑，此刻你我相聚，復有何憾？便萬劍穿心，你我也死在一起。」小龍女心中也是柔情萬種。兩人一齊步入劍室，楊過隨手把門帶上。

只見室中壁上、桌上、架上、櫃中、几間，盡皆列滿兵刃，式樣繁多，十之八九都是古劍，或長逾七尺，或短僅數寸，有的鐵鏽斑駁，有的寒光逼人，二人眼花繚亂，一時也看不清這許多。

小龍女對楊過凝視半晌，突然「嚶」的一聲，投入他懷中。楊過將她緊緊抱住，在她嘴上親去。小龍女在他一吻之下，心魂俱醉，雙手伸出去摟住他頭頸，湊嘴回吻。

突然砰的一聲，室門推開，一名綠衫弟子厲聲說道：「谷主有令，揀劍後立即出室，不得逗留。」楊過臉上一紅，當即雙手放開。小龍女卻想自己心愛楊過，二人相擁而吻決沒甚麼不該，但既有人在旁干擾，難以暢懷，嘆了一口氣，輕聲說道：「過兒，待咱們打敗了那谷主，你再這般親我。」楊過笑著點了點頭，伸左手摟住她腰，柔聲道：「我永生永世也親你不夠。你揀兵器罷。」

小龍女道：「這裏的兵刃瞧來果然均是異物，沒一件不好。咱們古墓裏也沒這麼多。」於是先從壁間逐一看去，要想揀一對長短輕重都一般的利劍，但瞧來瞧去，各劍均自不同。她一面看，一面問道：「適才進室之時，你怎知此處裝有機關？」楊過道：「我從谷主的臉色和眼光中猜想而知。他本想娶你爲妻，但聽到你要和我聯手鬥他，便想殺你了。以他爲人，我不信他會好心讓咱們來揀選兵刃。」

小龍女又低低嘆了口氣，道：「咱們使玉女素心劍法，能勝得了他麼？」楊過道：「他武功雖強，卻也不會在金輪國師之上。我二人聯手勝得國師，諒來也可勝他。」小龍女道：「是了，國師不住激他和我二人動手，他是要瞧個淸楚。」楊過微笑道：「人心鬼蜮，你也領會得一些了。我只躭心你身子，剛才你又嘔了血。」

小龍女笑靨如花，道：「你知道的，我傷心氣惱的時候才會嘔血，現下我歡喜得很，這點內傷不算甚麼。你也嘔了血，不打緊罷？」楊過道：「我見了你，甚麼都不礙事了。」小龍女柔聲道：「我也這樣。」頓了一頓，又道：「你近來武功大有進境，合鬥國師之時咱們尙且能勝，何況今日？」楊過聽了此言，也覺這場比試勝機甚高，握著她手說道：「我想要你答允一件事，不知你肯不肯？」

小龍女柔聲道：「你又何必問我？我早已不是你師父，是你妻子啦。你說甚麼，我便聽你吩咐。」楊過道：「那……那眞好，我……卻不知道。」小龍女道：「自從那天在終南山的晚上，你和我這般親熱，我怎麼還能是你師父？你雖不肯娶我爲妻，在我心裏，我早就是你妻子了。」楊過不知那晚在終南山上到底爲了何事，她才突然如此相問，或許是她一時心情激動，或許是她久懷情愫而適於其時突然奔放流露，自然萬萬料想不到甄志丙作惡那一節，心想：「那天我義父歐陽鋒授我武功，將你點倒，我可並沒和你親熱啊。」但耳聽得她如此柔聲說著纏綿的言語，醺醺如醉，一時也說不出話來。

小龍女靠在他胸前，問道：「你要我答允甚麼？」楊過撫著她秀髮，說道：「咱們勝了那谷主，立即動身回古墓，以後不論甚麼，你永遠不能再離開我身邊。」小龍女抬起頭來，望著他雙眼，說道：「難道我想離開你麼？難道離開你之後，我的傷心不及你厲害麼？我自然答允你，便天塌下來，我也不離開你啦。」

楊過大喜，待要說話，忽聽爲首的綠衫弟子大聲道：「揀定了兵刃沒有？」

小龍女微微一笑，向楊過道：「咱們儘快走罷。」轉過身來，想任意取兩把劍便是，卻見西壁間一大片火燒的焦痕，幾張桌椅也均燒得殘破，不禁一怔。楊過笑道：「那老頑童曾闖進這劍房中來過，放了一把火，這焦痕自是他的手筆了。」見屋角裏半截畫幅下露出兩段劍鞘。他心念一動：「這兩把劍本是以畫遮住，只因畫幅給老頑童燒去半截，劍身這才顯露。主人如此布置，這兩把劍必定珍異。」於是伸手到壁上摘下，將一柄交給小龍女，握住另一柄的劍柄，拔出劍鞘。

劍一出鞘，兩人臉上都感到一陣涼意，劍身烏黑，沒半點光澤，就似一段黑木一般。小龍女也拔劍出鞘。那劍與楊過手中的一模一樣，大小長短，全無二致。雙劍並列，室中寒氣大增，兩把劍既無尖頭，又無劍鋒，圓頭鈍邊，倒似一條薄薄的木鞭，便如他二人練玉女素心劍時所使的無尖無鋒鈍劍一般。楊過翻轉劍身，見刻著兩字，文曰：「君子」，再看小龍女那把劍時，刻的是「淑女」兩字。楊過喜歡這成雙成對的劍名，眼望小龍女瞧她意下如何。

小龍女喜道：「此劍無尖無鋒，正如咱們用慣了的無尖無鋒劍，也正好用來與谷主過招。他曾救我性命，我本不想傷他。」楊過笑道：「劍名君子淑女，我可當不起。這『君』字若改成個『浪』字，我用起來就更好了。」說著舉劍虛刺兩下，但覺輕重合手，極是靈便，道：「好，咱倆便用這對劍罷。」

小龍女還劍入鞘，正要出室，只見桌上花瓶中插著的一叢花嬌艷欲滴，美麗異常，但雜亂無章，不成格局，多半還是周伯通來搗亂時弄亂的，於是順手去整理一下。楊過叫道：「啊喲，使不得。」但為時不及，小龍女手指已給花刺刺中數下，她愕然回顧，問道：「怎麼？」楊過道：「這是情花啊，你在谷中這些日子，難道不知麼？」小龍女將傷指在口中吮了數下，搖頭道：「我不知道。情花？那是甚麼花？」

楊過待要解釋，一衆綠衫弟子連聲催促，兩人重回大廳。公孫谷主早等得極不耐煩，向綠衫弟子怒目而視，顯是怪責他們辦事不力，何以任由楊龍二人躭擱了這許多時候。衆弟子極為害怕，均各變色。

谷主待二人走近，問道：「柳姑娘，你揀定劍了？」小龍女取出「淑女劍」，點頭道：「我們用這對鈍劍，不敢當眞與谷主拚鬥，只點到爲止如何？」谷主心中一凜，厲聲道：「是誰教你們取這劍的？」說著眼光向公孫綠蕚一掃，隨即又定在小龍女臉上。小龍女微感奇怪，道：「沒人教我們啊。這對劍用不得麼？那我們去換過兩把便是。」谷主怒目向楊過橫了一眼，道：「換兩把劍，豈不又去半天？不用換了，動手罷。」

小龍女道：「公孫先生，咱們話說明在先，我和他跟你單打獨鬥，都非你對手，現下以二對一，那是我們佔了便宜。我們並非眞的要跟你爲敵，也不是跟你比甚麼勝敗。只要你不加阻攔，我們向你認輸道謝。」谷主冷笑道：「嬴得我手中刀劍，我自是任你們處置，倘若你們輸了，婚姻之約可再不能反悔。」

小龍女淡然一笑，道：「我們輸了，我和他一起死了，葬身在這谷中便是。」公孫谷主更不打話，左手金刀揮出，呼的一聲，向楊過斜砍過去。

楊過提起劍來，還了一招「白鶴亮翅」，乃全眞派正宗劍法。公孫谷主心想：「這一招雖法度嚴謹，卻也只平穩而已。」右劍迴過，向他肩頭直刺，竟撇開小龍女，刀劍齊向楊過身上招呼。楊過凝神應敵，嚴守門戶，接了三招。

小龍女待谷主出了三招，這才挺劍上前。谷主對她劍招卻不以金刀招架，只在她來勢極急之時，方出黑劍擋開，招數中顯得故意容讓。國師看了七八招，微笑道：「公孫谷主，你這般惜玉憐香，只怕要大吃苦頭。」谷主道：「大和尚，你若瞧不起在下，待會不妨下場賜教，此刻卻不用費神指點。」說著催動刀劍，廳中風聲漸響。

又鬥數合，楊過使一招全眞劍法的「橫行漠北」，小龍女使一招玉女劍法的「彩筆畫眉」，兩下都是橫劍斜削，但楊過長劍自左而右，橫掃數尺，小龍女這劍卻不過微微兩顫，兩招合成了玉女素心劍法中的一招「簾下梳妝」。谷主一驚，舉黑劍擋開楊過長劍，橫金刀守住眉心。小龍女的劍刃堪堪劃到他雙目之上，刀劍相交，噹的一響，金刀的刀頭竟給淑女劍割去一截。

旁觀衆人都吃了一驚，想不到她手上這柄看來平平無奇的鈍劍竟如此鋒銳。楊過與小龍女也大出意外，他們初時選此一對鈍劍，只爲了形同古墓中的無鋒劍而雙劍同形，不料誤打誤撞，竟選中了一對寶劍，這一來精神大振，雙劍著著搶攻。

谷主也暗暗納罕：「柳妹與這小子武功都不及我，二人合力我本來絲毫不懼，怎知雙劍合璧，竟如此厲害，看來那賊禿的話倒也不假。倘若今日輸在他二人手下……倘若輸在他二人手下……」想到此處，猛地裏左刀右攻，右劍左擊，使出他平生絕學「陰陽倒亂刃法」來。黑劍本來陰柔，此時突然硬砍猛斫，變成了陽剛的刀法，而笨重長大的鋸齒金刀卻刺挑削洗，全走單劍的輕靈路子，刀成劍，劍變刀，奇幻無方。

金輪國師、瀟湘子、尹西克三人都見識廣博，但這路陰陽倒亂的刀法劍法卻從所未見，從所未聞。麻光佐叫了起來：「喂，糟老頭子，你這般亂七八糟，攪的是甚麼古怪名堂？你……你……你是越老越糟，越老越不成話了！」

谷主不過四十來歲，年紀也不甚老，今日存心要與小龍女成親，卻給這渾人「糟老頭子」長，「糟老頭子」短的叫著，心中如何不惱？此時也無餘暇與他算帳，全力施展這門已苦練了二十餘年的武功，決意先打敗楊龍二人，再來狠狠整治麻光佐。

楊過與小龍女雙劍合璧，本已漸佔上風，但對手忽然刀劍錯亂，招數奇特，二人不由得手忙腳亂，霎時之間連遇險招。楊過看出黑劍的威力強於金刀，當下將劍上的刀法盡數接了過來，讓小龍女去擋鋸齒金刀，心想她兵刃上佔了便宜，金刀不敢與她淑女劍相碰，當不致有重大危險。但這樣一來，二人各自爲戰，玉女素心劍法分成兩截，威力立減。

谷主大喜，揮劍噹噹噹砍了三刀，左手刀卻同時使了「定陽針」、「虛式分金」、「荊軻刺秦」、「九品蓮台」四招。這四手劍招飄逸流轉，四劍夾在三刀之中。楊過尚能勉力抵禦，小龍女卻意亂心慌，想揮劍去削他刀鋒，但金刀勢如飛鳳，劈削不到。楊過情知不妙，拚著自身受傷，使一招全眞劍法中的「馬蹴落花」，平膀出劍，劍鋒上指，將對方刀劍一齊接過。小龍女當即迴劍護住楊過頂心。二人一起一合，又回到了玉女素心劍法。這套劍法的眞諦在於使劍的兩人心心相印，渾若一人，這一招楊過捨身相救，正是這劍術的無上心法。小龍女見他不守門戶，相救自己，怕他受害，忙伸劍代他守護，於是二人皆不自守而皆守，雙劍之勢驟然而盛。

數招一過，谷主額頭微微見汗，刀劍左支右絀，敗象已呈。小龍女與楊過卻越打越順手。楊過左手揑個劍訣，右手劍斜刺敵人左腰，小龍女雙手持住劍柄，舉劍上挑，這招「舉案齊眉」，劍意中溫雅款款，風光旖旎。

此時兩人所使玉女素心劍法配合無間，林朝英當年所創劍意，兩人在劍招中盡數顯了出來，臻於極詣，更沒絲毫破綻。公孫谷主見兩人雙劍猶似一人所使，右手黑劍爲楊過的君子劍擋過，左手金刀給小龍女雙手所舉的淑女劍挑開。

公孫谷主退了一步，將全身勁力都運在右臂，猛力砍出，與小龍女手中長劍即將相觸時突然側過刀身，以刀作劍，將刀背砸向淑女劍的平面。這一招輕盈巧妙，乃上乘劍法，任何刀法中必定無法使出，是谷主「陰陽倒亂刃法」中的絕詣。金刀作劍，刀背砸上了淑女劍，勁力卻如刀招一般剛強之極。小龍女全身劇震，長劍似欲脫手飛出，她奮力握住劍柄，不讓長劍脫手，一股猛力衝向胸口，只震得肋骨格格作響，心肺俱痛，站立不定，身子向右側倒去。她怕若運力站穩，心口受震，只怕嘔血，索性便乘勢向右側臥倒，以卸去金刀這猛力的一擊之勢。

楊過見小龍女倒地，生怕敵人追擊，大駭之下，撲向她身上相護。這一下撲上，恰恰便如玉女心經第七篇中的「亭亭如蓋」上半招。當日楊過和小龍女修習玉女心經第七篇之時，曾練到這招「亭亭如蓋」，因姿式誘人，楊過忍不住想吻師父，小龍女臨崖勒馬，吩咐此後不可再練。此刻勁敵狠擊之下，小龍女倒地，楊過捨命救援，乃是以自己身體代師擋敵利刃，並沒想到這一招全未熟習、生疏之極的「亭亭如蓋」，這時想也不想便使了出來。

他一撲向小龍女身子，自然而然心生尊師之念，兩人情誼早與先前全然不同，但他仍不敢碰到師父身子，雙手撐地，雙足也撐地弓起，胸腹與小龍女側身相離約莫半尺。公孫谷主大喜，搶上兩步，揮刀往楊過頭頂斬落。小龍女大驚，急挺淑女劍，從楊過撐起的雙腿之間刺出。公孫谷主的目光為楊過身子所遮，全沒見到，彎腰揮刀，刀鋒未及楊過頭頂，小腹突然劇痛，「啊」的一聲大叫，向後便倒，小腹上一股鮮血，向上噴射。小龍女只求救得楊過，不欲殺傷谷主，只感到劍尖及於敵身，立即縮手。淑女劍雖刺中了公孫谷主小腹，只因小龍女立刻縮手，劍尖並未深入，這一劍既不致命，亦未令對方重傷。

楊過立即躍起，一拉小龍女左手站起，兩人搶到公孫谷主身邊，雙劍齊出，一劍指住谷主左眼，一劍指住他右眼，雙劍只需刺出半尺，從他雙眼中刺入頭腦，公孫谷主不但雙眼齊瞎，抑且立時斃命。谷主仰天躺在地下，抛下兵刃，按住小腹上傷口，嘴裏「嗬嗬」而呼。

剛才這幾招交手，兔起鶻落，變幻莫測。谷主先以倒亂刀劍的怪招，震得小龍女倒地，楊過又飛身撲上，捨身相護，谷主搶上補招，小龍女突然從楊過胯間出劍傷敵，這招「亭亭如蓋」，已極盡匪夷所思的巔峯。旁觀衆人幾乎一顆心都停了跳動，連一聲「咦」、「啊」的驚呼急叫也都沒有，直到谷主倒地、雙劍指目，才都舒了一口大氣。有不少人手心中滿是冷汗，均想比武已畢，無人殞命，此事和平了結。

小龍女見到他的神情，想起他對自己有救助之德，心腸便即軟了，轉眼向楊過道：「饒了他罷？咱們回家去。」她說「回家去」，便是一起回去古墓。楊過大喜，笑道：「好，咱們回家去！」兩人收回長劍，將雙劍交還給站在身旁的公孫綠萼。

楊過伸出右手，摟住了小龍女的纖腰。小龍女回眸一笑，嬌媚無限，楊過忍不住伸嘴過去，在她臉頰上輕輕一吻。小龍女滿心喜樂，充滿了柔情密意，突然之間，胸口猶似遭到大鐵錘猛力一擊，右手手指劇痛，竟似手指給人割去。楊過知是情花之毒發作。她適才在劍室中給情花的小刺刺損手指，此刻動情，指上登感劇痛。他曾身受此苦，對小龍女極爲憐惜，柔聲問道：「很痛吧？」雙手捧起小龍女的手，將她疼痛的手指放入嘴裏吮吸，想稍減她的痛楚。豈知這一動柔情，自己手上也即劇痛。

谷主看到機會，人未躍起，已抓住黑劍前挺，抵住楊過胸口，楊過手中沒了兵刃，無法招架。谷主左手隨即拾起金刀。小龍女大驚來救，卻給谷主金刀攔住，她手中無劍，沒法近身。谷主叫道：「拿下了這小子。」四名綠衫弟子應聲上前，撒網兜轉，將楊過擒在網裏，漁網繞了數轉，將他牢牢纏住。

公孫綠萼大驚，叫道：「爹！」手中執著的雙劍撒手掉在地下。嚓的一聲，君子劍與淑女劍互相躍近，併在一起，牢牢的再不分開，原來劍身上均帶有極強磁力。小龍女悠然道：「劍猶如此，人豈不若？你將我們二人一齊殺了便是。」

谷主哼了一聲，道：「你隨我來。」舉手向國師等一拱道：「少陪！」轉入內堂。四名弟子拉著漁網，擒了楊過，跟著進去。小龍女也跟隨入內。

麻光佐大叫：「黃臉皮糟老頭卑鄙無恥，人家明明已饒了你性命，你忽施偷襲，眞豬狗不如。」國師、瀟湘子等均覺公孫谷主人品卑鄙低下，與他架子氣度大不相配。

谷主昂首前行，走進一間小小的石室，拿金創藥敷了腹上劍傷，說道：「割幾綑情花來。」

楊過與小龍女既已決心一死，二人只相向微笑，對公孫谷主做甚麼事、說甚麼話，全不理會。過不多時，石室門口傳進來一陣醉人心魄的花香，二人轉頭瞧去，迎眼只見五色繽紛，嬌紅嫩黃，十多名綠衫弟子拿著一叢叢的情花走進室來。他們手上臂上都墊了牛皮，以防爲情花的小刺所傷。谷主右手一揮，冷然道：「都堆在這小子身上。」

霎時之間，楊過全身猶似爲千萬隻黃蜂同時螫咬，四肢百骸，劇痛難當。小龍女見了他臉上痛楚的神情，又憐惜，又憤怒，向谷主喝道：「你幹甚麼？」搶上去要移開楊過身上的情花。

谷主伸臂擋住，說道：「柳妹，今日本是你我洞房花燭的吉期，卻給這小子闖進谷來，將大好的日子鬧了個亂七八糟，我跟他素不相識，原無怨仇，何況他既是你徒兒，只要他謹守賓客之義，我自然也禮敬有加，今日事已如此……」說到此處，左手一揮，衆弟子退出石室，帶上了室門。他繼續道：「……是禍是福，全在你一念之間。」

楊過在情花小刺的圍刺之下苦不堪言，然不願小龍女爲自己難過，咬緊了牙關始終默不出聲，於谷主的話半句也沒聽進耳去。小龍女望著他痛楚的神情，憐惜之念大起，就在此時，手指上情花之毒發作，又是一陣劇痛，心想：「我只不過給情花略刺一下，已痛得如此厲害，他遍身千針萬刺，那可如何抵受？」

谷主猜知她心意，說道：「柳妹，我是誠心誠意，想與你締結百年良緣，對你只有一片愛慕之忱，絕無歹意，這一節你自是明白的。」小龍女點點頭，淒然道：「你對我有救命之恩，待我也一直很好，對我殷勤周至，極盡禮遇……」她垂首半晌，長長嘆了口氣，說道：「公孫先生，當日你如沒在荒山中遇著我，如沒救我性命，任由我沒聲沒息的死了，於咱們三人都更好些。你硬逼我與你成親，明知我會終生不樂。這於你又有甚麼好處？」

谷主雙眉又緩緩豎起，低沉著聲音道：「我向來說一是一，說二是二，決不容人欺負折辱。你既答允了與我成親，便得成親。至於歡樂愁苦，世事原本難料，明天的事又有誰知道了？大家走著瞧罷。」袍袖一揮，說道：「此人遍身爲情花所傷，每過一個時辰，疼痛便增一分，三十六日後全身劇痛而死。在十二個時辰之內，我有秘製妙藥可給他醫治，一天之後卻神仙難救。他是死是活，就由你說罷。」說著緩步走向室門，伸手推開了門，轉頭道：「如你寧可任他慢慢痛死，那也由得你，你就在這兒瞧他三十六日，我對你絕無加害之意，你儘可放心。十二個時辰之內你如回心轉意，只須呼叫一聲，我便拿解藥來救他性命。」說著便要邁步出室。

小龍女見楊過全身發顫，咬唇出血，雙目本來朗若流星，此刻已黯然無光，想得到他身上如何痛苦，此時已如此難當，若這疼痛每過一個時辰便增一分，一連痛上三十六天，只怕地獄之中也無如此苦刑，一咬牙，說道：「公孫先生，我允你成親便了。你快放了他，取藥解救。」

谷主一直逼迫，爲的便是要她口出此言，此時聽了，心中又歡喜又妒恨，知道自今之後，這女子對己只有怨憎，決無半分情意，點頭道：「你能回心轉意，於大家都好。

今晚你我洞房花燭之後，明日一早我便取藥救他。」小龍女道：「你說過了的話不算數，你先給他治好傷。」谷主嘆道：「柳妹，你也太小覷我了。好容易才叫你答允，你實非眞心情願，我就再蠢，也豈能不知？難道我能給他先治傷解毒麼？」轉身出門。

小龍女與楊過慘然相對，半晌無言。楊過緩緩的道：「姑姑，過兒承你傾心相愛，雖在九泉，亦心懷安暢。你將我一掌打死了罷！」小龍女心想：「我先將他打死，隨即自盡。」於是提起手來，潛運內勁。楊過臉露微笑，目光柔和，甜甜的瞧著她，低聲道：「此刻便是你我洞房花燭的時光。」小龍女見他神采飛揚，心想：「這般一個俊俏郎君，何以老天便狠心如此，要他今日死於非命？」胸口一酸，突覺喉頭發甜，似乎又要嘔血，臂上的勁力登時消失。她突然撲在楊過身上，情花的千針萬刺同時刺入她體內，說道：「過兒，你我同受苦楚。」

忽聽背後谷主「啊喲」一聲驚呼，道：「你……你……」隨即冷冷的道：「那又何苦？你身上挨痛，他的疼痛便能少了半分嗎？」小龍女深情無限的瞧著楊過，更不回頭。谷主向楊過道：「再過十個時辰，我便拿靈藥來救你。這十個時辰之中，只要你清心無慾，縱有痛楚，亦不難熬。」拉著小龍女手臂出了室門。小龍女全身無力，只得任由他拉出。

楊過身上受苦，心中傷痛：「前時所受的諸般苦楚，與今日相較已全都算不了甚麼。但這谷主如此卑鄙狠毒，我焉能一死了之，任由姑姑落在他手中苦受折磨？何況我父仇未報，豈能讓那假仁假義的郭靖、黃蓉作下惡事，不受報應？」思念及此，不由得熱血如沸，激昂振奮，「死不得，無論如何死不得！便算姑姑成了這谷主的夫人，我還是要救她出來。我還得苦練武功，給死去的父母報仇。」咬緊牙關，盤膝坐起，雖在漁網之中不能坐正姿式，還是氣沉丹田，用起功來。

過了兩個時辰，已是午後，一名綠衫弟子端著盤子走進來，盤中裝著四個無酵饅頭，說道：「谷主今日新婚大喜，也讓你好好吃一個飽。」將盤子放在漁網之側，他手上密密層層的包著粗布，唯恐爲情花所傷。楊過伸手出網，取過四個饅頭都吃了，心想：「我既要和這賊谷主廝拚到底，便不能作踐自己身子。」那弟子笑道：「瞧不出你胃口倒好。」突然門口綠影一晃，又有一名綠衫弟子進來，悄沒聲的走到那人身後，伸拳在他頭頂重重擊落。先前那人沒瞧見來人是誰，已給打得昏暈過去。

楊過見偷襲的那人竟是公孫綠萼，奇道：「你……你……」綠萼轉身先將室門關上，低聲道：「楊大哥悄聲，我來救你。」說著解開漁網的結子，搬開叢叢情花，放了楊過出來，她手上也纏著粗布。楊過遲疑道：「令尊若知此事……」綠萼道：「我拚著身受重責便是。」隨手摘下一小叢情花，塞入那綠衫弟子口中，令他醒後不能呼救，然後將他縛入漁網，情花堆了個滿身，這才低聲道：「楊大哥，倘若有人進來，你就躲在門後。你身中劇毒，我到丹房去取解藥給你。」

楊過好生感激，知她此舉身犯奇險，自己與她相識不過一日，她竟背叛父親來救自己，說道：「姑娘，我……我……」內心激動，竟說不下去了。綠萼微微一笑，說道：「你稍待片刻，我即時便回。」說著翩然出室。

公孫綠萼年方十八歲，正當情竇初開之時，絕情幽谷中所授內功修爲，本來皆教人摒棄情愛，斷絕欲念。但有生即有情，佛家稱有生之物爲「有情」，不但男女老幼皆屬有情，即令牛馬豬羊、魚鳥蛇蟲等等，也均有情，有生之物倘眞無情，不免滅絕，更無繁衍。絕情谷所修者大違人性物性，殊非正道。谷中雖有男子，但人人言語無味，神色冰冷。公孫綠萼自幼少享父母親人之情，所遇者皆以無情爲高，世上所有美味華服、脂粉珍飾，暢情悅性之事物，皆遭排斥，突然遇到楊過，此人不但大讚其美，且舉止跳脫，言語可喜，忽然而逢人生絕大快人快事，不由得心魂俱醉，無可抗禦。這一日中，靜中自思，無時無刻不在楊過身上，一縷情絲，牢牢繫上了這少年男子，再也不能自拔，雖爲片面相思，但「作繭自縛」，所縛者也是生死以之，不亞於兩情相悅了。

楊過呆呆出神：「她何以待我如此好法？我雖遭際不幸，自幼爲人欺辱，但世上眞心待我之人卻也不少。姑姑是不必說了，如孫婆婆、洪老幫主、義父歐陽鋒、黃島主這些人，又如程英、陸無雙，以及此間公孫綠萼這幾位姑娘，無不對我極盡至誠。我的時辰八字必是極爲古怪，否則何以待我好的如此之好，對我惡的又如此之惡？」他卻想不到自己際遇特異，所逢之人不是待他極好，便是極惡，乃他自己天性偏激使然，心性相投者他赤誠相待，言語不合便視若仇敵，他待別人如是，別人自然也便如是以報了。

等了良久，始終不見綠萼現身。楊過越等越擔憂，初時還猜想定是丹房中有人，盜藥一時不得其便，時刻漸久，心想縱然取藥不得，她也必過來告知，瞧來此事已凶多吉少，她爲我干冒大險，我怎可不設法相救？於是將室門推開一縫，向外張望，門外靜悄悄地並無人影，當即溜了出來，卻不知綠萼身在何處。

正自徬徨，忽聽轉角處腳步聲響，他忙縮身轉角，只見兩名綠衫弟子並肩而來，手中各執一條荊杖，顯是行刑之具。楊過大怒：「姑姑寧死不屈，這無恥谷主竟要對她苦刑逼迫！」放輕腳步，跟隨在兩名弟子之後。那二人並不知覺，曲曲折折的繞過幾道長廊，來到一間石室之前，朗聲說道：「啓稟谷主，荊杖取到。」推門入內。

楊過心中怦怦而跳，見那石室東首有窗，走到窗下，湊眼向內張望，豈知小龍女不在室內，綠萼卻垂首站在父親之前。谷主居中而坐，兩名綠衫弟子手持長劍，守在綠萼左右。谷主接過荊杖，冷冷的道：「萼兒，你是我親生骨肉，到底爲何叛我？」綠萼低頭不語。谷主道：「你看中了那姓楊的小子，我豈有不知？我本說要放了他，你又何必性急？明日爹爹跟他說，就將你許配於他如何？」楊過如何不知綠萼對己大有情意，但此刻聽人公然說將出來，一顆心還是怦然而動。

綠萼低頭不語，過了片刻，突然抬頭，朗聲說道：「爹爹，你此刻一心想著自己成親，那裏還顧念到女兒？」谷主哼了一聲，並不接口。綠萼又道：「不錯，女兒欽慕楊公子爲人正派，有情有義。但女兒知他心目中就只龍姑娘一人。女兒所以救他，就是……就是瞧不過爹爹的所作所爲，別無他意。」楊過心中激動：「這賊谷主乖戾妄爲，所生的女兒卻如此仁義。」

谷主臉上木然，並無氣惱之色，淡淡的道：「依你說來，那我便是爲人不正派了，便是無情無義了？」綠萼道：「女兒怎敢如此數說爹爹。只是……只是……」谷主道：「只是怎麼？」綠萼道：「那楊公子身受情花的千針萬刺，痛楚如何抵擋？爹爹，你大恩大德，放了他罷。」谷主冷笑道：「我明日自會救他放他，何用你從中多事？」

綠萼側頭沉吟，似在思量有幾句話到底該不該說，終於臉現堅毅之色，說道：「爹爹，女兒受你生養撫育的大恩，那楊公子只是初識的外人，女兒如何會反去助他？倘若爹爹明日當眞給他治傷，將他釋放，女兒又何必冒險到丹房中來？」谷主厲聲說道：「那你爲何又來了？」綠萼道：「女兒就知爹爹對他不懷善意，你逼龍姑娘與你成親之後，便要使毒計害死楊公子，好絕了龍姑娘之念。你中毒針後要解藥，說過要讓他們出谷，不加阻攔，這話便不守信。剛才比劍，明明是他們饒了你，人人都瞧見的……」

谷主兩道長眉登即豎起，冷冷的道：「哼，當真養虎貽患。把你養得這麼大了，想不到今日竟來反咬我一口。拿來！」說著伸出手來。綠萼道：「爹爹要甚麼？」谷主道：「你還裝假呢？那治情花之毒的絕情丹啊。」綠萼道：「女兒沒拿。」谷主站起身來，道：「那麼那裏去了？」

楊過打量室中，見桌上、櫃中滿列藥瓶，壁上一叢叢的掛著無數乾草藥，西首並列三座丹爐，這間石室自便是所謂丹房了。瞧谷主的神情，綠萼今日非受重刑不可，只聽她道：「爹爹，女兒私進丹房，確是想取絕情丹去救楊公子，但一直沒找到，否則何以會給爹爹知覺？」

谷主厲聲道：「我這藏藥之所極是機密，幾個外人一直在廳，沒離開過一步，這絕情丹突然失了影蹤，難道它自己會生腳不成？」綠萼跪倒在地，哭道：「爹爹，你饒了楊公子性命，命他出谷之後永世不許回來，也就是了。」谷主冷笑道：「若是我性命垂危，你未必便肯跪地向人哭求。」綠萼不答，只抱住了他雙膝。

谷主道：「你取去了絕情丹，又教我怎生救他？好，你不肯認，也由得你。你就在這兒躭一天。你雖偷了我的丹藥，卻送不到那姓楊的小子口中，總是枉然，十二個時辰之後，我再放你罷！」說著走向室門。綠萼咬牙叫道：「爹爹！」

谷主道：「你還有何話說？」綠萼指著那四名弟子道：「你先叫他們出去。」谷主道：「我谷中衆心如一，事無不可對人言。」綠萼滿臉通紅，隨即慘白，說道：「好，你不信女兒的話，那你便瞧我身上有沒有丹藥。」說著解去上衫，接著便解裙子。谷主忙揮手命四名弟子出外，關上了室門。片刻之間，綠萼已將外衫與裙子脫去，只留下貼身的小衣，果然身上並無一物。

楊過在窗外見她全身晶瑩潔白，心中怦的一動。他是少年男子，綠萼身材豐腴，容顏俏麗，一看之下，不由得血脈賁張，心生情慾，全身登時劇痛，隨即想起：「她是爲救我性命，這才不惜解衣露軀，楊過啊楊過，你再看一眼，那便禽獸不如了。」急忙閉眼，但心神煩亂之際，額頭竟輕輕在窗格子上一碰。

這一碰雖只發出微聲，谷主卻已知覺，走到三座丹爐之旁，將中間一座丹爐推開，把東首的推到中間，西首的推到東首，然後將原在中間的推到了西首，說道：「既是如此，我便允你饒那小子的性命便是。」綠萼大喜，拜倒在地，顫聲道：「多謝爹爹！」

谷主走到靠壁的椅中坐下，道：「我谷中規矩，你是知道的。擅入丹房，該當如何？」綠萼低首道：「該當處死。」谷主嘆道：「你雖是我親生女兒，但也不能壞了谷中規矩，你好好去罷！」說著抽出黑劍，舉在半空，柔聲道：「唉，萼兒，你如從此不代那姓楊的小子求情，我便饒你。我只能饒一個人，饒你還是饒他？」綠萼低聲道：

「饒他！」谷主道：「好，我女兒當眞大仁大義，勝於爲父得多了。」揮劍往她頭頂直劈下去。

楊過大驚，叫道：「且慢！」從窗口飛身躍入，跟著叫道：「該當殺我！」右足在地下一點，正要伸手去抓谷主手腕，阻他黑劍下劈，突覺足底一軟，卻似踏了個空。楊過急提眞氣，左手兩根手指在地下一捲，身子斗然向上拔起。谷主雙掌在女兒肩頭一推。綠萼身不由主的急退，往楊過身上撞來。

楊過躍起後正向下落，綠萼恰好撞向他身上，兩人登時一齊筆直墮下，但覺足底空虛，竟似直墮了數十丈尚未著地。楊過雖然驚惶，仍想到要護住綠萼性命，危急中雙手將她身子托起，眼前一片黑暗，不知將落於何處，足底是刀山劍林？還是亂石巨岩？思念未定，噗通一聲，兩人已摔入水中，往下急沉，原來丹房之下竟是個深淵。

楊過雙手抓著繩索，交替上升，低頭向下望去，只見裘千尺和綠萼母女倆在暮色朦朧中已成爲兩個小小黑影。

第十九回　地底老婦

楊過一足與水面相觸的一瞬之間，心中一喜，知道性命暫可無礙，否則二人從數十丈高處直墮下來，非死不可。衝力既大，入水也深，但覺不住的往下潛沉，竟似永無止歇。他閉住呼吸，待沉勢一緩，左手抱著綠萼，右手撥水上升，剛鑽出水面吸了口氣，突然鼻中聞到一股腥臭，同時左首水波激盪，似有甚麼巨大水族來襲。

一個念頭在他心中轉過：「賊谷主將我二人陷在此處，豈有好事？」右手發掌向左猛劈出去，砰的一聲巨響，擊中了甚麼堅硬之物，跟著波濤洶湧，他借著這一掌之勢，已抱著公孫綠萼向右避開。

他不精水性，所以能在水底支持，純係以內功閉氣所致。此時眼前一片漆黑，只聽得左首和後面擊水之聲甚急，他右掌翻出，突然按到一大片冰涼粗糙之物，似是水族的鱗甲，大吃一驚：「難道世間眞有毒龍？」手上使勁，抱著綠萼騰身而起，那怪物卻給他按入了水底。他深深吸了口氣，準擬再潛入水中，那知右足竟已踏上了實地，這一下非事先所料，足上使的勁力不對，撞得急了，右腿好不疼痛。

心喜之餘，腿上疼痛也顧不得了，伸手摸去，原來是塊深淵之旁的巖石。他只怕怪物繼續襲來，忙抱了綠萼向高處爬去，坐穩之後，驚魂稍定。公孫綠萼吃了好幾口水，人已半暈。楊過讓她伏在自己腿上，緩緩吐水。只聽得巖石上有爬搔之聲，腥臭氣息漸濃，有幾隻怪物從水潭中爬了上來。

綠萼翻身坐起，摟住了楊過脖子，驚道：「那是甚麼？」楊過道：「別怕，你躲在我身後。」綠萼不動，只摟得他更加緊了，顫聲道：「鱷魚，鱷魚！」

楊過在桃花島居住之時曾見過不少鱷魚，知道此物兇猛殘忍，尤勝陸上虎狼，當日他與郭芙、武氏兄弟等見到，從來不敢招惹，一向遠而避之，不意今日竟會在這地底深淵之中相遇，坐穩身子，凝神傾聽，從腳步聲中察覺共有三條鱷魚，正一步步爬近。

綠萼低聲道：「楊大哥，想不到我和你死在一處。」語氣中竟有喜慰之意。楊過笑道：「便是要死，咱們也得先殺幾條鱷魚再說。」

這時當先一條鱷魚距楊過腳邊已不到一丈，綠萼叫道：「快打！」楊過道：「再等一下。」伸出右足，垂在巖邊，那鱷魚又爬近數尺，張開大口，往他足上狠狠咬落。楊過右足回縮，跟著揮腳踢出，正中鱷魚下顎。那鱷魚一個觔斗翻入淵中，只聽得水聲響動，淵中羣鱷一陣騷動，另外兩條鱷魚卻又已爬近。

楊過雖中情花劇毒，武功絲毫未失，適才這一踢實有數百斤力道，鱷魚皮甲堅硬，踢中鱷魚後足尖隱隱生疼，那鱷魚跌入潭中後卻仍游泳自如，心想：「單憑空手，終究奈何不了這許多兇鱷，鬥到後來，我與公孫姑娘遲早會給牠們吃了，如何想個法子，方能將這些鱷魚盡數殺死？」伸手出去想摸塊大石當武器，但巖石上光溜溜的連泥沙也無一粒，只聽得兩頭鱷魚又爬近了些，忙問：「你身上有佩劍麼？」

綠萼道：「我身上？」想起自己在丹房中除去衣裙，只餘下貼身小衣，這時卻偎身於楊過懷中，不由得大羞，登時全身火熱，心中卻甜甜的喜悅不勝。

楊過全神貫注在鱷魚來襲，並未察覺她有何異狀，耳聽得兩頭鱷魚距身前已不過丈許，身後又有兩頭，若發掌劈打，原可將之擊落潭中，但轉瞬間又復來攻，於事無補，自己內力卻不絕耗損，於是蓄勢不發，待二鱷爬到身前三尺之處，猛地裏雙掌齊發，啪啪兩聲，同時擊在二鱷頭上。鱷魚轉動不靈，楊過掌到時不知趨避，但皮甲堅厚，只暈了一陣，滑入潭中。就在此時，身後二鱷已然爬到，楊過左足將一鱷踢下巖去，這一腳踢得重了，抱持綠萼不穩，她身子一側，向巖下滑落。

綠萼驚叫一聲，右手按住巖石，運勁竄上。楊過伸掌在她背心一托，將她救上。這麼一躭擱，最後一頭鱷魚已迫近身邊，張開巨口往楊過肩頭咬落。這時拳打足踢均已不及，雖可躍開閃避，但那巨口的雙顎一合，說不定便咬在綠萼身上，危急中雙手齊出，一手扳住鱷魚的上顎，一手扳住下顎，運起內力，大喝一聲，喀喇一聲大響，鱷魚兩顎從中裂開，登時身死。

楊過雖扳死兇鱷，卻也已驚得背上全是冷汗。綠萼道：「你沒受傷罷？」楊過聽她語聲之中又溫柔，又關切，心中微微一動，道：「沒有。」只適才使力太猛，雙臂略覺疼痛。綠萼察覺死鱷身軀躺在巖上，一動也不動，心中欽佩，問道：「你空手怎麼將牠弄死的？黑暗中又瞧得恁地清楚。」楊過道：「我隨著姑姑在古墓中居住多年，只要略有微光，便能見物。」他說到姑姑與古墓，不由得一聲長嘆，突然全身劇痛，萬難忍受，不由得縱聲大叫，同時飛足將死鱷踢入潭中。

兩頭鱷魚正向巖上爬上來，聽到他慘呼之聲，嚇得又躍入水中。

綠萼忙握住他手臂，另一手輕輕在他額頭撫摸，盼能稍減他疼痛。楊過自知身中劇毒，縱然不處此危境，也活不了幾日，聽公孫谷主說要連痛三十六日才死，但疼痛如此難當，只要再挨幾次，終於會忍耐不住而自絕性命，然自己一死之後，綠萼無人救護，豈不慘極，心想：「她所以處此險境，全是爲了我。我不論身上如何疼痛，必當支持下去，但願那谷主稍有父女之情，終於回心轉意而將她救回。」心中盤算，一時沒想及小龍女，疼痛登時輕緩，說道：「公孫姑娘，別害怕，我想你爹爹就會來救你上去。他只恨我一人，對你向來鍾愛，此時定已好生後悔。」

綠萼垂淚道：「當我媽在世之時，爹爹的確極是愛我。後來我媽死了，爹爹就對我日漸冷淡，但他……但他……心中，我知道是不會恨我的。」停了片刻，斗地想起許多奇怪難解之事，說道：「楊大哥，我忽然想起，爹爹一直在怕我。」楊過奇道：「他怕你？那倒奇了。」綠萼道：「是啊，我總覺爹爹見到我之時神色間很不自然，似是心中隱瞞著甚麼要緊事情，生怕給我知道了。這些年來，他總儘量避開我，不見我面。」

她以前見到父親神情有異，雖覺奇怪，但每次念及，總是只道自母親逝世，父親心中悲痛，以至性情改變，但這次她摔入鱷潭，卻明明是父親布下的圈套。他在丹房中移動三座丹爐，自是打開翻板的機關。若說父親心恨楊過，要將他置之死地，楊過本已中了情花之毒，只須不加施救，便難活命，何況那時他正跌向鱷潭，其勢已萬難脫險，然則父親何以將自己也推入潭中？這一掌之推，那裏還有絲毫父女之情？這決非盛怒之下一時失手，其中必定包藏極大陰謀禍心。她越想越難過，但心中也越加明白。父親從前許多特異言行當時茫然不解，只是拿「行爲怪僻」四字來解釋，此時想來，顯然全是從一個「怕」字而起，可是他何以會害怕自己的親生女兒，卻萬萬猜想不透。

這時鱷潭中鬧成一片，羣鱷正自分嚼死鱷，一時不再向巖上攻來。楊過見她呆呆出神，問道：「是不是你父親有甚隱事，給你無意之中撞見了？」

綠蕚搖頭道：「沒有啊。爹爹行爲端方，處事公正，谷中大小人等都對他極爲敬重。今日他如此對你確是不該，但以往從未有過這般倒行逆施之事。」楊過不知絕情谷中過去情事，自難代她猜測。

鱷潭深處地底，寒似冰窟，二人身上水濕，更加涼氣透骨。楊過在寒玉床上練過內功，對這一點寒冷毫不在意，綠蕚卻已不住顫抖，忍不住偎在楊過懷中求暖。楊過知她怕冷，左臂稍稍用力，將她摟在懷裏，心想這姑娘命在頃刻，定然又難過又害怕，想說幾句笑話逗她一樂，但見潭中羣鱷爭食，巨口利齒，神態猙獰可怖，笑道：「公孫姑娘，今日你我一齊死了，你來世想轉生變作甚麼東西？似這般難看的鱷魚，我是說甚麼也不變的。」綠蕚微微一笑，說道：「你還是變一朵水仙花兒罷，又美又香，人人見了都愛。」楊過笑道：「要說變水仙花，也只有你這等人才方配。若是我啊，不是變作喇叭花，便是牛屎菊。」綠蕚笑道：「倘若閻羅王要你變一朵情花，你變不變？」

楊過默然不答，心下悔恨：「憑我和姑姑合使玉女素心劍法，那賊谷主終非敵手。那時他倒在地下，已輸透求饒。咱二人不該心軟，饒了他命，又想到回去古墓，心花怒放，以致情花之毒發作。唉，這也是天數使然，無話可說了。卻不知姑姑眼下如何？」他一想到小龍女，身上各處創口又隱隱疼痛。

綠萼不聽他答話，已知自己不該提到情花，忙岔開話題，說道：「楊大哥，你能瞧見鱷魚，我眼前卻黑漆漆的，甚麼都瞧不見。」楊過笑道：「鱷魚的尊容醜陋得緊，不瞧也罷。」說著輕輕拍了拍她肩頭，意示慰撫。當她怕冷時摟住她，只求她不冷得發抖，碰到她滑膩的柔膚，危急中也無他念，這時心情稍定，一拍她肩頭，著手處冰涼柔膩，才想到她在丹房中解衣示父，只剩下貼身小衣，肩頭和膀子都沒衣服遮蔽。楊過微微一驚，急忙縮手。綠萼想到他能在暗中見物，自己半裸之狀全都給他瞧得清清楚楚，不禁叫了聲：「啊喲！」身子自然而然的讓開了些。

楊過稍稍坐遠，脫下長袍，給她披在身上，解衣之際，不但想到了小龍女，也想到了給自己縫袍的程英，想到願意代己就死的陸無雙，自咎一生辜負美人之恩極多，愧無以報，不禁長長嘆了口氣。

綠萼整理一下衫袖，將腰帶繫上，忽覺楊過長袍的衣袋中有小小一包物事，伸手摸了出來，交給他道：「這是甚麼東西？你要不要用？」楊過接了過來，入手只覺沈沈地，問道：「那是甚麼？」綠萼一笑，說道：「是你袋裏的東西，怎麼反來問我？」楊過凝神看時，見是個粗布小包，自己從未見過，當即打開，眼前突然一亮，只見包中共有四物，其中之一是柄小小匕首，柄上鑲有龍眼核般大小的一顆珠子，發出柔和瑩光，照上了綠萼的俏臉，心想：「聽人說世上有種寶物夜明珠，夜裏自能發光，這多半便是夜明珠了。」

綠萼忽地尖叫：「咦！」伸手從包中取過一個翡翠小瓶，叫道：「這是絕情丹啊。」楊過又驚又喜，問道：「這便是能治情花之傷的丹藥？」

綠萼舉瓶搖了搖，覺到瓶中有物，喜道：「是啊，我在丹房中找了半天沒找到，怎麼反而給你拿了去？你怎地拿到的？你幹麼不吃啊？你不知道這便是絕情丹，是不是？」她欣喜之餘問話連串不斷，竟沒讓楊過有答話餘暇。楊過搔了搔頭，道：「我半點也不知道，這……這瓶丹藥，怎地會在我袋中，這可眞奇哉怪也。」

綠萼藉著匕首柄上夜明珠的柔光，也看清楚了近處物事，只見小包中除匕首與裝絕情丹的翡翠小瓶之外，還有塊七八寸見方的羊皮，半截靈芝。她心念一動，說道：「這半截靈芝就是給那老頑童折斷的。」楊過道：「老頑童？」綠萼道：「是啊，這靈芝本來種在芝房中白玉盆裏的。老頑童大鬧書劍丹芝四房，毀書盜劍，踢爐折芝，都是他幹的好事。」楊過恍然而悟，叫道：「是了，是了。」綠萼忙問：「怎麼？」

楊過道：「這小包是周老前輩放在我身邊的。」他此時已知周伯通對己實有暗助之意，因之把「老頑童」改口稱為「周老前輩」。綠萼也已明白了大半，說道：「原來是他交給你的。」楊過道：「不，這位武林前輩遊戲人間，行事鬼神莫測，他取去了我人皮面具和大剪刀，我固然不知，而他將這小包放在我衣袋裏，我也毫無所覺。唉，他老人家的本事，我眞一半也及不上了。」綠萼點頭道：「是了，爹爹說他盜去了谷中要物，非將他截住不可，而他……他當衆除去衣衫，身上卻未藏有一物。」楊過笑道：「他脫得赤條條地，竟把谷主也瞞過了，原來這包東西早已放入我袋中。」

綠萼拔開翡翠小瓶上的碧玉塞子，弓起左掌，輕輕側過瓶子，將瓶裏丹藥倒在掌中，瓶中倒出一枚四四方方骰子般的丹藥，色作深黑，腥臭刺鼻。大凡丹藥都是圓形，以便呑服，若是藥錠，或作長方扁平，如這般四方的丹藥，楊過卻從所未見，從綠萼掌中接了過來，仔細端詳。綠萼握著瓶子搖了幾搖，又將瓶子倒過來在掌心拍了幾下，道：「沒有啦，就只這麼一枚。你快吃罷，別掉在潭裏，那可就糟了。」

楊過正要把丹藥放入口中，聽她說「就只這麼一枚」，不由得一怔，問道：「只有一枚？你爹爹處還有沒有？」綠萼道：「就因爲只一枚，那才珍貴啊，否則爹爹何必生這麼大的氣？」楊過大吃一驚，顫聲道：「如此說來，我姑姑遍身也中了情花之毒，你爹爹又有甚麼法子救她？」

綠萼嘆道：「我曾聽大師兄說過，谷中這絕情丹本來很多，後來不知怎地，只賸下了一枚，這丹藥配製極難，諸般珍貴藥材沒法找全，因此大師兄曾一再告誡，大家千萬要謹防情花劇毒，小小刺傷，數日後可以自愈，那是不打緊的。中毒一深，卻令谷主難做了，因爲一枚丹藥衹治得一人。」楊過連叫「啊喲」，說道：「你爹爹怎地還不來救你？」

綠萼當即明白了他心意，見他將丹藥放回瓶中，輕嘆一聲，說道：「楊大哥，你對龍姑娘這般痴情，我爹爹寧不自愧？你只盼望我將絕情丹帶上去，好救龍姑娘的性命。」楊過給她猜中心事，微微一笑，說道：「我既盼望你這麼好心的姑娘能平平安安的脫此險境，也盼能救得我姑姑性命。就算我治好了情花之毒，困在這鱷潭中反正也活不了，自是救治我姑姑要緊。」心想：「姑姑美麗絕倫，那公孫谷主想娶她爲妻，本也是人情之常。姑姑不肯相嫁，他便誘她到劍房中想害她性命，用心險惡之極；他明知惟一的絕情丹已給人盜去，姑姑身上的情花劇毒無可解救，已不過三十六日之命，他兀自要逼她委身，只怕這潭中的鱷魚，良心比他也還好些。」

綠萼知道不論如何苦口勸他服藥，也是白饒，深悔不該向他說了丹藥只有一枚，說道：「這靈芝雖不能解毒，但大有強身健體之功，你就快服了罷。」楊過道：「是。」將半截靈芝剖成兩片，自己吃了一片，另一片送到綠萼口中，道：「也不知你爹爹何時才來放你，吃這一片擋擋寒氣。」綠萼見他情致殷勤，不忍拒卻，張口吃了。

這靈芝已有數百年氣候，二人服入肚中，過不多時，便覺四肢百骸暖洋洋的極是舒服，精神一振，心智也隨之大爲靈敏。綠萼忽道：「老頑童盜去了絕情丹，爹爹當然早已知道。他說治你之傷，固是欺騙龍姑娘，便逼我交出丹藥，也是假意做作。」

楊過早就想到此節，但不願更增她難過，並未說破，這時聽她自己想到了，便道：「你爹爹放你上去之後，將來你須得處處小心，最好能設法離谷，到外面走走。」綠萼嘆道：「唉，你不知爹爹的爲人，他既將我推入鱷潭，決不會回心轉意，放我出去。他本就忌我，經過此事之後，又怎再容我活命？楊大哥，你就不許我陪著你一起死麼？」

楊過正待說幾句話相慰，忽然又有一頭鱷魚慢慢爬上巖來，前足即將搭上從小包中抖出來的那張羊皮。楊過心念一動：「且瞧瞧這張羊皮有甚麼古怪。」提起匕首，對準鱷魚雙眼之間刺去，噗的一聲，應手而入，這匕首竟是一把砍金斷玉的利刃。那頭鱷魚掙扎了幾下，跌入潭中，肚腹朝天，便即斃命。楊過喜道：「咱們有了這柄匕首，潭中衆位鱷魚老兄的運氣可就不大好啦。」左手執起羊皮，右手將匕首柄湊過去，就著刃柄上夜明珠發出的弱光凝神細看。羊皮一面粗糙，並無異狀，翻將過來，卻見畫著許多房屋山石之類。

楊過看了一會，覺得並無出奇之處，說道：「這羊皮是不相干的。」綠萼一直在他肩旁觀看，忽道：「這是我們絕情谷水仙山莊的圖樣。你瞧，這是你進來的小溪，這是大廳，這是劍室，這是芝房，這是丹房……」她一面說，一面指著圖形。楊過突然「咦」的一聲，道：「你瞧，你瞧。」指著丹房之下繪著的一些水紋。綠萼道：「這便是鱷潭了。啊……這裏還有通道。」

二人見鱷潭之旁繪得有一條通道，登時精神大振。楊過將圖樣對照鱷潭的形勢，說道：「若圖上所繪不虛，那麼從這通道過去，必另有出路。只是……」綠萼接口道：「奇在這通道一路斜著向下，鱷潭已深在地底，再向下斜，卻通往何處？」圖上通道到羊皮之邊而盡，不知通到甚麼所在。

楊過道：「這鱷潭的事，你爹爹或大師兄曾說起過麼？」綠萼搖頭道：「直到今日，我才知丹房下面潛伏著這許多可怕傢伙，只怕大師兄也未必知悉。可是……可是，養這許多鱷魚，定須時時餵東西給牠們吃，爹爹不知道為甚麼……」想起父親的陰狠，忍不住發抖。

楊過打量周遭情勢，見巖石後面有一團黑黝黝影子，似是通道入口，但隔得遠了，不易瞧得清楚，心想：「就算這眞是通道，其中不知還養著甚麼猛惡怪物，遇上了說不定凶險更大。然而總不能在此坐以待斃，反正是死，不如冒險求生。只要把公孫姑娘救出危境，將絕情丹送入姑姑口中，那便好了。」將匕首交在綠萼手中，道：「我過去看看，你提防鱷魚。」左足在巖上一點，已飛入潭中。綠萼驚呼一聲。楊過右足踏在死鱷肚上，借勁躍起，接著左足在一頭鱷魚的背上一點。那鱷魚直往水底沉落，楊過卻已躍到對岸，貼身巖上，反手探去，叫道：「這裏果然是個大洞！」

公孫綠萼輕功遠不如他，不敢這般縱躍過去。楊過心想若回去背負，二人身重加在一起，不但飛躍不便，而且鱷魚也借力不起，事到如今只有冒險到底，叫道：「公孫姑娘，你將長袍浸濕了丟過來。」綠萼不明他用意，但依言照做，除下長袍，在潭水中浸濕了，迅速提起，打了兩個結，成爲一個圓球，叫道：「來啦！」運勁投擲過去。

楊過伸手接住，解開了結，在巖壁上找了個立足之地，左手牢牢抓住一塊凸出的巖角，右手舞動浸濕了的長袍，說道：「你仔細聽著聲音。」將長袍向前送出，回腕揮擊，啪的一聲，長袍打在洞口。他連擊三下，問道：「你知道洞口的所在了？」綠萼聽聲辨形，捉摸到了遠近方位，說道：「知道啦。」楊過道：「你跳起身來，抓住長袍，我將你拉過來。」

綠萼盡力睜大雙眼，望出去始終黑漆漆的一團，甚是害怕，說道：「我不……我……」楊過道：「不用怕，如抓不住長袍摔在潭裏，我立刻跳下來救你。咱們先前尙且不怕鱷魚，有了這柄削鐵如泥的匕首，還怕何來？」說著呼的一聲，揮出長袍。

公孫綠萼一咬牙，雙足在巖上力撐，身子已飛在半空，聽著長袍在空中揮動的聲音，雙手齊出，右手抓住了長袍下襬，左手卻抓了個空。楊過只覺手上一沉，抖腕急揮，將綠萼送到了洞口，生怕她立足不定，長袍一揮出，立即便跟著躍去，在她腰間輕輕一托，將她托起，穩穩坐在洞邊。

公孫綠萼大喜，叫道：「行啦，你這主意眞高。」楊過笑道：「這洞裏可不知有甚麼古怪的毒物猛獸，咱們只好聽天由命了。」說著弓身鑽進洞裏。綠萼將匕首遞給他，道：「你拿著。」接過楊過遞來的長袍，穿在身上。

洞口極窄，二人只得膝行而爬，由於鱷潭水氣蒸浸，洞中潮濕滑溜，腥臭難聞。楊過一面爬，一面笑道：「今日早晨你我在朝陽下同賞情花，滿山錦繡，鳥語花香，過不了幾個時辰卻到了這地方，我可眞將你累得慘了。」綠萼道：「這那怪得你？」

二人爬行了一陣，隧洞漸寬，已可直立行走，行了良久，始終不到盡頭，地下卻越來越平。楊過笑道：「啊哈，瞧這模樣咱們是苦盡甘來，漸入佳境。」綠萼嘆道：「楊大哥，你心裏不快活，不必故意逗我樂子……」一言未畢，猛聽得左首傳來一陣大笑之聲：「哈哈，哈哈，哈哈！」

這幾下明明是笑聲，聽來卻與號哭一般，聲音是「哈哈，哈哈」，語調卻異常的淒涼悲切。楊過與綠萼一生之中都從未聽到過這般哭不像哭、笑不像笑的聲音，何況在這黑漆漆的隧洞之中，猝不及防的突然聞此異聲，比遇到任何兇狠的毒蛇怪物更令他二人心驚膽戰。楊過算得大膽，卻也不禁跳起身來，腦門在洞頂一撞，好不疼痛。綠萼更嚇得遍體冷汗，毛骨悚然，投身入懷，一把抱住了他脖子。

二人實不知如何是好，進是不敢，退又不甘。綠萼低聲問道：「是鬼麼？」這三字聲音極低，不料左首那聲音又是一陣哭笑，叫道：「不錯，我是鬼，我是鬼，哈哈，哈哈！」綠萼雙手更緊緊抱住楊過脖子，不敢鬆手。楊過也伸臂摟住她腰，以示安慰。

楊過心想：「他既自稱是鬼，便不是鬼。」朗聲說道：「在下楊過，與公孫姑娘二人遇難，但求逃命，對旁人絕無歹意……」那人突然插口道：「公孫姑娘？甚麼公孫姑娘？」楊過道：「公孫谷主的女兒，公孫綠萼。」那邊就此再無半點聲息，似乎此人忽然之間無影無蹤的消失了。當那人似哭非哭、似笑非笑之際，二人已恐懼異常，此時突然寂靜無聲，在黑暗之中更感到說不出的驚怖，相互依偎在一起，不敢言動。綠萼抱住楊過身子，不住顫抖。

過了良久，那人突然喝道：「甚麼公孫谷主，是公孫止麼？」語意之中，充滿著怒氣，但已聽得出是女子聲音。綠萼大著膽子應道：「我爹爹確是單名一個『止』字，老前輩可識得家父麼？」那人嘿嘿冷笑，道：「我識得他麼？嘿嘿，我識得他麼？」綠萼不敢接口，只有默不作聲。又過半晌，那聲音又喝道：「你叫甚麼名字？」綠萼道：「晚輩小名綠萼，紅綠之綠，花萼之萼。」那人哼了一聲，問道：「你是何年、何月、何日、何時生的？」

綠萼心想這怪人問我生辰八字幹麼，只怕要以此使妖法加害，在楊過耳邊低聲道：「我說得麼？」楊過尚未回答，那人冷笑道：「你是甲申年二月初三的生日，戌時生，對不對？」綠萼大吃一驚，叫問：「你……你……怎知道？」

突然之間，她心中忽生一股難以解說的異感，深知洞中怪人決不致加害自己，當下從楊過身畔搶過，迅速向前奔去，轉了兩個彎，眼前斗然亮光耀目，只見一個半身赤裸的禿頭婆婆盤膝坐在地下，滿臉嚴肅，凜然生威。

綠萼「啊」的一聲驚呼，呆呆站著。楊過怕她有失，忙跟了進去。

但見那老婆婆所坐之處是個天然生成的石窟，深不見盡頭，頂上有個圓徑丈許的大孔，日光從孔中透射進來，只是那大孔離地一百餘丈，這老婆婆多半不小心從孔中掉了進來，從此不能出去。這石窟深處地底，縱在窟中大聲呼叫，上面有人經過也未必聽見，但她從這般高處掉下來如何不死，確是奇了。見石窟中日光所及處生了不少大棗樹，難道她恰好掉在樹上，因而竟得活命？楊過見她僅以若干樹皮樹葉遮體，想是在這石窟中年深日久，衣服已破爛淨盡。

那婆婆對楊過就如視而不見，眼光上下只打量綠萼，忽而淒然一笑，道：「姑娘，你長得好美啊。」綠萼報以一笑，走上一步，萬福施禮，道：「老前輩，你好。」

那婆婆仰天大笑，聲音仍哭不像哭、笑不像笑，說道：「老前輩？哈哈，我好，我好，哈哈，哈哈！」說到後來，臉上滿是怒容。綠萼不知這句問安之言如何得罪了她，心下惶恐，回頭望著楊過求援。楊過心想這老婆婆在石窟中躭了這麼久，心智失常，勢所難免，便向綠萼搖搖頭，微微一笑，示意不必與她當眞，左右打量地形，思忖如何攀援出去。頭頂石孔離地雖高，憑著自己輕功，要冒險出去也未必定然不能。

綠萼卻全神注視那婆婆，但見她頭髮稀疏，幾已全禿，滿面皺紋，然而雙目炯炯有神。那婆婆也目不轉瞬的望著綠萼，二人你看我，我看你，卻把楊過撇在一旁，不加理睬。那婆婆看了一會，忽然問道：「你今年幾歲啦？」綠萼道：「我今年十八歲。」那婆婆喟然道：「你都十八歲了。你左邊腰間有個硃砂印記，是不是？」

綠萼又大吃一驚，心想：「我身上這個紅記，連爹爹也未必知道，這個深藏地底的婆婆怎能如此明白？她又知道我的生辰八字，瞧來她必與我家有極密切的關連。」柔聲問道：「婆婆，你定然識得我爹爹，也識得我去世了的媽媽，是不是？」那婆婆一怔，說道：「你去世了的媽媽？哈哈，我自然識得。」突然語音聲厲，喝道：「你腰間有沒紅記？快解開給我看。若有半句虛言，叫你命喪當地。」

綠萼回頭向楊過望了一眼，紅暈滿頰。楊過忙轉過頭去，背向著她。綠萼解開長袍，拉起中衣，露出雪白晶瑩的腰身，果然有一顆拇指大的殷紅斑記，紅白相映，猶似雪中紅梅一般，甚是可愛。

那婆婆只瞧了一眼，已全身顫動，淚水盈眶，忽地雙手張開，叫道：「我的親親寶貝兒啊，你媽想得你好苦。」

綠萼瞧著她臉色，突然天性激動，搶上去撲在她身上，哭叫：「媽媽，媽媽！」

楊過聽得背後二人一個叫寶貝兒，一個叫媽，不由得大吃一驚，回過身來，只見兩人緊緊摟抱在一起，綠萼的背心起伏不已，那婆婆臉上卻涕淚縱橫，心想：「難道這婆婆竟是公孫姑娘的母親？」

只見那婆婆驀地裏雙眉豎起，臉現殺氣，就如公孫谷主出手之時一模一樣，楊過暗叫：「不好。」搶上一步，怕她加害綠萼，卻見她伸手在綠萼肩上輕輕一推，喝道：「站開些，我來問你。」綠萼一怔，離開她身子，又叫了一聲：「媽！」

那婆婆厲聲道：「公孫止叫你來幹麼？要你花言巧語來騙我，是不是？」綠萼搖頭，叫道：「媽，原來你還在世上，媽！」臉上的神色又歡喜，又難過，這顯是母女眞情，那裏能有半點作僞？那婆婆卻仍厲聲問道：「公孫止說我死了，是不是？」綠萼道：「女兒苦了十多年，只道眞是個無母的孤兒，原來媽好端端的活著，我今天眞好歡喜啊。」那婆婆指著楊過道：「他是誰？你帶著他來幹麼？」

綠萼道：「媽，你聽我說。」將楊過怎樣進入絕情谷、怎樣中了情花之毒、怎樣二人一齊摔入鱷潭的事，從頭至尾的說了，只公孫谷主要娶小龍女之事，全然略過不提，以防母親妒恨煩惱。

那婆婆遇到她說得含糊之處，一點點的提出細問。綠萼除了小龍女之事以外，其餘毫不隱瞞。那婆婆越聽臉色越平和，瞧向楊過的臉色也一眼比一眼親切。聽到綠萼說及楊過如何殺鱷、如何相護等情，那婆婆連連點頭，說道：「很好，很好！小夥子，也不枉我女兒看中了你。」綠萼紅暈滿臉，低下了頭。

楊過心想這其中的諸般關節，此時不便細談，說道：「公孫伯母，咱們先得想個計較，如何出去？」那婆婆突然臉色一沉，喝道：「甚麼公孫伯母！『公孫伯母』這四字，你從此再也休得出口。你莫瞧我手足無力，我要殺你可易如反掌。」突然波的一聲，口中飛出一物，錚的一響，打在楊過手中所握的那柄匕首刃上。

楊過只覺手臂劇震，五指竟拿捏不住，噹的一聲，匕首落地。他大驚之下，急向後躍，只見匕首之旁是個棗核，在地下兀自滴溜溜的急轉。他驚疑不定，心想：「憑我手握匕首之力，便金輪國師的金輪、達爾巴的金杵、公孫谷主的鋸齒金刀，也不能將之震落脫手，這婆婆口中吐出一個棗核，卻將我兵刃打落，雖說我未曾防備，但此人的武功可真是深奧難測了。」

綠萼見他臉上變色，忙道：「楊大哥，我媽決不會害你。」走過去拉著他手，轉頭向母親道：「媽，你教他怎麼稱呼，也就是了。他可不知道啊。」

那婆婆嘿嘿一笑，說道：「好，老娘行不改姓，坐不改名，江湖上人稱『鐵掌蓮花裘千尺』的便是。你叫我甚麼？嘿嘿，還不跪下磕頭，稱一聲『岳母大人』嗎？」

綠萼忙道：「媽，你不知道，楊大哥跟女兒清清白白，他……他對女兒全是一片好意，別無他念。」裘千尺怒道：「哼，清清白白？別無他念？你的衣服呢？幹麼你只穿貼身小衣，卻披著他的袍子？」突然提高嗓子，尖聲說道：「這姓楊的如想學那公孫止這般薄倖無恥，我要叫他死無葬身之地。姓楊的，你娶我女兒不娶？」

楊過見她說話瘋瘋顛顛，不可理喻，怎地見面沒說得幾句話，就迫自己娶她女兒？但若率言拒絕，不免當場令綠萼十分難堪。何況這婆婆武功極高，脾氣又怪，自己稍有應對不善，只怕她立時會施殺手，眼下三人同陷石窟之內，總是先尋脫身之計要緊，微微一笑，說道：「老前輩可請放心，公孫姑娘捨命救我，楊過決非沒心肝的男子，此恩此德，終生不敢有忘。」這幾句話說得極是滑頭，雖非答應娶綠萼為妻，但裘千尺聽來卻甚為順耳。她點點頭道：「這就好了。」

綠萼自然明白楊過的心意，向他望了一眼，目光中大有幽怨之色，垂首不言，過了半晌，向裘千尺道：「媽，你怎會在這裏？爹爹怎麼又說你已經過世，害得女兒傷心了十幾年？倘若女兒早知你在這兒，拚著性命不要，也早來尋你啦。」她見母親上身赤裸，如將楊過的袍子給她穿上，自己不免衣衫不週，當下撕落袍子的前後襟，給母親披在肩頭。

楊過心想程英所縫的這件袍子落得如此下場，上面還經小龍女縫補過，心中一陣難過，觸動情花之毒，全身又感到一陣劇烈疼痛。裘千尺見了，臉上一動，右手顫抖著探入懷中，似欲取甚麼東西，但轉念一想，仍空手伸出。

綠蕚從母親的神色與舉動之中瞧出了些端倪，求道：「媽，楊大哥身上這情花之毒，你能設法給治治麼？」裘千尺淡淡的道：「我陷在此處自身難保，別人不能救我，我又怎能相救旁人？」綠蕚急道：「媽，你救了楊大哥，他自會救你。便是你不救他，楊大哥也必定盡力助你。楊大哥，你說是不？」

楊過對這乖戾古怪的裘千尺實無好感，但想瞧在綠蕚面上，自當竭力相助，便道：「這個自然。老前輩在此日久，此處地形定然熟知，能賜示一二麼？」

裘千尺嘆了口長氣，說道：「此處雖深陷地底，但要出去卻也不難。」向楊過望了一眼，說道：「你心中定然在想，既然出去不難，我何以枯守在此？唉，我手足筋脈早斷，周身武功全失了啊。」楊過早便瞧出她手足的舉動有異，綠蕚卻大吃一驚，問道：「你從上面這洞裏掉下來跌傷的嗎？」裘千尺森然道：「不是！是給人害的。」綠蕚更是吃驚，顫聲道：「媽，是誰害你的？咱們必當找他報仇。」

裘千尺嘿嘿冷笑，道：「報仇？你下得了這手麼？挑斷我手足筋脈的，便是公孫止。」綠蕚自從一知她是自己母親，心中即已隱隱約約的有此預感，但聽到她親口說了出來，終究還是全身劇烈一震，問道：「爲……爲甚麼？」

裘千尺向楊過冷然掃了一眼，道：「只因我殺了一個人，一個年輕貌美的女子。

哼，只因我害死了公孫止心愛的女人。」說到這裏，牙齒咬得格格作響。綠萼心中害怕，與母親稍稍離開，卻向楊過靠近了些。一時之間，石窟中寂靜無聲。

裘千尺忽道：「你們餓了罷？這石窟中只有棗子果腹充飢。」說著四肢著地，像野獸般向前爬去，行動倒甚迅捷。綠萼與楊過看著，均感悽慘。裘千尺十多年來爬得慣了，也不以爲意。綠萼正待搶上去相扶，已見她伏在一株大棗樹下。

也不知何年何月，風吹棗子，從頭頂洞孔中落下一顆，在這石窟的土中抽芽發莖，生長起來，開花結實，逐漸繁生，大大小小的竟生了五六十株。當年若不是有這麼一顆棗子落下，即或落下而不生長成樹，那麼楊過與公孫綠萼來到這石窟時將只見到一堆白骨。誰想得到這具骸骨本是一位武林異人？綠萼自更不會知道是自己的親生母親。

裘千尺在地下撿起一枚棗核，放入口中，仰起頭來吐一口氣，棗核向上激射數丈，打正一根樹幹，枝幹一陣搖動，棗子便如落雨般掉下數十枚來。

楊過暗暗點頭，心道：「原來她手足斷了筋脈，才逼得練成這一門口噴棗核的絕技，可見天無絕人之路，當眞不假。」想到此處，精神爲之一振。

綠萼撿起棗子，分給母親與楊過吃，自己也吃了幾枚。在這地底的石窟之中，她款客奉母，舉止有序，儼然是個小主婦的模樣。

裘千尺遭遇人生絕頂慘事，心中積蓄了十餘年怨毒，別說她本來性子暴躁，便是一個溫柔和順之人，也會變得萬事不近人情，但母女究屬天性，眼見自己日思夜想的女兒出落得這般明艷端麗，動靜合度，憐愛的柔情漸佔上風，問道：「公孫止說了我甚麼壞話？」綠萼道：「爹爹從來不提媽的事，小時候我曾問他我像不像媽？又問他，媽是生甚麼病死的。爹爹忽地大發脾氣，狠狠的罵了我一頓，吩咐我從此不許再提。過了幾年我再問一次，他又板起了臉斥罵。」裘千尺道：「那你怎麼想？」

綠萼眼中淚珠滾動，道：「我一直想，媽媽必定又美貌，又和善，爹爹跟你恩愛得不得了，因此你死了之後，旁人提到了你，他便要傷心難過，後來我也就不敢再問。」

裘千尺冷笑道：「現下你必定十分失望了，你媽既不美貌，又不和氣，卻是個兇狠惡毒的醜老太婆。早知如此，我想你還是沒見到我的好。」綠萼伸出雙臂摟住她脖子，柔聲道：「媽，你和我心中所想的一模一樣。」轉頭向楊過道：「楊大哥，我媽很好看，是不是？她待我好，待你也好，是不是？」這兩句話問得語含至誠，在她心中，當眞以爲母親乃是天下最好的婦人。

楊過心想：「她年輕時或許美貌，現今還說甚麼好看？待你或許不錯，對我就未必安著甚麼好心。」但綠萼既然這麼問，只得應道：「是啊，你說得對。」但他話中語氣就遠不及綠萼誠懇，裘千尺一聽便知，心道：「天可憐見，讓我和女兒相會，今日她心中雖滿是孺慕之情，但難保永遠如此，我的一番含冤苦情，須得跟她說個明明白白。」

說道：「萼兒，你問我為何陷身在此？為甚麼公孫止說我已經死了？你好好坐著，我慢慢說給你聽罷。」

裘千尺緩緩的道：「公孫止的祖上在唐代為官，後來為避安史之亂，舉族遷居在這幽谷之中。他祖宗做的是武官，他學到家傳的武藝，固然也可算得青出於藍，但真正上乘的武功，卻是我傳的。」楊過和綠萼同時「啊」了一聲，頗感出於意料之外。

裘千尺傲然道：「你們幼小，自然不明白其中的道理。哼，鐵掌幫幫主鐵掌水上飄裘千仞，便是我的親兄長。楊過，你把鐵掌幫的情由說些給萼兒聽。」

楊過一怔，道：「鐵掌幫？弟子孤陋寡聞，實不知鐵掌幫是甚麼。」

裘千尺破口罵道：「你這小子當面扯謊！鐵掌幫威名振於大江南北，與丐幫並稱天下兩大幫會，你怎能不知？」楊過道：「丐幫嘛，晚輩倒聽見過，這鐵掌幫……」裘千尺急了，罵道：「嘿嘿，還虧你學過武藝，連鐵掌幫也不知道……」綠萼見母親氣得面紅耳赤，插口勸道：「媽，楊大哥還不到二十歲，他從小在深山中跟師父練武，武林中的事情不大明白，也是有的。」裘千尺不去理她，自管呶呶不休。

二十年前，鐵掌幫在江湖上確是聲勢極盛，但二次華山論劍之時，幫主鐵掌水上飄裘千仞皈依佛門，拜一燈大師為師，鐵掌幫便即風流雲散。當鐵掌幫散伙之時，楊過剛剛出世，後來沒聽旁人提及，他自是不知。實則他母親穆念慈，便是在鐵掌幫總舵所在的鐵掌峯上，失身於他父親楊康，受孕懷胎，世上才有他楊過。此時裘千尺說起，他竟瞠目不知所對。裘千尺在絕情谷中僻處二十餘年，江湖上的變動全沒聽聞，只道鐵掌幫稱雄數百年，現下定然更加興旺，她畢生以幫主二哥裘千仞自豪，聽楊過居然說連「鐵掌幫」三字也不知道，自不免暴跳如雷。

楊過給她毫無來由的一頓亂罵，初時強自忍耐，後來聽她越罵越不成話，怒氣漸生，要待反唇相稽，刺她幾句，抬起頭來正要開口，見綠萼凝視著他，眼中柔情款款，臉上滿是歉然之色。楊過心中一軟，臉上作個無可奈何之狀，心下反而油然自得起來，暗想：「你媽媽越罵得兇，你自越加對我好。老太婆的嘮叨是耳邊風，美人的柔情卻是心上事。」心下一寬，腦子特別機靈，忽地想起：「完顏萍姑娘的武功與那公孫止似是一路，她又說學的是鐵掌功夫，料想與鐵掌幫必有干係。」閉目一想，於完顏萍與耶律齊對戰時所使的拳法刀法還記得七八成，至於與公孫止連鬥數場，還只幾個時辰之前的事，於他的身形出手更記得清晰，叫道：「啊喲，我記起啦。」裘千尺道：「甚麼？」

楊過道：「三年之前，我曾見一位武林奇人與十八名江湖好漢動手，他一人空手對敵十八人，結果對方九人重傷，九人給他打死了，這位武林奇人聽說便是鐵掌幫的。」裘千尺急問：「那人是怎麼一副模樣？」楊過信口開河：「那人頭是禿的，約莫六十來歲，紅光滿面，身材高大，穿件綠色袍子，自稱姓裘……」裘千尺突然喝道：「胡說！我兩位哥哥頭上不禿，身材矮小，從來不穿綠色衣衫。你見我身高頭禿，便道我哥哥也是禿頭麼？」

楊過心中暗叫：「糟糕！」臉上卻不動聲色，笑道：「你別心急，我又沒說那人是你哥哥，難道天下姓裘的都須是你哥哥？」楊過能說會道，裘千尺給他駁得無言可說，問道：「那你說他的武功是怎樣的？」

楊過站起身來，將完顏萍的拳法演了幾路，再混入公孫止的身法掌勢，到後來越打越順手，石窟中掌影飄飄，拳風虎虎，招式雖有點似是而非，較之完顏萍原來的掌法卻已高了不知多少。完顏萍拳法中疏漏不足之處，他身隨意走，盡都予以補足，舉手抬足，嚴密渾成，而每一掌劈出，更特意多加上幾分狠勁。

裘千尺看得大悅，叫道：「萼兒，萼兒，這正是我鐵掌門的功夫，你仔細瞧著。」楊過一面打，裘千尺口講指劃，在旁解釋拳腳中諸般厲害之處。楊過暗暗好笑，心道：「再演下去，便要露出馬腳來了。」於是收勢說道：「打到此處，那位武林奇人已經大勝，沒再打下去了。」裘千尺十分歡喜，道：「許多招式你都記錯了，手法也不對，但使到這樣，也已經挺不容易了，將來我再慢慢教你。那武林奇人叫甚麼名字？他跟你說些甚麼？」楊過道：「這位奇人神龍見首不見尾，大勝之後，便即飄然遠去。我只聽那九個傷者躺在地下互相埋怨，說鐵掌幫的裘老爺子也冒犯得的？可不是自己找死麼？」

裘千尺喜道：「不錯，這姓裘的多半是我哥哥的弟子。」她天性好武，十餘年來手足舒展不得，此時見楊過演出她本門武功，自是見獵心喜，當即滔滔不絕的向二人大談鐵掌門的掌法與輕功。

楊過急欲出洞，將絕情丹送去給小龍女服食，雖聽她說的是上乘武功，識見精到，聞之大有裨益，但想到小龍女身挨苦楚，那裏還有心情研討武功？當即向綠萼使個眼色。綠萼會意，問道：「媽，你怎麼將武功傳給爹爹的？」裘千尺怒道：「叫他公孫止！甚麼爹爹不爹爹？」綠萼道：「是。媽，你說下去罷。」

裘千尺恨恨的道：「哼！」過了半晌，才道：「那是二十多年前的事了。我兩個哥哥鬧彆扭，爭吵起來……」綠萼挿口道：「我有兩位舅舅嗎？」裘千尺道：「你不知道麼？」聲音變得甚是嚴厲，大有怪責之意。綠萼心道：「我怎會知道？」應道：「是啊，從來沒人跟我說過。」

裘千尺嘆了口長氣，道：「你……你果然是甚麼都不知道。可憐！可憐！」隔了片刻，才道：「你兩個舅舅是雙生兄弟，大舅舅裘千丈、二舅舅裘千仞。他二人身材相貌、說話聲音，全然一模一樣，但遭際和性格脾氣卻大不相同。二哥武功極高，大哥則平平而已。我的武功是二哥親手所傳，大哥卻和我親近得多。二哥是鐵掌幫幫主，他幫務既繁，自己練功又勤，很少和我見面，傳我武功之時，也督責甚嚴，話也不多說半句。大哥卻妹妹長、妹妹短的，跟我手足之情很深。後來大哥和二哥說擰了吵嘴，我便幫著大哥點兒。」綠萼問道：「媽，兩位舅舅爲甚麼事鬧彆扭？」

裘千尺臉上忽然露出一絲笑容，道：「這件事說大不大，說小不小，只怪我二哥太過古板。二哥做了幫主，『鐵掌水上飄裘千仞』這八個字在江湖上響亮得緊，大哥裘千丈的名頭說出去卻很少人知道。大哥出外行走，爲了方便，有時便借用二哥的名字。他二人容貌相同，又是親兄弟，借用一下名字有甚麼大不了？可是二哥看不開，常爲這事嘮叨，說大哥招搖撞騙。大哥脾氣好，給二哥罵時總是笑嘻嘻的賠不是。有一次二哥實在罵得兇了，竟不給大哥留絲毫情面。我忍不住在旁插嘴，護著大哥，把這事攬到自己頭上，於是兄妹倆吵了一場大架。我一怒之下離了鐵掌峯，從此沒再回去。

「我獨個兒在江湖上東闖西蕩，有一次追殺一個賊人，無意中來到這絕情谷，也是前生的冤孽，與公孫止這……這惡賊……這惡賊遇上了，二人便成了親。我年紀比他大著幾歲，武功也強得多，成親後我不但把全身武藝傾囊以授，連他的飲食寒暖，那一樣不是照料得周周到到，不用他自己操半點兒心？他的家傳武功甚麼自閉穴道法啦，漁網陣啦，陰陽倒亂刃劍雙刃法啦，巧妙倒也巧妙，可是破綻太多，全靠我挖空心思的一一給他補足。有一次強敵來襲，若不是我捨命殺退，這絕情谷早就給人毀了。誰料得到這賊殺才狼心狗肺，恩將仇報，長了翅膀後也不想想自己的本領從何而來，不想想危難之際是誰救了他性命。」說著破口大罵，粗言污語，越罵越兇。

綠萼聽得滿臉通紅，覺得母親在楊過之前如此詈罵丈夫，委實大為失態，連叫：「媽，媽！」可那裏勸阻得住？楊過卻聽得十分有勁，只覺每一句毒罵都深得我心，志同道合。他也恨透了公孫止，聽她罵得痛快，不免在旁湊上幾句，加油添醬，恰到好處，大增裘千尺的興頭，若不是礙著綠萼的顏面，他也要一般的破口而罵了。

裘千尺直罵到辭窮才盡，罵人的言語之中更無新意，連舊意也已一再重複，這才不得不停，接下去說道：「那一年我肚子中有了你，一個懷孕的女人，脾氣自不免急著點兒，那知他面子上仍一般的對我奉承，暗中卻跟谷中一個賤丫頭勾搭上了。我生下你之後，他仍和那賤婢偷偷摸摸，我一點也不知情，還道我們有了個玉雪可愛的女兒，他對我更加好了些。我給這兩個狗男女這般瞞在鼓裏過了幾年，我才在無意之中，聽到這狗賊和那賤婢商量著要高飛遠走，離開絕情谷永不歸來。

「當時我隱身在一株大樹後面，聽得這賊殺才說如何忌憚我武功了得，必須走得越遠越好，又說我如何管得他緊，半點不得自由，他說只有跟那賤婢在一起，才有做人的樂趣。我一直只道他全心全意的待我，那時一聽，氣得幾乎要暈了過去，眞想衝出去一掌一個，將這對無恥狗男女當場擊斃。然而他雖無情，我卻總顧念著這些年來的夫妻恩義，還想這殺胚本來爲人極好，定是這賤婢花言巧語，用狐媚手段迷住了他，當下強忍怒氣，站在樹後細聽。只聽他二人細細商量，說再過兩日，我要靜室練功，有七日七夜足不出戶，他們便可乘機離去，待得我發覺時已然事隔七日，便萬萬追趕不上了。當時我只聽得毛骨悚然，心想當眞天可憐見，教我事先知曉此事，否則他們一去七日，我再到那裏找去？」說到這裏，牙齒咬得格格直響，恨恨不已。

綠萼道：「那年輕婢女叫甚麼名字？她相貌很美麼？」

裘千尺道：「呸！美個屁！這小賤人就是肯聽話，公孫止說甚麼她答應甚麼，又是滿嘴的甜言蜜語，說這殺胚是當世最好的好人，本領最大的大英雄，就這麼著，讓這賊殺才迷上了。哼，這賤婢名叫柔兒。他十八代祖宗不積德的公孫止，他這三分三的臭本事，那一招那一式我不明白？這也算大英雄？他給我大哥做跟班也還不配，給我二哥去提便壺，我二哥也一腳踢得他遠遠地。」

楊過聽到這裏，不禁對公孫止微生憐憫之意，心想：「定是你處處管束，要他大事小事都全聽你吩咐，你又瞧他不起，終於激得他生了反叛之心。」綠萼只怕她又罵個沒完沒了，忙問：「媽，後來怎樣？」

裘千尺道：「嗯，當時這兩個狗男女約定了，第三天辰時再在這所在相會，一同逃走，在這兩天之中卻要加倍小心，不能露出絲毫痕跡，以防給我瞧出破綻。接著二人又說了許多混話。那賤婢痴痴迷迷的瞧著這賊殺才，倒似他比皇帝老子還尊貴，比神仙菩薩更加法力無邊。那賊殺才也就得意洋洋，不斷的自稱自讚，跟著又摟摟抱抱，親親摸摸，這些無恥醜態只差點兒沒把我當場氣死。第三天一早，我假裝在靜室中枯坐練功，公孫止到窗外來偷瞧了幾次，臉上這副神情啊，當眞是打從心底裏樂將上來。我等他一走開，立即施展輕功，趕到他們幽會之處。那無恥的小賤人早等在那裏。我一言不發便將她抓起，抛入了情花叢中……」楊過與綠萼不由得都「啊」的一聲叫了起來。

裘千尺向二人横了一眼，繼續說道：「過了片刻，公孫止也即趕到，他見柔兒在情花叢中翻滾號叫，這份驚慌也不用提啦。我從樹叢後躍了出來，雙手扣住他脈門，將他也摔入了情花叢中。這谷中世代相傳，原有解救情花之毒的丹藥，叫做絕情丹。公孫止掙扎著起來，扶著那賤婢一齊奔到丹房，想用絕情丹救治。哈哈，你道他見到甚麼？」

綠萼道：「媽……他見到甚麼？」楊過心道：「定是你將絕情丹毀了個乾淨，那還能有第二件事？」

裘千尺果然說道：「哈哈，他見到的是，丹房桌上放著一大碗水，幾百枚絕情丹浸在碗中，碗旁貼著一張字條，寫著「砒霜水」三字。要服絕情丹，不免中砒霜之毒，不服罷，終於也不免一死。配製絕情丹的藥方原是他祖傳秘訣，然而諸般珍奇藥材急切難得，而且調製一批丹藥，須連經春露秋霜，三年之後方得成功。當下他奔來靜室，向我雙膝跪下，求我饒他二人性命。他知我顧念夫妻之情，決不致將絕情丹全數毀去，定會留下若干。他連打自己耳光，賭咒發誓，說只要我饒了他二人性命，他立時將柔兒逐出谷去，永不再跟她見面，此後再也不敢復起貳心。

「我聽他哀求之時口口聲聲的帶著柔兒，心下十分氣惱，當即取出一枚絕情丹來放在桌上，說道：『絕情丹只留下一顆，只能救得一人性命。你自己知道，每人各服半顆，並無效驗。救她還是救自己，你自己拿主意罷。』他立即取過丹藥，趕回丹房。我隨後跟去。這時那賤婢已痛得死去活來，在地下打滾。公孫止道：『柔兒，你好好去罷。我跟你一塊死。』說著拔出長劍。柔兒見他如此情深義重，滿臉感激之情，掙扎著道：『好，好。我跟你在陰間做夫妻去。』公孫止當胸一劍，便將她刺死了。

「我在丹房窗外瞧著，暗暗吃驚，只怕他第二劍便往自己頸口抹去，但見他提起劍來，我正要出聲喝止，卻見他伸劍在柔兒的屍身上擦了幾下，拭去血跡，還入劍鞘，轉頭向窗外道：『尺姊姊，我甘心悔悟，親手將這賤婢殺了，你就饒了我罷。』說著舉手往口邊一送，將那枚絕情丹吞服了。這一下倒令我大爲意外，但如此了結，足見他悔悟之誠，我也甚感滿意。當時他在房中設了酒宴，殷殷把盞，向我賠罪。我痛斥了他一頓，他不住口的自罵該死，發下了幾百個毒誓，說從此決不再犯。」

楊過心道：「這一下你可上了大當啦！」綠萼卻淚水泫然欲滴。裘千尺怒道：「怎麼？你可憐這賤婢麼？」綠蕚搖頭不語，她實是爲父親的無情狠辣而傷心。

裘千尺又道：「我喝了兩杯酒，微微冷笑，從懷中又取出一顆絕情丹來，放在桌上，笑道：『你適才下手未免也太快了些，我只不過試試你的心腸，只消你再向我求懇幾句，我便會將兩枚丹藥都給你，救了這美人兒的性命，豈不甚好？』」

綠蕚忙問：「媽，倘使當時他眞的再求，你會不會把兩枚丹藥都給他？」

裘千尺沉吟半晌，道：「這個我也不知道了。當時我也曾想過，不如救了這賤婢，將她趕出谷去，那麼公孫止對我心存感激，說不定從此改邪歸正，再也不敢胡作非爲。但他爲了自己活命，忙不迭的將心上人殺了，須怪不得我啊。公孫止拿起那顆丹藥瞧了半天，舉杯笑道：『尺姊姊，過去的事又說它作甚？這丫頭還是殺了的好，一乾二淨。你乾了這杯。』他不住的只勸我喝酒，我了卻了一樁心事，胸懷歡暢，竟喝得沉沉大醉。待得醒轉，已身在這石窟之中了，手足筋脈都已給他挑斷，這賊殺才也沒膽子再和我相見一面。哼，這當兒他只道我的骨頭也早化了灰啦。」

她說完了這件事，目露兇光，神色甚是可怖。楊過與綠蕚都轉開了頭，不敢與她目光相接。良久良久，三人都不說話。

綠蕚環顧四周，見石窟中惟有碎石樹葉，滿地亂草，淒然道：「媽，你在這石窟中住了十多年，便只靠食棗子爲生麼？」裘千尺道：「是啊，難道這千刀萬剮的賊殺才每天還會給我送飯不成？」綠萼抱著她叫了聲：「媽！」

楊過道：「那公孫止可跟你說起過這石窟有無出路？」裘千尺冷笑道：「我跟他做了這麼多年夫妻，他從來沒說過莊子之下有這麼個石窟，有這麼個水潭，石窟要是另有出路，這奸賊也不會放我在這裏了。那些鱷魚多半是他後來養的，他終究怕我逃出去。」

楊過在石窟中環繞一周，果見除了進來的入口之外更無旁的通路，抬頭向頭頂透光的洞穴望去，見那洞離地少說也有一百來丈，洞下雖長著一株大棗樹，但不過四五丈高，就算二十株棗樹疊起，也到不了頂，凝思半晌，確實束手無策，道：「我上樹去瞧瞧。」一躍上棗樹，攀到樹頂，見高處石壁上凹凹凸凸，不似底下般滑溜，摒住呼吸，縱上石壁，一路向上攀援，越爬越高，心中暗喜，回頭向綠萼叫道：「公孫姑娘，我若能出洞，便放繩子下來縋你們上去。」

約莫爬了六七十丈，仗著輕功卓絕，一路化險爲夷，但爬到離洞穴七八丈時，石壁不但光滑異常，再無可容手足之處，而且向內傾斜，除非是壁虎、蒼蠅，方能附壁不落。楊過察看週遭形勢，頭頂洞穴徑長丈許，足可出入而有餘，心下已有計較，當即溜回石窟之底，說道：「能出去！但須搓一根長索。」取出匕首，割下棗樹樹皮，搓絞成索。公孫綠萼大喜，在旁相助。

兩人手腳雖快，也花了兩個多時辰，直到天色昏暗，才搓成一條極長的樹皮索子。

楊過抓住繩索，使勁拉扯幾下，道：「斷不了。」又用匕首割下一條棗樹的枝幹，長約一丈五尺，將繩索一端縛在樹幹中間，又向上爬行，攀上石壁盡頭，雙足使出千斤墜功夫，牢牢踏在石壁之上，兩臂運勁，喝一聲：「上去！」將樹幹摔出洞穴。這一下勁力使得恰到好處，樹幹落下時正好橫架在洞穴口上。

楊過拉著繩索，將樹幹拉到洞穴邊上，使得樹幹兩端架於洞外實地者較多，而中段凌空者不過數尺，再拉繩索試了兩下，知道樹幹橫架處頗為堅牢，吃得住自己身子重量，叫道：「我上去啦！」雙手抓著繩索，交互上升，低頭下望，只見裘千尺與綠萼母女倆在暮色朦朧中已成為兩個小小黑點。手上加勁，上升得更快了，片刻間便已抓到架在洞口的樹幹，手臂一曲，呼的一聲，已然飛出洞穴，落在地下。

楊過舒了一口長氣，站直身子，但見東方一輪明月剛從山後升起。在閉塞黑暗的鱷潭與石窟中關了大半天，此時重得自由，胸懷間說不出的舒暢，心想：「我和姑姑同在古墓，卻何以絲毫不覺鬱悶？可見境隨心轉，想出去而不得，心裏才難過，要是本就不想出去，出去了反而不開心了。」想到小龍女，情花刺傷處作痛，寧神片刻，將長索垂了下去。

裘千尺一見楊過出洞，便大罵女兒：「你這蠢貨，怎地讓他獨自上去了？他出洞之後，那裏還想得到咱們？」綠萼道：「媽，你放心，楊大哥不是那樣的人。」裘千尺怒道：「普天下男人都是一般，還能有甚麼好的？」突然轉過頭來，向女兒全身仔細打量，說道：「小傻瓜，你給他佔了便宜啦，是不是？」綠萼滿臉通紅道：「媽，你說甚麼，我不懂。」裘千尺更是惱怒：「你不懂，爲甚麼要臉紅？我跟你說啊，對付男人，一步也放鬆不得，半點也大意不得，難道你還沒看清楚你媽的遭遇？」正自嘮叨不休，綠萼縱起身來，接住了楊過垂下的長索，給母親牢牢縛在腰間，笑道：「你瞧，楊大哥理不理咱們？」說著將繩索扯了幾扯，示意已經縛好。

裘千尺哼了一聲，道：「媽跟你說，上去之後，你須得牢牢釘住他，寸步不離。丈夫，丈夫，只是一丈，一丈之外，便不是丈夫了，知道麼？你外公給你媽取名爲千尺，千尺便是百丈，嘿嘿，百丈之外，還有甚麼丈夫？」綠萼又好笑，又傷感，心道：「媽眞是一廂情願，人家那有半點將我放在心上了。再過一百年，我也管不著他。」眼眶一紅，轉過了頭。裘千尺還待說話，突覺腰間一緊，身子便緩緩上升。

綠萼仰望母親，雖知楊過立即又會垂下長索來救自己，但此時孤零零的獨處地底石窟，不由得身子發顫，害怕異常。

楊過將裘千尺拉出洞穴，解下她腰間長索，二次垂入石窟。綠萼將樹皮索子縛在腰間，拉著繩索抖了幾下，但覺繩索拉緊，身子便即凌空上升。眼見足底的棗樹越來越小，頭頂的星星越來越明，再上去數丈便能出洞，猛聽得頭頂有人大聲呼叱，接著繩子一鬆，身子便急墮而落。從這百丈高處掉將下來，焉得不粉身碎骨？綠萼大聲驚呼，險些暈去，但覺身子往下直跌，實做不得半點主，只想：「他要摔死我嗎？不會，決計不會！」

楊過雙手交互收索，將綠萼拉扯而上，眼見成功，猛聽得身後腳步聲響，竟有人奔來襲擊，這一下當眞吃驚非小，顧不得回身迎敵，雙手如飛般收索。但聽得一人大聲喝道：「在這裏鬼鬼祟祟，幹甚麼勾當？」風聲勁急，一條長大沉重的兵刃擊向背心。

楊過聽著兵刃風聲，知是矮子樊一翁攻到，危急中只得迴過左手，伸掌搭在鋼杖上向旁推開，化解了這一擊來勢。黑暗之中，樊一翁沒見到楊過面目，但已知對方武功了得，收轉鋼杖，奮力橫掃。楊過右手支持著綠萼的身重，加之那條百餘丈的長索也頗具份量，時刻稍久，本已吃力，感知杖到，忙又伸出左掌化解。樊一翁慣用的鋼杖已毀，這時所用的是另一條更粗鋼杖，這一杖來勢極猛，楊過左掌與他杖身甫觸，登覺全身大震，右手拿揑不住，繩索脫手，綠萼便向下急跌。

石窟中綠萼驚呼，而在石窟之頂，裘千尺與楊過也齊聲大叫。楊過顧不得擋架鋼杖，左手疾探，俯身抓住繩索。但綠萼急墮之勢極大，百來斤的重量再加上急墮的衝勢，幾達千斤之力。楊過抓住繩索，微微一頓，隨即爲衝力所扯，竟身不由主，頭下腳上的向洞窟中掉了下去。他武功雖強，至此也已絕無半分騰挪餘地。

裘千尺手足筋絡已斷，武功全失，在旁瞧著，只有空自焦急，眼見盤在洞穴邊的百餘丈長索越抽越短，只要繩索一盡，楊過與綠萼便身遭慘禍了。長索垂盡，突爲二人的身重拉得急了，飛將起來，揮向裘千尺身旁。裘千尺心念一動：「你這惡賊害人，也教你同歸於盡。」看準繩索伸手輕輕一撥，這一撥並無多大勁力，但方位恰到好處，繩子甩將過去，正好在樊一翁腰間轉了幾圈，登時緊緊纏住。

樊一翁只覺腰間一緊，急忙使出千斤墜功夫想定住身子。但楊過與綠萼二人的身重併在一起，又加上這股下墮的衝力，還是帶得他一步步的走向洞穴邊上。樊一翁眼見只要再向前踏出一步，便一個倒栽蔥摔將下去，大驚之下，左手抓住繩索，右掌撐住了洞口岩石，這麼一借力，大喝一聲，竟將繩索拉得停住不動。

這時綠萼離地已不過十數丈，眼見楊過隨她摔下，心中大慰。

當時最厲害的乃這股下墜的衝勢，即是小小一顆石子，從如許高處落下，也力道奇大，待得樊一翁奮起神力將衝勢止住，他手上重量便只楊過與綠萼二人體重，不過二百來斤，於他已殊不足道。他右手拉住繩索，左手便要伸到腰間去解開繩索，再將敵人摔下，突覺背心微微一痛，一件尖物正好指在他第六椎節之下的「靈台穴」上，一個婦人的聲音喝道：「快拉上來！靈台有損，百脈俱廢！」

樊一翁大吃一驚，這「靈台有損，百脈俱廢」八字，正是師父在傳授點穴功夫時所諄諄告誡的，當下不敢違抗，只得雙手交互用力，將楊過與綠萼拉上。但他先前力抗下墜之勢，使勁過猛，此時但覺胸口塞悶、喉頭甜甜的似欲吐出血來，知道自身臟腑已受內傷，實不宜使力，苦於要害制於敵手，只得拚命使勁。好容易將楊過拉上，心中只一寬，登時四肢酸軟，哇的一聲，狂噴鮮血，委頓在地。

他這一鬆手，繩子又向下溜滑。裘千尺叫道：「快救人！」楊過那用她囑咐？搶住繩子，終於將綠萼吊上。綠萼數次上昇下降，已嚇得暈了過去。楊過回手先點了樊一翁的伏兔、巨骨兩穴，叫他手足不能動彈，這才拿揑綠萼的人中，將她救醒。

綠萼緩緩醒轉，睜開眼來，已不知身在何地，月光下但見楊過笑吟吟的望著自己，不自禁的縱體入懷，叫道：「楊大哥，咱們都死了麼？多謝你肯陪我一起死，眞正有情有義。媽呢？」楊過笑道：「是啊，咱們都死了。不過又活轉來啦。」

綠萼聽他語氣不對，大有調笑之意，身子仰後，想瞧清楚他的臉色，卻見母親似笑非笑的望著自己，不由得大羞，叫道：「媽！」站了起來。

楊過見裘千尺雖無武功，卻能制住樊一翁而救了自己性命，心下欽佩，問道：「你老人家用甚麼法子叫這矮子聽話？」裘千尺微微一笑，舉起手來，手中拿著一塊尖角石子。要知公孫止的點穴功夫是她所傳，樊一翁又學自公孫止，三人一脈相傳，口訣無異，她既將石尖對準樊一翁的靈台穴，又叫出「靈台有損，百脈俱廢」這令人驚心動魄的八個字來，樊一翁焉得不慌？其實憑著裘千尺此時手上勁力，以這麼小小一塊石子，焉能令人「百脈俱廢」？

楊過此時心中所念，只是小龍女的安危，見綠萼與裘千尺已身離險地，樊一翁也已受制，說道：「兩位在此稍待，我送絕情丹去救人要緊。」裘千尺奇道：「甚麼絕情丹？你也有絕情丹？」楊過道：「是啊。你請瞧瞧，這是不是眞的丹藥。」說著從懷中取出小瓶，倒出那枚四四方方的丹藥。裘千尺接過手來，聞了聞氣味，說道：「不錯，這丹藥怎會落入你手？你既身中情花之毒，自己怎麼又不服食？」楊過道：「此事說來話長，待我送了丹藥之後，再跟前輩詳談。」說著接過丹藥，拔步欲行。

綠萼又傷感，又關懷，幽幽的道：「楊大哥，你務必避開我爹爹，別讓他見到。」裘千尺喝道：「又是爹爹！你再叫他爹爹，以後就不用叫我媽了。」

楊過道：「我送丹藥去治姑姑身上之毒，公孫谷主決不會阻攔。」綠萼道：「如他又想毒計對付你呢？」楊過淡淡一笑，說道：「那也只好聽天由命。」

裘千尺問道：「你要去見公孫止，是不是？」楊過道：「是啊。」裘千尺道：「好，我和你同去，或可助你一臂之力。」

楊過初時一心只想著送解藥去救小龍女，並未計及其他，聽了裘千尺這句話，眼前突然現出一片光明：「這賊谷主的原配到了，他焉能再與姑姑成親？」大喜之下，突然又想到：「絕情丹只有一枚，雖救得姑姑，我卻不免一死。」思念及此，不禁黯然。

綠萼見他臉色忽喜忽憂，又想到父母會面，不知要鬧得如何天翻地覆，當眞柔腸百轉，心亂如麻。裘千尺卻興奮異常，道：「萼兒，快揹我去。」綠萼道：「媽，你須得先洗個澡，換套衣衫。」她眞怕見到父母相會的這個局面，只盼挨得一刻是一刻。

裘千尺大怒，叫道：「我衣衫爛盡，身上骯髒，是誰害的？難道……」忽地想起大哥裘千丈時常假扮二哥裘千仞，在江湖上裝模作樣，曾嚇倒無數英雄好漢，心想自己手足筋絡已斷，如何是公孫止的對手，便算與他見面，此仇也終難報，只有假扮二哥，先嚇這惡賊一個心膽俱裂，然後俟機下手，好在他從未見過二哥之面，又料定自己早已死在石窟之中，決無疑心，但轉念又想：「我與他多年夫妻，他怎能認我不出？」

楊過見她沉吟難決，已有幾分料到，道：「前輩怕公孫止認出你來，是不是？我倒有一件寶貝在此。」於是取出人皮面具，戴在臉上，登時面目全非，陰森森的極是怕人。裘千尺大喜，接過面具，道：「萼兒，咱們先到莊子後面的樹林中躲著，你去給我取一件葛衫來，還得一把大蒲扇，可別忘了。」綠萼應了，俯身將母親揹起。

楊過遊目四顧，原來處身於一個絕峯之頂，四下裏林木茂密，遠望石莊，相距已有數里之遙。裘千尺嘆道：「這山峯叫做厲鬼峯，谷中世代相傳，峯上有厲鬼作祟，因此誰也不敢上來，想不到我重出生天，竟是在這厲鬼峯上。」

楊過向樊一翁喝道：「你到這裏來幹甚麼？」樊一翁絲毫不懼，喝道：「快將老子殺了，休得多言。」楊過道：「是公孫谷主派你來的麼？」樊一翁怒道：「不錯，師父命我到山前山後察看，以防有奸人混跡其間，果然不出他老人家所料，有人在此幹這鬼鬼祟祟的勾當。」一面說，一面打量裘千尺，心想這老太婆不知是誰，怎地公孫姑娘叫她媽媽。樊一翁年紀大於公孫止夫婦，他是帶藝投師，公孫止收他爲徒之時，裘千尺已陷身石窟，因此他並不識得，但聽到他三人相商的言語，料知他們對師父定將大大不利。

裘千尺聽他言語之中對公孫止極是忠心，不禁大怒，對楊過道：「快斃了這矮鬼，以絕後患。」楊過回頭向樊一翁瞧去，見他凜然不懼，倒也敬重他是條好漢，有心饒他性命，但想此刻正需裘千尺出力相助，卻又不便拂逆其意，說道：「公孫姑娘，你先揹你媽媽下去，我料理了這矮子即來。」公孫綠萼素知大師兄爲人正派，不忍見他死於非命，說道：「楊大哥，我大師哥不是壞人……」裘千尺怒喝：「快走，快走！我每一句話你都不聽，要你這女兒何用？」綠萼不敢再說，負著母親覓路下峯。

楊過走到樊一翁身畔，心想此刻若解開他穴道，他會去稟告谷主，低聲道：「樊兄，你手足上穴道受點，六個時辰後自行消解。我跟你無冤無仇，不能害你。」說著展開輕功，追向綠萼而去。樊一翁本已閉目待死，萬想不到他竟會如此對待自己，一時怔住了無話可說，眼睜睜望著三人的背影被岩壁擋住，消失於黑暗之中。

楊過急欲與小龍女會面，嫌綠萼走得太慢，道：「裘老前輩，我來揹你一陣。」綠萼先覺母親與楊過神情言語之間頗爲扞格，本來有些擔心，聽他說願意揹負，心下甚喜，說道：「那要你辛苦啦。」裘千尺道：「我十月懷胎，養下這般如花似玉的一個女兒，一句話就給了你，難道揹我一下也不該？」楊過一怔，不便接口，將她抱過來負在背上，一提氣，如箭離弦般向峯下衝去。

裘千仞號稱鐵掌水上飄，輕身功夫在武林中算得數一數二，當年與周伯通纏鬥，萬里奔逐，從中原直到西域，連老頑童這等高強武功也追他不上，裘千尺的功夫是兄長親手所傳，筋絡未廢之時自也是一等一的輕功，這時伏在楊過背上，但覺他猶似腳不沾地，跑得又快又穩，不由得又佩服，又奇怪，心想：「這小子的輕功和我家數全然不同，但絕不在鐵掌門功夫之下，倒也不能小覷他了。」她本覺女兒嫁了此人大爲委屈，只女兒既然心許，那也無可奈何，先前見他爬上石壁，已覺他武功不低；此時更漸漸覺得，這個未過門的女婿似乎也不致辱沒了女兒。

不到一頓飯工夫，楊過已負著裘千尺到了峯下，回頭看綠萼時，她還在山腰之中，等了良久，她才奔到山腳，已然嬌喘細細，額頭見汗。

三人悄悄繞到莊後，綠萼不敢進莊，向鄰家借了衣服自己穿上，爲母親借了葛衫蒲扇，又借了件男子的長袍給楊過穿上。鄰家素來對她尊敬，借物全無難處。裘千尺戴上人皮面具，穿了葛衫，手持蒲扇，由楊過與綠萼左右扶持，走向莊門。

進門之際，三人心中都思潮起伏。裘千尺一離十餘年，此時舊地重來，更加感慨萬千。但見莊門口點起大紅燈籠，一眼望進去盡是彩綢喜帳，大廳中傳出鼓樂之聲。衆家丁見到裘千尺與楊過均感愕然，但見有綠萼陪同在側，不敢多有言語。

三人直闖進廳，只見賀客滿堂，大都是絕情谷中水仙莊的四鄰。公孫止全身吉服，站在左首。右首的新娘鳳冠霞帔，面目雖不可見，但身材苗條，自是小龍女了。

天井中火光連閃，砰砰砰三聲，放了三個響銃。贊禮人喝道：「吉時已到，新人同拜天地！」

裘千尺哈哈大笑，只震得燭影搖紅，屋瓦齊動，朗聲說道：「新人同拜天地，舊人那便如何？」她手足筋脈雖斷，內功卻絲毫未失，在石窟中心無旁騖，日夜勤修苦練，十二年的修練倒抵得旁人二十四年有餘，這兩句話喝將出來，各人耳中嗡嗡作響，眼前一暗，廳上紅燭竟自熄滅了十餘枝。

衆人吃了一驚，一齊回過頭來。公孫止聽了喝聲，本已大感驚詫，眼見楊過與女兒安然無恙，站在這蒙面客身側，更愕然不安，喝問：「尊駕何人？」

裘千尺逼緊嗓子，冷笑道：「我和你誼屬至親，你假裝不認得我麼？」她說這兩句話之時氣運丹田，雖聲音不響，但遠遠傳了出去。絕情谷四周皆山，過不多時，四下裏回聲嗚響，只聽得「不認得我麼？不認得我麼？」的聲音紛至沓來。金輪國師、瀟湘子、尹西克等均在旁觀禮，聽了裘千尺的話聲，知是個大有來頭的人物，無不羣相矚目。

公孫止見此人身披葛衫、手搖蒲扇，正與前妻所說妻舅裘千仞的打扮相似，內功又如此了得，但容貌詭異，倒似周伯通先前所假扮的瀟湘子，其中定大有蹊蹺，心下暗自戒備，冷冷的道：「我與尊駕素不相識，說甚麼誼屬至親，豈不可笑？」

尹克西熟知武林掌故，見了裘千尺的葛衫蒲扇，心念一動，問道：「閣下莫非是鐵掌水上飄裘老前輩麼？」裘千尺哈哈一笑，將蒲扇搖了幾搖，說道：「我只道世上識得老朽之人都死光了，原來還賸著一位。」

公孫止不動聲色，說道：「尊駕當眞是裘千仞？只怕是個冒名頂替的無恥之徒。」裘千尺吃了一驚，心道：「這賊殺才恁地機靈，怎知我不是？」想不透他從何處看出破綻，當下微微冷笑，卻不回答。

楊過不再理會他夫妻倆如何搗鬼，搶到小龍女身邊，右手握著絕情丹，左手揭去罩在臉上的紅巾，叫道：「姑姑，張開嘴來。」小龍女乍見楊過，心中怦的一跳，驚喜交集，顫聲道：「你……你果然好了。」她此時早知公孫止心腸歹毒，行止戾狠，所以答允與他成婚，全是為了要救楊過一命，見他突然到來，還道公孫止言而有信，已治好了他所中劇毒。楊過手一伸，將那絕情丹送入她口內，說道：「快吞下！」小龍女也不知是甚麼東西，依言吞入肚內，頃刻間便覺一股涼意直透丹田。

這時廳上亂成一團，公孫止見楊過又來搗亂，欲待制止，卻又忌憚這蒙面怪客，不知是否眞是妻舅鐵掌水上飄裘千仞，一時不敢發作。

楊過將小龍女頭上的鳳冠霞帔扯得粉碎，挽著她手臂退在一旁，說道：「姑姑，這賊谷主有苦頭吃了，咱們瞧熱鬧罷。」小龍女心中一片混亂，偎倚在楊過身上，不知說甚麼好。麻光佐見楊過突然到來，心中說不出的歡喜，上前問長問短，囉唆不淸，那去理會楊過與小龍女實不喜旁人前來打擾。

尹克西素聞裘千仞二十年前威震大江南北，是個了不起的人物，又聽他一笑一喝，山谷鳴響，內功極是深厚，有心結納，上前一揖，笑道：「今日是公孫谷主大喜之期，裘老前輩也趕來喝一杯喜酒麼？」裘千尺指著公孫止道：「閣下可知他是我甚麼人？」尹克西道：「這倒不知，卻要請教。」裘千尺道：「你要他自己說。」

公孫止又問一句：「尊駕當眞是鐵掌水上飄？這倒奇了！」雙手一拍，向一名綠衫弟子道：「去書房將東邊架上的拜盒取來。」綠萼六神無主，順手端過一張桌子，讓母親坐下。公孫止暗暗奇怪：「她與那姓楊的小子摔入鱷魚潭中，怎地居然不死？」

片刻之間，那弟子將拜盒呈上，公孫止打了開來，取出一信，冷冷的道：「十年之前，我曾接到裘千仞的一通書信，倘若尊駕眞是裘千仞，那麼這封信便是假了。」裘千尺吃了一驚，心想：「二哥和我反目以來，從來不通音問，怎地忽然有書信到來？卻不知信中說些甚麼？」大聲道：「我幾時寫過甚麼書信給你？當眞胡說八道。」

公孫止聽了她說話的腔調，忽地記起一個人來，猛吃一驚，背心上登時出了一陣冷汗，但隨即心想：「不對，不對，她死在地底石窟之中，這時候早就爛得只賸一堆白骨。可是這人究竟是誰？」當下打開書信，朗聲誦讀：

「止弟尺妹均鑒：自大哥於鐵掌峯上命喪郭靖、黃蓉之手……」

裘千尺聽了這第一句話，不禁又悲又痛，喝道：「甚麼？誰說我大哥死了？」她生平與裘千丈兄妹之情最篤，忽聽到他的死訊，全身發顫，聲音也變了。她本來氣發丹田，話聲中難分男女，此時深情流露，「誰說我大哥死了」這句話中，顯出了女子聲氣。

公孫止聽出眼前之人竟是女子，又聽她說「我大哥」三字，內心深處驚恐更甚，但自更斷定此人絕非裘千仞，當下繼續讀信：

「……愚兄深愧數十年來，甚虧友于之道，以至手足失和，罪皆在愚兄也，中夜自思，惡行無窮，又豈僅獲罪於大哥賢妹而已？比者華山二次論劍，愚兄得蒙一燈大師點化，今已放下屠刀，皈依三寶矣。修持日淺，俗緣難斷，青燈古佛之旁，亦常憶及兄妹昔日之歡也。臨風懷想，維祝多福。衲子慈恩合什。」

公孫止一路誦讀，裘千尺只暗暗飲泣，等到那信讀完，終於忍不住放聲大哭，叫道：「大哥、二哥，你們可知我身受的苦楚啊。」倏地揭下面具，叫道：「公孫止，你還認得我麼？」這一句厲聲斷喝，大廳上又有七八枝燭火熄滅，餘下的也搖晃不定。

燭光黯淡之中，衆人眼前突地出現一張滿臉慘厲之色的老婦面容，無不大爲震驚，誰也不敢開口。廳上寂靜無聲，各人心中怦怦跳動。

突然之間，站在屋角侍候的一名老僕奔上前來，叫道：「主母，主母，你可沒死啊。」裘千尺點頭道：「張二叔，虧你還記得我。」那老僕極是忠心，見主母無恙，喜不自勝，連連磕頭，叫道：「主母，這才是眞正的大喜了。」廳上賀客之中，除了金輪國師等少數幾個外人，其餘都是谷中鄰里，三四十歲以上的大半認得裘千尺，登時七嘴八舌，擁上前來問長問短。

公孫止大聲喝道：「都給我退開！」衆人愕然回首，只見他對裘千尺戟指喝道：「賤人，你怎地又回來了？居然還有面目來見我？」

綠萼一心盼望父親認錯，與母親重歸於好，那知聽他竟說出這等話來，激動之下，奔到父親跟前，跪在地下，叫道：「爹！媽沒死，沒死啊。你快賠罪，請她原恕了罷！」

公孫止冷笑道：「請她原恕？我有甚麼不對了？」綠萼道：「你將媽媽幽閉地底石窟之中，讓她苦度十多年時光。爹，你怎對得住她？」公孫止冷然道：「是她先下手害我，你可知道？她將我推在情花叢中，叫我身受千針萬刺之苦，你可知道？她將解藥浸在砒霜液中，叫我服了也死，不服也死，你可知道？她還逼我手刃……手刃一個我心愛之人，你可知道？」綠萼哭道：「女兒都知道，那是柔兒。」

公孫止已有十餘年沒聽人提起這名字，這時不禁臉色大變，抬頭向天，喃喃的道：「不錯，是柔兒，是柔兒！」手指裘千尺，惡狠狠的道：「就……就是這個狠心毒辣的賤人，逼得我殺了柔兒！」他臉色越來越淒厲，輕輕的叫著：「柔兒……柔兒……」

楊過心想這對冤孽夫妻都不是好人，自己中毒已深，在這世上已活不了幾日，這幾天中只盼找個人跡不到的所在，與小龍女二人安安靜靜的度過，那裏有心思去分辨公孫止夫婦的誰是誰非，輕輕拉了拉小龍女衣袖，低聲道：「咱們去罷。」

小龍女問道：「這女人眞是他妻子？她眞的給她丈夫這麼關了十多年？」她實難相信世上有如此惡毒之人。楊過道：「他夫妻二人是互相報復。」小龍女偏著頭沉吟半晌，低聲道：「這個我就不懂啦。難道這女人也和我一般，被逼跟他成親？」在她想來，二人若非被逼成婚，定然你憐我愛，豈能如此相互殘害？楊過搖頭道：「世上好人少，惡人多，這些人的心思，原也教旁人難以猜測……」

忽聽公孫止大喝一聲：「滾開！」右腳一抬，綠萼身子飛起，向外撞將出來，顯是給父親踢了一腳。她身子去向正是對準了裘千尺的胸膛。裘千尺手足用不得力，只得低頭閃避，但綠萼來勢太快，砰的一響，身子與母親肩頭相碰。裘千尺仰天一交，連人帶椅向後摔出，光禿禿的腦門撞在石柱之上，登時鮮血濺柱，爬不起身。綠萼給父親踢了這腳後，也俯伏在地，昏了過去。

蒙古兵大舉攻城，矢發如雨，石落似雹，紛紛向襄陽城中打去，接著架起雲梯，四面八方的爬向城頭。城中宋軍守禦嚴密，兵士合持大木，將雲梯推離城牆。

第二十回　俠之大者

楊過本欲置身於這場是非之外，眼見公孫止如此兇暴，忍不住怒氣勃發，正要上前與他理論，小龍女已搶上扶起裘千尺，在她腦後「玉枕穴」上推拿了幾下，抑住流血，然後撕下衣襟，給她包紮傷處，向著公孫止喝道：「公孫先生，她是你元配夫人，為何你待她如此？你既有夫人，何以又想娶我？便算我嫁了你，你日後對我，豈不也如對她一般？」

這三句話問得痛快淋漓，公孫止張口結舌，無言以對。麻光佐忍不住大聲喝采。瀟湘子冷冷的道：「這位姑娘說得不錯。」

公孫止對小龍女實懷一片癡戀，雖給她問得語塞，只神色尷尬，卻不動怒，低聲下氣的道：「柳妹，你怎能跟這惡潑婦相比？我是愛你唯恐不及，我對你若有絲毫壞心，管教我天誅地滅。」小龍女淡淡的道：「你對我使過不知多少壞心！天下我只要楊郎一個人愛我，你便再喜歡我一百倍，也只徒然令我厭憎。」說著過去拉住楊過的手。

楊過憤慨異常，心道：「姑姑這般待我，偏生我已活不了幾日，都是你這狗賊害的。」指著公孫止喝道：「你說對我姑姑沒半點壞心眼，哼，你將我陷入死地，卻來騙她成婚，這是好心眼麼？她身中情花之毒，你明知無藥可救，卻不向她說破，這是好心眼麼？」小龍女吃了一驚，顫聲道：「當眞麼？」楊過道：「不要緊，你已服了解藥。」說著微微一笑，這微笑中又淒涼，又歡喜，心想：「我把藥讓給你服了，我是心甘情願的爲你而死。」

公孫止望望裘千尺，又望望小龍女和楊過，眼光在三人臉上掃了一轉，心中妒恨、情慾、憤怒、懊悔、失望、羞愧，諸般激情紛擾糾結。他平素雖極有涵養，此時卻似陷入半瘋之境，突然俯身，從紅氈之下取出陰陽雙刃，噹的一聲互擊，喝道：「好，好！今日咱們一齊同歸於盡！」衆人萬料不到他在新婚交拜的吉具之下竟藏有兇器，不禁都「噫」了一聲。

小龍女冷笑道：「過兒，這等惡人，我好後悔先前饒他性命！」嗆啷一響，也從新娘的大紅喜服之下取出一對劍來，正是那君子劍與淑女劍。她雖不通世務，但對付心中恨惡之人，下手時卻半點也不留情，當時爲孫婆婆報仇，即曾殺得重陽宮中全眞諸道心驚膽戰，廣寧子郝大通幾乎性命不保。此日公孫止害得她與楊過不能團圓，她早已有了以死相拚之念，是以喜服下暗藏雙劍，只待公孫止救治了楊過，立時俟機相刺，倘若不勝，那便自刎以殉，決不將貞操喪在絕情谷中。

衆賀客見一對新婚夫婦原來各藏刀劍，都驚愕無已，只金輪國師等少數有識之士，才早料到這場喜事必以兇殺爲結局，只是見裘千尺一擊即倒，與她先前所顯示的深厚內功殊不相稱，不免大感詫異。

楊過從小龍女手中接過君子劍來，說道：「姑姑，咱們今日殺了這匹夫，給我報仇。」小龍女一振淑女劍，奇道：「給你報仇？」楊過暗自難過，但想此事不能跟她說穿，只說：「這賊殺才害的人著實不少。」長劍抖處，逕刺公孫止左脅。他知此刻之鬥極爲凶險，小龍女身上情花之毒雖解，自己卻中毒極深，如雙劍合璧而施展「玉女素心劍法」，一動眞情，立時劇痛難當，當下目不斜視的望著敵人，使開「全眞劍法」，一招一式，法度謹嚴無比。這路劍法若由馬鈺、丘處機等老道出手，自是端穩凝持，深具厚重古樸之致，在楊過使來，卻不免顯得少年老成，微見澀滯。

公孫止知他二人雙劍聯手的厲害，一上手即使開陰陽倒亂刃法，右手黑劍，左手金刀，招數凌厲無前。楊過的全眞劍法乃當年王重陽所創，雖不如敵人兇悍，卻變化精微，楊過謹守不攻，接了他三招。小龍女一聲呼叱，挺淑女劍攻擊公孫止後心。

公孫止恚恨難當，心想：「這花朵般的少女原是我新婚夫人，此時卻與旁人來聯劍攻我。」又想：「惡婆娘突然出現，揭破前事，我威信掃地，顏面無存，非但再難逼迫柳妹成婚，連這絕情谷的基業也將不保。」他仗著武功精湛，今日雖遇棘手難題，還是要憑武力一逞，只要打敗楊過，便挾小龍女遠走高飛。他不知小龍女已服絕情丹解藥，還道她已不過三十六日之命，但這三十六日之中，也要叫她成爲自己妻室。心中越想越邪，手上的倒亂刃法卻越來越見猛惡。

小龍女使動玉女劍法，待要和楊過心意相通，發揚「素心劍法」威力，那知他目光始終不瞧過來，只自顧自的揮劍拒戰。小龍女好生奇怪，問道：「過兒，你怎麼不瞧我？」她心中柔情漸動，劍光忽長。楊過聽了她的語聲，心中一震，登時胸口劇痛，劍招稍緩，嗤的一下，衣袖已給黑劍劃破，小龍女大驚，唰唰唰連攻三劍，阻住公孫止進擊。楊過道：「我不能瞧你，也不能聽你說話。」小龍女軟語溫柔：「爲甚麼？」楊過只怕再遇危險，粗聲答道：「你要我死，就跟我說話好了！」他怒氣一生，疼痛登止，將公孫止黑劍的招數盡行接過。

小龍女不明原由，但既爲他妻室，自當順從，柔聲道：「你別生氣，我不說啦。」突然心念一動：「啊，我劇毒已解，他可並未服藥！他得到解藥，自己不服，卻來給我解毒。」不由得深深感激的心情之中，再加上深深憐惜，這一下勁隨心生，玉女素心劍法威力大盛，招數遞將出去，竟然將楊過全身要害盡行護住。本來她既守護楊過，楊過就該代她防禦敵招，但他不敢斜目旁睨，變得她全身一無守備，處處能受敵招。

公孫止目光何等敏銳，只數招之間，便已瞧出破綻，但他不欲傷害小龍女半分，一刀一劍均向楊過猛烈砍刺。攻的如驚濤衝岸，守的卻也似堅岩屹立，再加上小龍女全力防護，數十招中公孫止竟半點也奈何不得敵手。

這時綠萼已經醒轉，站在母親身旁觀鬥，見小龍女盡力守護楊過，全然不顧自身安危，不禁自問：「如換作了我，當此生死之際，也能不顧自身而護他麼？」輕輕嘆了口氣，心道：「我定能如龍姑娘這般待他，但他卻萬萬不肯如此待我。」

便在此時，裘千尺嘶聲叫道：「假刀非刀，假劍非劍！」楊過與小龍女聽了都是一怔，不明白她這兩句話的用意。裘千尺又叫：「刀即是刀，劍即是劍！」

楊過與公孫止鬥了兩次，一直在潛心思索陰陽倒亂刃法的秘奧所在，但見他揮動輕飄飄的黑劍硬砍硬斫，一柄沉重厚實的鋸齒金刀卻靈動飛翔，走的全是單劍路子，招數出手與武學至理恰正相反；但若始終以刀作劍，以劍作刀，那也罷了，偏生倏忽之間又掉轉頭來，劍法中顯示刀法，而刀招中隱隱含著劍招的殺著，變化無方，捉摸不定，此時忽聽得裘千尺叫了那十六個字，心道：「難道他刀上的劍招、劍上的刀招全是花假？」眼見黑劍橫肩砍來，明明是單刀的招數，心中便只當他是柄長劍，君子劍挺出，雙劍相交，錚的一聲，兩人各自後退了一步。才知這黑劍底子裏果然仍舊是劍，所使的刀招不過作爲幌子，只爲炫人耳目，但如對方武功稍差，應付失宜，刀招卻也能夠傷人。

楊過一試成功，心中大喜，當下凝神找尋對方刀劍中的破綻，心想他招數錯亂，雖然奇妙，但路子定然不純，拆了數招，忽聽裘千尺道：「攻他右腿，攻他右腿。」楊過見公孫止金刀晃動，下盤委實無隙可乘，但想裘千尺手足勁力雖失，胸中所藏武學卻絲毫未減，公孫止的武功既爲她所傳授，定然知其虛實，當下依言出招，擊刺對方右腿。公孫止橫刀架開，右腿便無隙可乘，但這麼一橫刀，左肩與左脅卻同時暴露。楊過不等裘千尺指點，長劍閃處，已將他腋底的衣衫劃破。公孫止咒罵了一聲，向後躍開，怒目向裘千尺喝道：「老乞婆，瞧我放不放過你？」說著又挺刀劍向楊過攻去。

小龍女舉劍擋過。裘千尺又道：「踢他後心！」此時楊過與公孫止正面相對，要踢他後心殊無可能，但楊過對裘千尺已頗具信心，知她話中必有深意，不管如何，逕往敵人後心搶去。公孫止迴刀後削。裘千尺叫道：「刺他眉心。」楊過心道：「我剛轉到他背後，你卻又要我刺他眉心。」勢在緊迫，不及多想，立時又轉到敵人身前，正欲挺劍刺他眉心，裘千尺又叫道：「削他屁股！」

綠萼在旁瞧得兩手掌心中都是汗水，皺起了眉頭，心道：「媽這般亂喊亂叫，那不是在反助爹爹麼？」她口中不言，麻光佐卻已忍不住大聲叫道：「楊兄弟，別上這老太婆的當，她要累死你。」

楊過前後轉了幾次，已隱約體會到裘千尺的用意，聽她呼前便即趨前，聽她喝後立時搶後，果然數轉之後，公孫止右脅下露出破綻。楊過長劍抖處，嗤的一聲，衣衫刺破，劍尖入肉寸餘，公孫止脅下登時鮮血迸流。

衆人「啊」的一聲，一齊站起。國師等均已明白，原來裘千尺適才並非指點楊過如何取勝，卻是教他如何從不可勝之中，尋求可勝之機，並非指出公孫止招數中的破綻，而是要楊過在敵人絕無破綻的招數之中，引他露出破綻。她只指點了幾次，楊過便即領會了這上乘武學的精義。各人心中均佩服無已，暗道：「敵人倘若眞是高手，招數中焉有破綻可尋？這個裘老太婆的指點，當眞令人一生受用不盡。楊過這小子片刻間便即領會，也眞聰明。」

但要迫得公孫止露出破綻，非但武功必須勝過，尙得熟知他所有招數，方能於十餘招之前，對他諸般後著應變料得淸淸楚楚，逐步引導他走上失誤之途，此節唯裘千尺所能，楊過卻只明其理，無力自爲，當下聽著她的指點，劍光霍霍，向公孫止前後左右一陣急攻。既明白了「刀即是刀，劍即是劍」的道理，公孫止刀劍上炫人耳目、多方誤敵的花招便即無用，楊過出劍理路淸楚，二十餘招後，公孫止腿上又中一劍。

這一劍著肉雖然不深，但拉了一條長長的口子，幾有五六寸長。公孫止心想：「我急切間傷不得這姓楊的小子，再鬥下去，有那老乞婆在旁指點，我須喪身在小賊劍下。說不得，無毒不丈夫！」當年他為了自己活命，曾將心愛的情人刺死，此刻事在危急，也已顧不得小龍女，當下黑劍晃動，唰的一刀，向小龍女肩頭急砍。

楊過一驚，挺劍代她守護，猛聽得裘千尺叫道：「刺他腰下。」楊過一怔，心想：「姑姑此時受攻，我如何能不救？但裘老前輩每次指點均有深意，想來這是一招圍魏救趙的妙著。」心念甫動，長劍已然圈轉，疾刺公孫止右腰。忽聽得小龍女「啊」的一聲叫，右臂受創，嗆啷一聲，淑女劍掉在地下。公孫止黑劍斜掠，擋開了楊過一招。

楊過大驚，急叫：「你快退開，我一個人對付他。」他這一動情關注，胸口又是一陣疼痛。小龍女受傷不輕，只得退下，撕衣襟裹傷。楊過奮力拚鬥，對裘千尺的指點失誤甚是惱怒，向她怒目橫了一眼。

裘千尺冷笑道：「你怪我甚麼？我只助你殺敵，誰來管你救人？哼哼，這姑娘的死活與我有甚相干？她死了倒好！」楊過怒道：「你兩夫妻眞是一對兒，誰都沒半點心肝！」裘千尺冷笑一聲，也不動怒，臉上神色自若，靜觀二人劇鬥。

楊過斜眼向小龍女一瞥，見她靠在椅上，撕衣襟包紮傷口，料想並無大礙，精神一振，劍招忽變，自全眞劍法變為玉女劍法。公孫止見他的劍法本來穩重端嚴，突然間輕靈跳脫，丰姿綽約，登時如換了一個人一般，心下微感奇異，暗想：「此人詭計多端，又在搗甚麼鬼了？」但接招之下，只覺對方劍法吞吐激揚，宛然名家風範，與小龍女適才所使正是一路，登時疑心盡去，當下金刀黑劍同時攻了上去。

十餘招後，楊過又漸落下風，給公孫止逼得不住倒退。裘千尺屢次出言指點，但楊過惱她有意損傷小龍女，對她呼叫宛似不聞，暗道：「誰要你來囉唆？」忽然想起，當日在程英的茅舍中養傷之時，枕邊有一本四言詩集，躺在床上無聊，曾加翻閱，只覺詩句飄逸，讀來心曠神怡。他是學武之人，事事與武功聯想，當時讀著詩句，心中便虛擬劍招，與詩句配合，其時只盼用以抵禦李莫愁，後來並未用上，這時心中想起，唰唰唰唰四劍，長聲吟道：「良馬既閑，麗服有暉。左攬繁弱，右接忘歸。」口中長吟，劍招配合了詩句，揮舞得瀟洒有致。公孫止一呆，道：「甚麼？」

楊過又吟道：「風馳電逝，躡景追飛。凌厲中原，顧盼生姿。」詩句是四字一句，劍招也是四招一組，吟到「風馳電逝，躡景追飛」時劍去奇速，於「凌厲中原，顧盼生姿」這句上卻是迅猛之餘，繼以飄逸。公孫止從沒見過這路劍法，聽他吟得好聽，攻勢登緩，凝神捉摸他詩中之意，心知他劍招與詩意相合，只要領會了詩義，便能破其劍法。

聽他又吟道：「息徒蘭圃，秣馬華山。流磻平皋，垂綸長川。目送歸鴻，手揮五絃。」這幾句詩吟來淡然自得，劍法卻大開大闔，峻潔雄秀，尤其最後兩句劍招極盡飄忽，似東卻西，趨上擊下，一招兩劍，難以分其虛實。

小龍女此時已裹好創口，見楊過的劍法使得好看，但從未聽他說起過，不禁問道：「過兒，這是甚麼劍法，誰教你的？」楊過笑道：「我自己琢磨的，姑姑你說好麼？前幾日我躺著養傷，床邊有一本詩集，我看到這首詩好，就記下了。朱子柳前輩在英雄宴上以書法化入武功，我想以詩句化入武功，也必能夠。」小龍女道：「很好啊……」

忽聽得金輪國師讚道：「楊兄弟，你這份聰明智慧，眞叫老衲佩服得緊。下面幾句自然是『俯仰自得，游心太玄，嘉彼釣叟，得魚忘筌。』」

公孫止心念一動：「這和尚在指點我。」當下也不及細想這和尚是何用意，但想「俯仰自得」必是上一劍之後緊接下一劍，當即揮黑劍先守上盤，金刀卻從中盤疾砍而出。

金輪國師文武全才，雖然僻居蒙古，卻於漢人的經史百家之學無所不窺，他聽了楊過所吟之詩，早知下句，便先行說了出來，想借公孫止之手將他除去。這一次公孫止果然搶到先著，楊過劍招未出，已爲他盡數封住去路，鋸齒金刀卻從中路要害砍來。好在楊過聽到國師吟詩，也早防有此著，竟不再使自創的四言詩劍法，長劍橫守中盤，左手中指錚的一聲，在金刀背上一彈。

公孫止只感手臂一震，虎口微微發麻，心下吃驚：「這小子的古怪武功眞多。」楊過這一彈正是黃藥師所傳的彈指神通功夫，只是他功力未夠，未能克敵制勝，這一下若是讓黃藥師彈上了，公孫止的金刀非脫手不可。但只這麼一彈，楊過長劍飛舞，再使黃藥師所授「玉簫劍法」。這玉簫劍法與彈指功夫均以攻敵穴道爲主，劍指相配，精微奧妙，饒是他功夫未純，一陣急攻，卻也使公孫止招架不易。公孫止數次欲以黑劍削敵兵刃，但楊過的君子劍也是一柄寶劍，雙劍相碰，火花飛迸，誰也削不斷誰。

此時裘千尺又在旁呼喝：「他劍刺右腰，刀劈項頸！」「他劍削右肩，刀守左脅。」竟將公孫止每一路招數都先行喝了出來。如此一來，楊過自是有勝無敗，公孫止的陰陽雙刃雖係家傳武學，但經裘千尺去蕪存菁、創新補闕，大大的整頓過一番，他所使招數自是盡在裘千尺料中，不論如何騰挪變化，總是給她先行叫破。鬥到酣處，驀聽得裘千尺叫道：「他刀劍齊攻你上盤。」這句呼喝時刻拿捏得極是陰毒，恰好公孫止刀劍已出，難以中途改變，楊過卻有餘裕抵擋。楊過低頭疾趨，橫劍護背，左指已戳到了對方臍下一寸五分處的「氣海穴」。楊過一指得手，心中大喜，料想敵人必受重創，豈知公孫止飛出一腿，竟向他下顎踢到。

楊過一驚，向旁急竄數尺，才想起此人能自閉穴道，微一沉吟間，公孫止刀劍又已攻上。但聽裘千尺叫道：「他刀劍交叉，右劍攻左，左刀砍右。」楊過不遑多想，當即竭力抵禦。

依二人功力而論，楊過早已不敵，全賴裘千尺搶先提示，點破了公孫止所有厲害招數。此時二人翻翻滾滾，已拆了七八百招，谷中諸子弟固瞧得心驚膽戰，而瀟湘子等衆高手也目眩神馳。刀光劍影之中，公孫止張口喘氣，楊過汗透重衣，二人進退趨避之際均已不如先前靈動。

公孫綠萼心想再鬥下去，二人必有一傷，她固不願楊過鬥敗，卻也不忍見父親受傷，低聲向裘千尺道：「媽，你叫他們別打啦，大家來評個理看，到底誰是誰非。」

裘千尺「哼」了一聲，道：「斟兩碗茶過來。」綠萼心中煩亂，但依言斟了兩碗茶，搶到母親面前。裘千尺舉起雙手，取下了包在頭頂的那塊血布。她腦門撞柱流血，小龍女撕下了衣襟爲她包紮，此時取下包布，頭頂又有鮮血流出。綠萼驚道：「媽！」裘千尺道：「死不了！」將血布拋在膝頭，雙手各接一隻茶碗，每手四指持碗，拇指卻浸入了茶水之中，滿指鮮血都混入茶內。她隨手輕晃，片刻間鮮血便不見痕跡，叫道：「都鬥得累了，喝一碗茶再打！」對綠萼道：「送茶去給他們解渴，一人一碗。」

綠萼知道母親對父親怨毒極深，料想她決無這般好心，竟要送茶給他解渴，此舉多半會對父親不利，但兩碗茶是自己所斟，其中絕無毒藥，又是一般無異，想來母親是體惜楊過，但父親倘若無茶，便決不肯住手，楊過這碗茶仍喝不到，眼見兩人確都累得狠了，當下手托茶盤，盛著兩碗茶，走向廳心，朗聲說道：「請喝茶罷！」

公孫止與楊過早就口渴異常，聽得裘千尺的叫聲，一齊罷手躍開。綠萼將茶盤先送到父親面前。公孫止心想此茶是裘千尺命她送來，其中必有古怪，多半是下了毒藥，將手一擺，向楊過道：「你先喝。」楊過坦然不懼，隨手拿起一碗，放到嘴邊，喝了一口。公孫止道：「好，這碗給我！」伸手接過他手中的茶碗。楊過笑道：「是你女兒斟的茶，難道還能有毒？」說著換過茶碗，一飲而盡。

公孫止向女兒臉上一看，見她臉色平和，心想：「萼兒對這小子大有情意，茶中自當不會下毒，我已跟他掉了一碗，還怕怎地？」也即一口喝乾，錚的一下，刀劍並擊，說道：「咱們再打，哼，若非這老賤人指點，你便有十條小命，也都已喪在我金刀黑劍之下。」

裘千尺將破布按上頭頂傷口，陰惻惻的道：「他閉穴之功已破，你儘可打他穴道。」公孫止一呆，但覺舌根處隱隱有血腥之味，這一驚當真非同小可。原來他所練的家傳閉穴功夫有一項重大禁忌，決不能飲食半點葷腥，否則功夫立破。上代祖宗生怕無意之中沾到，是以祖訓嚴令谷中人人不食葷腥，旁人雖不練這門上乘內功，卻也迫得陪著吃素。他向來防範周密，那想到裘千尺竟會行此毒計，將自己血液和入茶中？楊過喝一碗血茶自絲毫無損，公孫止畢生苦練的閉穴功卻就此付於流水。

他狂怒之下回過頭來，只見裘千尺膝頭放著一碟款待賀客的蜜棗，正吃得津津有味，緩緩的道：「我二十年前就已說過，你公孫家這門功夫難練易破，不練也罷。」

公孫止眼中如欲噴出火來，舉起刀劍，向她疾衝過去。綠萼一驚，搶到母親身前相護，突覺耳畔呼呼風響，似有暗器掠過。公孫止長聲大號，右眼中流下鮮血，轉身疾奔而出，手中卻兀自握著刀劍。一滴滴鮮血濺在地下，一道血線直通向廳門。只聽得他慘聲呼號，愈去愈遠，終於在羣山之中漸漸隱沒。廳上衆人面面相覷，不知裘千尺以甚法子傷他。

只楊過和綠萼方始明白，裘千尺所使的，仍是口噴棗核功夫。

當楊過與公孫止激鬥之際，她早已嘴嚼蜜棗，在口中含了七八顆棗核。眼見公孫止武功大進，自己縱然噴出棗核襲擊，他也必閃避得了，若一擊不中，給他有了防範，以後便再難相傷，因此於他酣鬥之餘先用血茶破了他閉穴功夫，乘他怒氣勃發之際突發棗核。這是她十餘年潛心苦修的唯一武功，勁道之強，準頭之確，不輸於天下任何厲害暗器。若不是綠萼突然搶出，擋在面前，公孫止不但雙目齊瞎，而且眉心穴道中核，登時便送了性命。

綠萼心中不忍，呆了一呆，叫道：「爹爹，爹爹！」想追出去察看。裘千尺厲聲道：「你要爹爹，便跟他去，永遠別再見我。」綠萼愕然停步，左右爲難，但想此事畢竟是父親不對，母親受苦之慘，遠勝於他，再者父親已然遠去，要追也追趕不上，從門口緩緩回來，垂首不語。

裘千尺凜然坐在椅上，東邊瞧瞧，西邊望望，冷笑道：「好啊，今日你們都是喝喜酒來著，這杯酒沒喝成，豈不掃興？」衆人給她冷冰冰的目光瞧得心頭發毛，只怕她口中突然噴出古怪暗器。谷中諸人只一味驚懼，國師與尹克西等卻各暗自戒備。

小龍女與楊過見公孫止落得如此下場，也大出意料之外，不由得都深深嘆了口長氣，各自伸手，相互緊緊握住，兩人心意相通，當即並肩往廳外走去。剛到門口，裘千尺突然大聲喝道：「楊過，你到那裏去？」

楊過回轉身來，長揖到地，說道：「裘老前輩、綠萼姑娘，咱們就此別過。」他自知命不久長，也不說甚麼「後會有期」之類的話了。綠萼回了一禮，黯然無言。裘千尺怒容滿臉，喝道：「我將獨生女兒許配於你，怎地既不稱我岳母，又這麼匆匆忙忙的便走了？」楊過一愕默然，心道：「你雖將女兒許配於我，我可沒說要啊。」裘千尺道：「此間綵禮齊全，燈燭俱備，賀客也到了這許多，咱們武學之士也不必婆婆媽媽，你們二人今日便成了親罷。」

金輪國師等眼見楊過爲了小龍女與公孫止幾番拚死惡鬥，此時聽了裘千尺此言，知道必然又是一番風波。各人互相望了幾眼，有的微笑，有的輕輕搖頭。

楊過左手挽著小龍女的臂膀，右手倒按君子劍劍柄，說道：「裘老前輩一番美意，令愛於晚輩又有大恩，晚輩極爲感激。但晚輩心有所屬，實非令愛良配。」說著慢慢倒退。他怕裘千尺狂怒之下，斗然口噴棗核，是以按劍以防。

裘千尺向小龍女怒目橫了一眼，冷冷的道：「嘿，這小狐狸精果然美得出奇，無怪老的著了迷，小的也爲她顚倒。」綠萼道：「媽，楊大哥與這位龍姑娘早有婚姻之約，這中間詳情，女兒慢慢再跟你說。」裘千尺啐了她一口，怒道：「呸，你當你媽是甚麼人？我說過的話，也能改口麼？姓楊的，別說我女兒容貌端麗，沒一點配你不上，她便是個醜八怪，今日我也非要你娶她爲妻不可。」

厤光佐聽她說得蠻橫，不由得哈哈大笑，大聲說道：「這谷中的夫妻當眞是一對活寶，老公逼人家閨女成親，老婆也硬逼人家小子娶女，別人不要，成不成？」裘千尺冷冷的道：「不成！」厤光佐咧開大口，哈哈大笑。突然波的一響，一枚棗核射向他眉心，當眞是來如電閃，無法閃避。厤光佐驚愕之下，頭一抬，啪的一聲，棗核已將他三顆門牙打落。厤光佐大怒，虎吼一聲，撲將過去。但聽波波兩響，他右腿「環跳」、左足「陽關」兩穴同時爲棗核打中，雙足一軟，摔倒在地，爬不起來。

這三枚棗核實在去得太快，直有迅雷不及掩耳之勢。楊過當厤光佐大笑之際，已知裘千尺要下毒手，抽出長劍要過去相救，終於遲了一步，忙伸手將他扶起，解開了他穴道。麻光佐倒也極肯服輸，見這禿頭老太婆手不動，腳不抬，口一張便將自己打倒，心中好生佩服，吐出三枚門牙，滿嘴鮮血的說道：「老太婆，你本事比我大，老麻不敢得罪你啦。」裘千尺毫不理他，瞪著楊過道：「你決意不肯娶我女兒，是不是？」

公孫綠萼在大庭廣眾之間受此羞辱，再也抵受不住，拔出腰間匕首，刃尖指在自己胸口，大聲道：「媽，你再問一句，女兒當場死給你看。」裘千尺嘴一張，波的一響，一枚棗核射將過去，斜中匕首之柄。這一下勁力好大，那匕首橫飛而出，插入木柱，深入數寸，燭光之下，劍柄兀自顫動。衆人「噫」的一聲，無不倒抽一口涼氣。

楊過心想留在這裏徒然多費唇舌，手指在劍刃上一彈，和著劍刃振起的嗡嗡之聲，朗聲吟道：「煢煢白兔，東走西顧。衣不如新，人不如故。」挽起一個劍花，攜著小龍女的手轉身便走。

綠萼聽著「衣不如新，人不如故」那兩句話，更加傷心欲絕，取過更換下來的楊過那件破衫，雙手捧著走到他面前，悄然道：「楊大哥，衣服也還是舊的好。」楊過道：「多謝了。」伸手接過。他和小龍女都知她故意擋在身前，好教母親不能噴棗核相傷。小龍女臉含微笑，點頭示謝。綠萼小嘴向外一努，示意二人快快出去。

裘千尺喃喃的唸了兩遍：「人不如故，人不如故。」忽地提高聲音，說道：「楊過，你不肯娶我女兒，連性命也不要了嗎？」

楊過悽然一笑，又倒退一步，跨出了大廳的門檻。小龍女心中一凜，說道：「慢著。」朗聲問道：「裘前輩，你有丹藥能治情花之毒麼？」

綠萼心中一直便在想著此事，父親手中只賸下一枚絕情丹，楊過已給小龍女服了，他自己身上的情花劇毒未解，惟一指望是母親或有救治之法，但母親必定以此要脅楊過，逼他娶己爲妻，是以不敢出言相求，事在危急，再也顧不得女兒家的儀節顏面，轉身說道：「媽，若不是楊大哥援手，你尙困身石窟之中，大難未脫。楊大哥又沒絲毫得罪你。咱們有恩報恩，請你想法子解了他身上毒性罷。」

裘千尺嘿嘿冷笑，道：「有恩報恩？有仇報仇？世上恩仇之際便能這般分明？那公孫止對我是報了恩麼？」綠萼大聲道：「女兒最恨三心兩意、不顧情義、喜新厭舊的男子。這姓楊的倘若捨卻舊人，想娶女兒，女兒就算死了，也決不嫁他。」

這幾句話裘千尺聽來倒萬分入耳，但一轉念間，立即明白了女兒的用心，她是愛極了楊過，他若眞願意迎娶，管他是不是喜新棄舊，她也必千肯萬肯，但迫於眼前情勢，只盼自己先救他性命再說。

金輪國師與尹克西等瞧著這幕二度逼婚的好戲，你望我一眼，我望你一眼，都臉露微笑。國師直至此時，才知楊過身中劇毒，心中暗自得意，但願他堅持到底，不肯爲了保命而允娶公孫綠萼，就怕這小子詭計多端，假意答允，先騙了解藥到手，又再翻悔；

但想有自己在此，這小子若要行奸使詐，自己便可點破，不讓裘千尺上當。

裘千尺的眼光從東到西，在各人臉上緩緩掃過，說道：「楊過，這裏諸人之中，有的盼你死，有的願你活。你自己願死還是願活，好好想一想罷。」

楊過伸手摟住小龍女的腰，朗聲道：「她若不能歸我，我若不能歸她，咱倆寧可一齊死了。」小龍女甜甜一笑，道：「正是！」她與楊過心意相通，二人愛到情濃之處，死生大事卻也看得淡了。

裘千尺卻難以明白她的心思，喝道：「我若不伸手相救，這小子便要一命嗚呼，你懂不懂？他只能再活三十六天，你知不知道？」小龍女道：「你若肯相救，咱兩個兒能多聚幾年，自是極感大德。你不肯救，咱倆在一起便只三十六天，那也好啊！反正他死了，我也不活著。」說這幾句話時，美麗的臉龐上全然漠不在乎。

裘千尺望望她，又望望楊過，只見二人相互凝視，其情之痴，其意之誠，那是自己一生之中從未領略過、從未念及過的，原來世間男女之情竟有如斯者，不自禁想起自己與公孫止夫妻一場，竟落得這般收場，長嘆一聲，雙頰上流下淚來。

綠萼縱身過去，撲在她懷裏，哭道：「媽，你給他治了毒罷，我和你找舅舅去，舅舅很牽掛你，是不是？」裘千尺一流淚水，心中牽動柔情，但隨即想起二哥裘千仞信中那句話來：「自大哥於鐵掌峯上命喪郭靖、黃蓉之手……」自己手足殘廢，二哥又已出家爲僧，說甚麼「放下屠刀，皈依三寶」，然則大哥之仇豈非永不能報？這小子武功不弱，他既堅不肯娶我女兒，那麼命他替我報仇，也可了卻一樁大事。

她想到此處，便道：「解治情花劇毒的絕情丹，本來數量不少，可是除了三枚之外，都給我浸入砒霜，盡數毀了。這三枚丹藥，公孫止那奸賊自己服了一枚，另一枚我醉倒後給他取了去，後來落入你手，你已給這女子服了。世間就只賸下一枚。這枚絕情丹我貼身而藏已二十餘年。身在絕情谷而不備絕情丹，這條性命便算不得是自己的。眼下反正我已命不久長，我女兒今後也未必會再留在谷中……」說著緩緩伸手入懷，將世間唯此一枚的絕情丹用指甲切成兩半，取出半枚，托在掌心，說道：「丹藥這便給你，你不肯做我女婿，那也罷了，可是你須得答允爲我辦一件事。」

楊過與小龍女互視一眼，料想不到她竟會忽起好心。二人雖說將生死置之度外，但眼前既有生路，自是喜出望外，齊聲道：「前輩要辦甚麼事，我們自當盡力。」

裘千尺緩緩的道：「我是要你去取兩個人的首級，交在我手中。」

楊過與小龍女一聽，立時想到，她所要殺之人其中之一必是公孫止。楊過對這人自是絕無好感，此人已喪一目，閉穴內功又破，雖其他武功未失，要追殺他諒亦不難，不過他是公孫綠萼之父，這姑娘對自己一片痴情，殺她父親，未免大傷其心，一時不禁躊躇難答。小龍女心中也覺公孫止雖惡，對己總是有救命之恩，但瞧裘千尺的神色，若不辦到此事，她的丹藥無論如何不會給楊過的了。

裘千尺見二人臉上有爲難之意，冷然道：「我也不知這二人和你們有甚瓜葛牽連，但我是非殺這二人不可。」說著將半枚丹藥在手中輕輕一拋。楊過聽她語氣，所說的似乎並非公孫止，於是問道：「裘前輩與何人有仇？要晚輩取何人的首級？」裘千尺道：「你沒聽到那惡賊讀信麼？害死我大哥的，叫做甚麼郭靖、黃蓉。」

楊過大喜，叫道：「那好極了。這二人正是晚輩的殺父仇人，裘前輩便無此囑咐，晚輩也正要找這二人報仇。」裘千尺心中一凜，道：「此話當眞？」楊過指著金輪國師道：「這位大師與這二人也有過節。晚輩之事，曾跟他說過。」

裘千尺眼望國師。國師點了點頭，說道：「可是這位楊兄弟啊，那時卻明明助著郭靖、黃蓉，來跟老衲爲難。」小龍女與綠萼惱恨這和尚時時從中挑撥作梗，一齊向他怒目橫視。金輪國師只作不見，微笑道：「楊兄弟，此事可有的罷？」楊過道：「是啊。待我報了父母之仇，還得向大師領教幾招。」國師雙手合什，說道：「妙極，妙極！」

裘千尺左手一擺，對楊過道：「我也不管你的話是眞是假，你將這枚藥拿去服了罷。」楊過走上前去，將丹藥接在手中，見只有半枚，便即明白，笑道：「須得取那二人首級，來換另外半枚？」裘千尺點頭道：「你聰明得緊，一瞧便知，用不著旁人多說。」楊過心想：「先服了這半枚再說，總是勝於不服。」當下將半枚丹藥放入口中，嚥了一口唾液，吞入肚中。

裘千尺道：「這絕情丹世上只剩下了一枚，你服了半枚，還有半枚我藏在極密的所在。十八日後，你若攜二人首級來此，我自然取出給你，否則你縱將我擒住，叫我身受千刀萬剮之苦，再將我投入石窟之中，我也決不會給你。我裘千尺說話斬釘截鐵，向無更移。各位貴客請便。楊少俠、龍姑娘，咱們十八日後再見。」說著閉上眼睛，不再理睬衆人。

小龍女問道：「爲甚麼限定十八日？」裘千尺閉著眼道：「他身中的情花之毒，本來是三十六日之後發作，現下服了半枚丹藥，毒勢聚在一處，發作反快了一倍。十八日後再服半枚，立時解毒，否則……否則……嘿嘿！」說到此處，揮手命各人快去。

楊過與小龍女知道此人已無可理喻，與公孫綠萼作別，快步出了水仙莊。楊過不耐煩再循來路乘舟出谷，與小龍女展開輕功，翻越高山而出。

楊過進谷雖只三日，但這三日中遍歷艱險，數度生死僅隔一線，此時得與心上人離此險地，眞乃恍如隔世。此時天已黎明，二人並肩高岡，俯視幽谷，但見樹木森森，晨光照耀，滿眼青翠，心中歡悅無限，飄飄盪盪的宛似身在雲端。

楊過攜著小龍女之手，走到一株大槐樹之下，說道：「姑姑……」小龍女偎依在他身邊，嫣然一笑，道：「我瞧你別再叫我姑姑了罷。」

楊過心中早已不將她當作師父看待，叫她「姑姑」，只是一向叫得慣了，聽她這麼說，心裏一甜，回首凝視著她漆黑的眼珠子，道：「那我叫你作甚麼？」小龍女道：「你愛叫甚麼，便叫甚麼，一切都由你。」楊過微一沉吟，道：「我一生之中最快活的時光，便是在古墓中跟你一起廝守之時，那時我叫你姑姑，便到死都叫你作姑姑罷。不過現下我心裏叫你『媳婦兒』。」

小龍女笑道：「那時我打你屁股，你也很快活嗎？」楊過伸出雙臂，將她摟在懷裏，只覺她身上氣息溫馨，混和著山谷間花木清氣，眞令人心魂俱醉，難以自已，輕輕的道：「咱們如這般廝守一十八日，只怕已快活得要死了，別再去殺甚麼郭靖、黃蓉啦。與其奔波勞碌，廝殺拚命，咱們還是安安靜靜、快快活活的過十八天的好。」

小龍女微笑道：「你說怎麼，便怎麼好。以前我老是要你聽話，從今兒起，我只聽你的話。」她一向神色冷然，如今心胸中充滿愛念，眉梢眼角以至身體四肢，無不溫柔婉孌，只覺得全心全意的聽楊過話，那才是最快活不過之事。

楊過怔怔的望著她，緩緩的道：「你眼中爲甚麼有淚水？」小龍女拿著他的手，將臉頰貼在他手背上輕輕摩擦，柔聲道：「我……我不知道。」過了片刻，道：「定是我太喜歡你了。」

楊過道：「我知道你在爲一件事難過。」小龍女抬起頭來，突然淚如泉湧，撲在他懷裏，抽抽噎噎的哭道：「過兒，你……你……咱們只有十八天，那怎麼夠啊？」楊過輕輕拍著她肩膀，輕輕的道：「是啊，我也說不夠。」小龍女道：「我要你永遠這麼待我，要一百年，千年，萬年……」

楊過捧起她臉來，在她櫻紅的嘴唇上輕輕吻了一下，毅然道：「好，說甚麼也得去殺了郭靖、黃蓉。」舌尖上嘗著她淚水的鹹味，胸中情意激動，全身直欲爆裂一般。

忽聽得左首高處一人高聲笑道：「要卿卿我我，也不用這般迫不及待。」楊過轉頭來，只見十餘丈外的山岡之上，金輪國師、尹克西、瀟湘子、尼摩星、麻光佐五人並肩站立，說這話的正是金輪國師。料想自己與小龍女匆匆離谷，未理其餘諸人，國師等便隨後跟來，自己二人大難之後重會，除愛侶之外，其餘一切全都視而不見，聽而不聞，二人在槐樹下情致纏綿，卻給國師等遙遙望到了。

楊過想起在絕情谷中國師數次與自己爲難，險些喪身於他言語之下，早知如此，他在荒山結棚養傷之際，就該一掌送了他性命，自己助他療傷，枉他爲一派宗主，竟如此以怨報德。小龍女見他目中露出怒火，低聲道：「別理他，這些人便過一輩子，也沒咱們一時三刻的歡喜。」

只聽麻光佐叫道：「楊兄弟，龍姑娘，咱們一起走罷。在這荒山野嶺之間，沒酒沒肉，有甚麼好玩。」楊過只盼與小龍女安安靜靜、逍遙自在的多過一刻好一刻，偏生有這些不識趣之人前來滋擾，這時始知古墓中幽閒清靜、遠離煩囂的好處，但知麻光佐是一片好心，朗聲答道：「麻大哥請先行一步，小弟隨後便來。」麻光佐道：「好罷，那你們快些來。」

金輪國師哈哈大笑，說道：「那又何必要你費心？他們愛在這荒山野地躭上一十八天啊。」裘千尺說過十八天後毒發之言，大廳上人人聞知，麻光佐聽他竟如此說，不禁勃然大怒，一把抓住國師衣襟，罵道：「賊禿，你的心腸忒也歹毒！咱們與楊兄弟同來谷中，你不助他已是不該，一路上冷言冷語，是何道理？」國師微微冷笑，道：「你放不放手？」麻光佐怒道：「我不放，你怎樣？」

國師右手一拳，迎面打去。麻光佐道：「好啊，動粗麼？」提起蒲扇大的手掌抓他拳頭，那知國師這拳乃是虛招，左手倏地伸出，在他背上一托，剛勁柔勁同時使出，麻光佐一個龐大的身軀立時飛起，往山坡上摔將下來。好在山坡上全是長草，他又皮粗肉厚，這一摔未受重傷，但已撞得額角青腫，哇哇大叫的爬將起來。

楊過望見二人動手，知麻光佐定要吃虧，待要趕去相助，只奔出三步，麻光佐已結結實實的摔了一交。麻光佐雖是渾人，卻也有個獃主意，知道硬打定然鬥不過和尚，口中哼哼唧唧，叫道：「啊喲，啊喲，手臂給賊禿打斷啦。」

金輪國師應蒙古太后之聘，受封爲蒙古第一國師，瀟湘子與尼摩星一直氣忿不服，此時見他如此蠻橫，更加惱怒，兩人相互使個眼色。瀟湘子道：「大師武功果然了得，不愧了蒙古第一國師的封號。」國師道：「豈敢，豈敢……」他鑒貌辨色，知道尼瀟二人立時有出手之意，而楊過與小龍女在一旁更躍躍欲動，尹克西心意如何，尚不可知。他雖自恃武功高強，但若這五大高手聯手來攻，自己不僅決然抵擋不住，尚有性命之憂，嘴上敷衍對答，心中尋思脫身之計。

那知麻光佐哼哼唧唧，慢慢走到他背後，猛起一拳，砰的一聲，正中國師後腦。以國師武功，麻光佐偷襲本難得逞，但此時他全神貫注在楊過、瀟湘子等五人身上，對這渾人毫不在意，竟遭他大力一拳，如中鐵鎚，只鎚得眼前金星亂冒。他驚怒之下，回肘撞去，麻光佐胸口中了肘鎚，大叫一聲，軟綿綿的往前倒下。國師雙腿略曲，麻光佐龐大的身軀正好跌在他肩頭，便即往坡下奔去。

衆人大聲呼叫，楊過首先追落。國師肩頭雖然負了個將近三百斤的巨人，仍奔行如飛。楊過、小龍女、尼摩星等都是一等一的輕功，但既給他發足在先，數十丈內竟追趕不上。楊過和小龍女足下加快，漸漸逼近。國師倏地站住，回過頭來，大聲獰笑道：「好，你們是一齊上呢，還是單打獨鬥？」說著倒舉麻光佐，將他腦袋對準山坡邊的一塊岩石，作勢要撞將下去。

楊過繞到他身後，先行擋住去路，說道：「你若傷他性命，咱們自是一擁而上。」國師哈哈一笑，將麻光佐拋在地下，說道：「這般渾人，也值得跟他一般見識？」雙手伸入袍底，隨即伸出，左手白光閃閃，右手黃氣澄澄，已各取銀輪銅輪在手，雙輪一碰，嗡嗡之聲從山谷間傳了出去，傲然道：「那一位先上？」

尹克西笑嘻嘻的道：「各位切磋武學，我做買賣的只在旁觀摩觀摩。」國師暗想：「此人兩不相助，倒少了一個勁敵。」瀟湘子盼望還是讓旁人打頭陣，耗了他力氣，自己再來乘其敗而取，說道：「尼兄，你武功強過小弟，請先上！」

尼摩星聽了瀟湘子之言，已知其意，但自負武學修爲獨步天竺，生平未逢敵手，心想縱然勝不得金輪國師，也不致落敗，順手抓起山坡上一塊巨岩，喝道：「好，我試試你的兩個圓圈圈。」舉起巨岩，逕向國師當胸砸去。這塊巨岩瞧來少說也有三百來斤，衆人見他不用兵刃，舉起大石便打，無不吃了一驚。

金輪國師也沒料到這矮子天生神力，竟舉大石砸到，當下不敢硬碰，側身避開，右手銅輪向他背心橫掃過去。尼摩星抓著巨岩，回手擋架。銅輪與巨岩相碰，火星四濺，鏜的一聲，只震得山谷鳴響。國師左臂微微發麻，心想：「這矮黑炭武功怪極，倒不可大意了。他力氣再大，舉了這塊巨岩，卻又支持得幾時？」雙輪飛舞，繞著尼摩星身子轉動。

楊過先將麻光佐救起，與小龍女並肩觀鬥，見尼摩星神力過人，武功特異，兩人均感驚詫。二人又鬥片時，尼摩星力道絲毫不衰，突然大喝一聲：「阿婆星！」托起岩石，向國師擲將過去。

他這一擲是天竺佛家武學的一門厲害武功，叫作「釋迦擲象功」。佛經中有言：釋迦牟尼爲太子時，一日出城，大象礙路，太子手提象足，擲向高空，過三日後，象還墮地，撞地而成深溝，今名擲象溝。這自是寓言，形容佛法不可思議。後世天竺武學之士練成一門外功，能以巨力擲物，即以此命名。此時尼摩星運此神功擲石，但見岩石在空中急速旋轉，挾著一股烈風，疾往國師撞去。

金輪國師武功雖強，對此龎然大物那敢硬接硬碰，急忙躍開。尼摩星身子突然飛起，追上大石，雙掌推出，那大石轉個方向，又向國師追去。這次飛擲，是第一次的餘勢加上第二次擲力，因而比第一次力道更強。

論到武功造詣，國師實在尼摩星之上，眼見大石轉向飛到，只得又躍開閃避。尼摩星乘勝追擊，那巨岩給他一次次加力，去勢愈猛。國師尋思：「如此再打下去，須敗在這黑矮子手中，該當立時變計。幸好他獨自先行挑鬥，我下毒手儘快斃了他，殭屍鬼就不敢再上。楊龍二人身上有毒，那『玉女素心劍法』使不順手。」

猛聽得山後馬蹄聲響，勢若雷鳴，旌旗展動，衝出一彪人馬。國師與尼摩星惡鬥方酣，無暇旁視。楊過等但見人強馬壯，長刀硬弩，是一隊蒙古騎兵，來到十數丈之外，當先領兵官舉手示意，全隊勒馬不前。旗影下一人駐馬觀鬥片刻，當即催馬上前，叫道：「罷手，罷手！」那人科頭黃袍，手持鐵弓，正是蒙古王子忽必烈。

尼摩星聽到叫聲，縱上去雙掌齊推，巨岩砰騰砰騰的滾下山坡，沿途帶動泥砂石塊，勢道極是威猛。忽必烈翻身下馬，笑吟吟的走向國師與尼摩星，說道：「原來兩位在這兒切磋武功，眞令小王大開眼界。」他何嘗不知二人實係眞鬥，但為顧全雙方面子，只輕輕一言揭過，接著笑道：「此處風物良佳，豈可無酒？左右，取酒！咱們來痛飲三碗！」蒙古人自來生長曠野，以天地為居室，荒山飲食，與堂上無異，當即有侍衛取過烈酒乾脯，布列於地。

忽必烈向小龍女望了兩眼，心下暗驚：「人間竟有如此美麗的女子。」見她與楊過攜手並肩，神情親密，問楊過道：「這位姑娘是誰？」楊過道：「這位龍姑娘，是小人的授業師父，現今也是小人的妻子了。」他自經絕情谷中一番出生入死，更將覊縻普天下蒼生的禮法習俗絲毫不放在眼裏，心想偏偏要讓世人皆知，我楊過乃娶師為妻。

蒙古人於甚麼尊師重道、男女大防等禮法本來遠不如漢人講究，忽必烈聽了楊過的話也不以為異，只聽說這少女傳過他武藝，不由得多了一層敬意，笑道：「果然是郎才女貌，天生佳偶，妙極，妙極。來，大家盡此一碗，為兩位慶賀。」說著舉起酒碗，一飲而盡。國師微微一笑，也舉碗飲乾。餘人跟著喝酒，麻光佐更連盡三碗。

小龍女對蒙古人本無喜憎，聽忽必烈稱讚自己與楊過乃是良配，心中甚喜，喝了半碗酒後，容色更增嬌艷，心想：「那些漢人都說我和過兒成不得親，這位蒙古王爺卻連說妙極，瞧來還是蒙古人見識高呢。」

忽必烈笑道：「各位三日不歸，小王正記掛得緊，只因襄陽軍務緊急，未能相待，那周先生招請不到，不妨日後再說。小王已在大營留下傳言，請各位即赴襄陽軍前效力。今日在此巧遇，大暢予懷。」國師說道：「請問王爺，我軍攻打襄陽，可順利否？」忽必烈皺眉道：「襄陽守將呂文煥本是庸才，小王所忌者，郭靖一人耳。」楊過心中一凜，問道：「郭靖確在襄陽？」

忽必烈道：「這郭靖說來還是小王的長輩，總角之時與先王曾有八拜之交，是我成吉思汗祖父手下第一愛將。此人智勇雙全，領軍遠征西域，迭出奇計，建立大功。先王曾對我言道：南朝主昏臣奸，將懦兵弱，人數雖衆，總難敵我蒙古精兵，但若遇上郭靖，卻須千萬小心。唉，先王果有先見，我軍屯兵襄陽城外，久攻不下，皆因這郭靖從中作梗之故。」

楊過站起身來，說道：「這姓郭的與小人有殺父大仇，小人請命去刺死了他。」

忽必烈喜道：「小王邀聘各位英雄好漢，正是爲此。但聽人言道，這郭靖武功算得中原漢人第一，又有不少異能之士相助。小王屢遣勇士行刺，均遭失手，或擒或死，無一得還。楊兄弟雖然武勇，卻不免孤掌難鳴，小王欲請衆位英雄一齊混入襄陽，併力下手。只消殺了此人，襄陽唾手可下。」國師、瀟湘子等一齊站起，叉手說道：「願奉王爺差遣，以盡死力。」

忽必烈大喜，說道：「不論是那一位刺殺郭靖，同去的幾位俱有大功。但出手刺殺之人，小王當奏明大汗，封賞公侯世爵，授以『大蒙古國第一勇士』之號。」

瀟湘子、尼摩星等人對公侯世爵也不怎麼放在心上，但若得稱「大蒙古國第一勇士」，名揚天下，實乃平生之願。蒙古此時兵威四被，幅員之廣，曠古未有，西域疆土綿延數萬里，中國亦已三分而有其二，自帝國中心而至四境，快馬均須奔馳一年方至，若得稱爲第一勇士，普天下英雄豪傑自然無不欽仰。當下人人振奮，連金輪國師也不禁眼發異光。

楊過悽然一笑，緩緩搖了搖頭。小龍女深情無限的望著他，心中卻道：「要他甚麼公侯世爵，甚麼天下第一勇士？我只盼你好好的活著。」

衆人又飲數碗，站起身來。蒙古武士牽過馬匹，楊過、小龍女、金輪國師等一齊上馬，跟在忽必烈之後，疾趨南馳，往襄陽而來。

沿途但見十室九空，遍地屍骨，蒙古兵見到漢人，往往肆意虐殺，楊過瞧得惱怒，待要出手干預，卻又礙著忽必烈的顏面，尋思：「蒙古兵如此殘暴，將我漢人瞧得豬狗不如，待我刺殺郭靖、黃蓉之後，必當擊殺幾個蒙古最歹惡的軍漢，方消心中之氣。」

不數日抵達襄陽郊外。其時兩軍攻守交戰，已有月餘，滿山遍野都是斷槍折矛、凝血積骨，想見戰事之慘烈。

蒙古軍中得報四大王忽必烈親臨前敵，全軍元帥、大將迎出三十里外。隨從軍衛怒馬騰躍，鐵甲鏘鏘，軍容極壯。各將帥遙遙望見忽必烈的大纛，一齊翻身下馬，伏在道旁。忽必烈馳到近處，勒馬四顧，隔了良久，哼了一聲，道：「襄陽城久攻不克，師老無功，豈不墮了我大蒙古的聲威？」衆將帥齊聲答道：「小將該死，請四大王治罪。」忽必烈揚鞭一擊，坐騎向前疾奔而去。諸將帥久久不敢起身，人人戰慄。

楊過見忽必烈對待自己及金輪國師等甚爲和易，駕御諸將卻這等威嚴，心想：「蒙古軍兵強馬壯，紀律嚴明，大宋如何是其敵手？」不自禁的皺起了眉頭。

翌晨天甫黎明，蒙古軍大舉攻城，矢發如雨、石落似雹，紛紛向城中打去。接著衆軍架起雲梯，四面八方的爬向城頭。城中守禦嚴密，每八名兵士合持一條大木，將雲梯推離城牆。攻拒良久，終於有數百名蒙古兵攻上了城頭。蒙古軍中呼聲震天，一個個百人隊蟻附攀援。猛聽得城中梆子聲急，女牆後閃出一隊弓箭手，羽箭勁急，迫得蒙古援軍無法上前，接著又搶出一隊宋兵，手舉火把，焚燒雲梯，梯上蒙古兵紛紛跌落。

城上城下大呼聲中，城頭閃出一隊勇壯漢子，長矛利刃，向爬上城牆的蒙古兵攻去。這隊漢子不穿宋軍服色，有的黑色短衣，有的青布長袍，攻殺之際也不成隊形，但身手矯捷，顯然身有武功。攻上城頭的蒙古兵將均是軍中勇士，自來所向無敵，但遇上這隊漢子，搏鬥數合，即遭一一殺敗，或橫屍城頭，或碎骨牆下。宋軍中一個中年漢子尤其威猛，此人身穿灰衣，赤手空拳，縱橫來去，一見宋軍有人受厄，立即縱身過去解圍，掌風到處，蒙古兵將無不披靡，直似虎入羊羣一般。

忽必烈親在城下督戰，見這漢子如此英勇，不由得呆了半晌，嘆道：「天下勇士，更有誰及得上此人？」楊過站在他身側，問道：「王爺可知他是誰？」忽必烈一驚，道：「難道便是郭靖？」楊過道：「正是！」

此時城頭上數百名蒙古兵已給殺得沒賸下幾個，只有最勇悍的三名百夫長手持矛盾，兀自在城垛子旁負隅而鬥。城下的萬夫長吹起角號，又率大隊攻城，想將城頭上三名百夫長接應下來。郭靖縱聲長嘯，大踏步上前。一名百夫長挺矛刺去，郭靖抓住矛桿向前一送，跟著左足飛出，踢中另一名百夫長的盾牌。兩名百夫長雖勇，怎擋得住這一送一踢的神力？登時幾個觔斗翻下城頭，筋斷骨折而死。

第三名百夫長年紀已長，頭髮灰白，自知今日難以活命，揮動長刀，直上直下的亂砍，勢若瘋虎。郭靖左臂倏出，抓住他持刀的手腕，右掌正要劈落，忽地一怔。那百夫長也已認出郭靖面目，叫道：「金刀駙馬，是你！」原來他是郭靖當年西征時的舊部，黃蓉計取撒麻爾罕，此人即是最先飛降入城的勇士之一。

郭靖憶及舊情，叫道：「嗯，你是鄂爾多？」那百夫長見郭靖記得自己名字，不禁熱淚盈眶，叫道：「正是，正是小人。」郭靖道：「好，念在昔日情分，今日饒你一命。下次再給我擒住，休怪無情。」轉頭向左右道：「取過繩子，縋他下去！」兩名健卒取過一條長索，縛在鄂爾多的腰間，將他縋到城下。

鄂爾多是蒙古軍中久經戰陣、赫赫有名的勇士，突讓城頭宋軍用繩索縋下，城下蒙古兵將都好生奇怪，不知是何變故，一齊後退數十丈，城頭也停了放箭，兩軍一時罷鬥。鄂爾多到了城下，對著郭靖拜伏在地，朗聲叫道：「金刀駙馬既然在此，小人萬死不敢再犯虎駕。」

郭靖站在城頭，神威凜然，喝道：「蒙古主帥聽者：大宋與蒙古昔年同心結盟，合力滅金，你蒙古何以來犯我疆界，害我百姓？大宋百姓人數多你蒙古數十倍，若不急速退兵，我大宋義兵四集，管教你這十多萬蒙古軍死無葬身之地。」他這幾句話說的是蒙古語，中氣充沛，一字一句送向城下。城牆既高，兩軍相距又遠，但這幾句話數萬蒙古兵將卻俱都聽得清清楚楚，不由得相顧失色。

一名萬夫長引著鄂爾多來到忽必烈跟前，稟報原由。鄂爾多述說當年跟隨郭靖西征，金刀駙馬如何用兵如神，如何克敵制勝，說得有聲有色。忽必烈臉色一沉，喝道：「拿下去砍了！」鄂爾多大叫：「冤枉！」那萬夫長道：「四大王明見，這鄂爾多頗有戰功……」忽必烈手一揮，四名衛士早將鄂爾多拉下，斬下首級，呈了上來。諸將無不震恐。

忽必烈向萬夫長道：「鄂爾多以陣亡之例撫恤，另賞他妻子黃金十斤，奴隸三十名，牲口三百頭。」萬夫長大惑不解，應道：「是，是。」忽必烈道：「我既殺此人，卻又賞他家屬，你們不明白這中間的道理，是也不是？」諸將一齊躬身道：「請四大王賜示。」忽必烈朗聲道：「這百夫長向敵將跪拜，誇說敵將厲害，動搖軍心，是否當斬？但他奮勇先登，力戰至最後一人，豈非當賞？」諸將盡皆拜伏。

但這麼一來，蒙古兵軍心已沮。忽必烈知道今日即使再拚力攻城，也必徒遭損折，決然討不了好去，眼見城下蒙古軍積屍數千，盡是身經百戰的精銳之士，心中不忿，然見襄陽城牆堅固，守備嚴密，確是無隙可乘，不禁嘆了口氣，傳令退軍四十里。

左右兩名衛士互視一眼，齊道：「小人爲四大王分憂，也折一折南蠻的銳氣。」翻身上馬，馳到城下，拉動鐵弓，兩枝狼牙鵰翎急向郭靖射去。

這二人騎術既精，箭法又準，正是馬奔如風，箭去似電。城上城下剛發得一聲喊，飛箭已及郭靖胸口小腹。眼見他無法閃避，卻見郭靖雙手向內一攏，兩手各已抓著一枝羽箭，跟著搭上鐵胎硬弓，拉弦發箭，箭去勁急，向下射出。兩名蒙古衛士尙未迴馬轉身，突然箭到，透胸而過，兩人倒撞下馬。城頭宋軍喝釆如雷，擂起戰鼓助威。

忽必烈悶悶不樂，領軍北退。大軍行出數里，楊過道：「王爺不須煩惱，小人這便進城去取郭靖性命。」忽必烈搖頭道：「那郭靖智勇兼全，果然名不虛傳，今日一見，更覺此事棘手之極。」楊過道：「小人在郭靖家中住過數年，又曾爲他出力，他對我決無防範之心。常言道明槍易躲，暗箭難防。」忽必烈道：「適才攻城之時，你站在我身旁，只怕他在城頭已然瞧見。」楊過道：「小人已防到此著，攻城之時，與龍姑娘均以大帽遮眉、皮裘圍頸，他決計認不出來。」忽必烈道：「既是如此，盼你立此大功，封賞之約，決不食言。」

楊過隨口道謝一聲，正要轉身與小龍女一齊辭出，卻見金輪國師、瀟湘子、尹克西諸人臉上均有異色，心念一動：「這些人均怕我此去刺死郭靖，得了蒙古第一勇士的封號，定要從中阻撓。」向忽必烈道：「王爺，小人去刺郭靖，乃是爲報私仇，兼之要以他的首級去換救命丹藥，如能托王爺之福，大事得成，那蒙古第一勇士的封號卻萬萬不敢領受。」忽必烈問道：「這卻爲何？」楊過道：「小人武功遠不及在座諸位，如何敢稱第一勇士？王爺須得應允此事，小人方敢動身。」

忽必烈見他言辭誠懇，確是眞情，又見旁人神情，已猜到他心意，說道：「既是如此，人各有志，我也不勉強。」國師等聽忽必烈如此說，果然均有欣慰之色。

楊過圈轉馬頭，與小龍女並騎向襄陽馳去，在途中摔去了大帽皮裘，回復漢人打扮，到得城下時天已向晚，見城門緊閉，城頭一隊隊兵卒手執火把，來去巡邏。楊過大聲叫道：「我姓楊名過，特來拜見郭靖郭大爺。」城上守將聽得呼聲，見他只有一名女子相從，當即向郭靖稟報。

過不片時，兩個青年走上城頭，向下一望，一人叫道：「原來是楊大哥，只你們兩位嗎？」楊過見是武氏兄弟，心想：「郭靖害我父親，不知武氏兄弟的父親當時是否在旁相助？」說道：「武大哥，武二哥，郭伯伯在不在城裏？」武修文道：「在的。楊大哥請進來罷。」命兵卒打開城門，放下吊橋，讓楊過與小龍女入城。

二武引著二人來到一座大屋之前。郭靖滿臉堆歡，搶出門來，向小龍女一揖爲禮，拉著楊過的手笑道：「過兒，你們來得正好。韃子攻城正急，兩位一到，我平添臂助，眞乃滿城百姓之福。」小龍女是楊過之師，郭靖對她以平輩之禮相敬，客客氣氣的讓著進屋，對楊過則十分親熱。

楊過左手讓他握著，想起此人乃殺父大仇，居然這般假惺惺作態，恨不得拔出劍來立時刺死了他，但忌憚他武功，不敢貿然動手，臉上強露笑容，說道：「郭伯伯安好。」他滿腔憤恨，沒跪下磕頭。郭靖豁達大度，於此細節也沒留心。

到得廳上，楊過要入內拜見黃蓉。郭靖笑道：「你郭伯母即將臨盆，這幾天身子不適，日後再見罷。」楊過暗喜：「黃蓉智計過人，我只擔心給她看出破綻，此人抱恙，眞是天助我成功。」說話之間，中軍進來稟道：「呂大帥請郭大爺赴宴，慶賀今日大勝韃子。」郭靖道：「你回稟大帥，多謝賜宴。我有遠客光臨，不能奉陪了。」中軍見楊過年紀甚輕，並無特異之處，不知郭靖何以對他如此看重，爲了陪伴這個少年，竟推卻元帥的慶功宴，不由得滿心奇怪，回去稟知呂文煥。

郭靖在內堂自設家常酒宴，爲小龍女與楊過接風，由朱子柳、魯有腳、武氏兄弟、郭芙諸人相陪。朱子柳向楊過連聲稱謝，說虧得他從霍都處取得解藥，治了他身上之毒。楊過淡淡一笑，謙遜幾句。武氏兄弟佯作不聞。

郭芙見了他卻神情淡漠，只叫了聲：「楊大哥。」郭靖責道：「芙兒，先前你爲金輪國師所擒，若不是楊大哥捨命相救，你自己失陷不用說，連你媽媽也要身遭大難，怎不好好謝過了楊大哥？」郭芙站起身來，說道：「多謝楊大哥日前相救。」楊過道：「大家自己人，何必言謝？」郭芙一言不發的坐下。酒席之間，只見她雙眉微蹙，似有滿腹心事，武氏兄弟也似心神不屬。魯有腳與朱子柳卻興高采烈，滔滔不絕的縱談日間大勝韃子之事。

席散時已是初更，郭靖命女兒陪小龍女入內安寢，自己拉楊過同榻而眠。小龍女入內時向楊過望了一眼，神色之間，深情款款，關念無限，似囑他務須小心。楊過只怕露出心事，將頭轉過，竟不敢與她正面互視。

郭靖攜著楊過的手同到自己臥室，讚他力敵金輪國師，在酒樓上與亂石陣中兩次救了黃蓉、郭芙和武氏兄弟，隨後問他別來的經歷。楊過生怕言多有失，於遇見程英、陸無雙、傻姑、黃藥師等情由一概不提，只道：「姪兒受傷後在一個荒谷中養傷，後來遇到師父，便同來相尋郭伯伯。」

郭靖一面解衣就寢，一面說道：「過兒，眼前強虜壓境，大宋天下當眞危如累卵。襄陽是大宋半壁江山的屛障，此城若失，只怕我大宋千萬百姓便盡爲蒙古人的奴隸了。我親眼見過蒙古人殘殺異族的慘狀，當眞令人血爲之沸。」楊過聽到這裏，想起途中蒙古兵將施虐行暴諸般可怖可恨的情景，也不禁咬得牙關格格作聲，滿腔憤怒。

郭靖又道：「我輩練功學武，所爲何事？行俠仗義、濟人困厄固然乃是本分，但這只是俠之小者。江湖上所以尊稱我一聲『郭大俠』，實因敬我爲國爲民、奮不顧身的助守襄陽。然我才力有限，不能爲民解困，實在愧當『大俠』兩字。你聰明智慧過我十倍，將來成就定然遠勝於我，這是不消說的。只盼你心頭牢牢記著『爲國爲民，俠之大者』這八個字，日後名揚天下，成爲受萬民敬仰的眞正大俠。」
這一番話誠摯懇切，楊過只聽得聳然動容，見郭靖神色莊嚴，雖知他是自己殺父之仇，卻也不禁肅然起敬，答道：「郭伯伯，你死之後，我必會記得你今晚這一番話。」

郭靖那想得到他今夜要行刺自己，伸手撫了撫他頭，說道：「是啊，鞠躬盡瘁，死而後已。國家若亡，你郭伯伯是性命難保了。聽說忽必烈善於用兵，今日退軍，自必再來，這數日中定有一場大廝殺。咱們轟轟烈烈的大幹一場。時候不早，咱們睡罷。」

楊過應道：「是。」當即解衣就寢，將從絕情谷中帶出來的那柄匕首藏在貼肉之處，心想：「我待你睡熟之後，在被窩中給你一刀，你武功便再強百倍，又豈能躲避？」

郭靖日間惡戰，大耗心力，著枕即便熟睡。楊過卻滿腹心事，那裏睡得著？他臥在裏床，與郭靖兩頭睡臥，但聽得郭靖鼻息調勻，一呼一吸，相隔極久，暗自佩服他內功深厚。過了良久，耳聽得四下裏一片沉靜，只遠遠傳來守軍的刁斗之聲，輕輕坐起，從衣內摸出匕首，心想：「我將他刺死之後，再去刺殺黃蓉，諒她一個待產孕婦，濟得甚事？大事一成，即可與姑姑同赴絕情谷取那半枚丹藥了。此後我和她隱居古墓，享盡人間清福，管他這天下是大宋的還是蒙古的？」

想到此處，極是得意，忽聽得隔鄰一個孩子大聲啼哭起來，接著有母親撫慰之聲，孩子漸漸止啼入睡。楊過心頭一震，猛地記起日前在大路上所見，一名蒙古武士用長矛挑破嬰兒肚皮，高舉半空為戲，那嬰兒尚未死絕，兀自慘叫，心想：「我此刻刺殺郭靖，原是一舉手之事。但他一死，襄陽難守，這城中成千成萬嬰兒，豈非盡讓蒙古兵卒殘殺為樂？我為了報一己之仇，卻害了無數百姓性命，豈非大大不該？」

轉念又想：「我如不殺他，裘千尺如何肯將那半枚絕情丹給我？我如死了，姑姑也決不能活。」他對小龍女相愛之忱，世間無事可及，不由得把心橫了：「罷了，罷了，管他甚麼襄陽城百姓，甚麼大宋江山，我受苦之時，除了姑姑之外，有誰真心憐我？世人從不愛我，我又何必去愛世人？」當下舉起匕首，勁力透於右臂，將匕首尖對準了郭靖胸口。

室中燭火早滅，但楊過暗中視物，亦能隱約可見，匕首將要刺落之際，向郭靖臉上瞧去，見他臉色慈和，意定神閒，睡得極是酣暢，自己少年時郭靖的種種愛護之情，猛地裏湧上心來：桃花島上他如何親切相待、如何千里迢迢的送自己赴終南山學藝、如何要將獨生女兒許配於己，不由得心想：「郭伯伯一生正直，光明磊落，實是位忠厚長者，以他為人，實不能害我父親。莫非傻姑神智不清，胡說八道？我曾和程英妹子三擊掌為誓，下手殺郭靖之前，定須三思，想得清清楚楚。我當真已想得清楚了嗎？我這一刀刺了下去，倘若錯殺了好人，那可是萬死莫贖了。且慢，這事須得探問一下清楚再說。」

於是慢慢收回匕首，將自遇到郭靖夫婦以來的往事，一件件在心頭琢磨尋思。他記起黃蓉對自己時時神色不善，有好幾次他夫婦正在談論甚麼，一見到自己便即轉過話題，他夫婦有件要緊事情瞞過了自己，那是決計無疑的，又想：「郭伯母收我爲徒，何以只教我讀書，不傳我半點武藝？郭伯伯待我這麼好，難道不是因爲他害了我父親，心中自咎難安，待我好一些，就算補過？可是他如眞的害死我父，又怎能對我毫不提防，與我共榻而眠，任由我一刀刺死了他？」眼望帳頂，思湧如潮，煩躁難安。

郭靖內功極高，雖在睡夢之中，仍察覺楊過呼吸急促有異，當即睜眼醒轉，問道：「過兒，怎麼了？睡不著麼？」楊過微微一顫，道：「沒甚麼。」郭靖笑道：「你如不慣和人同榻，我便在桌上睡。」楊過忙道：「不，不要緊。」郭靖道：「好，那就快睡罷。學武之人，最須講究收攝心神。」楊過應道：「是。」

隔了半刻，楊過終於忍耐不住，說道：「郭伯伯，那一年你送我到重陽宮學藝，在終南山腳下一座寺廟中，我曾問過你一句話。」郭靖道：「怎麼？」楊過道：「那時你大怒拍碑，以致惹起全眞教衆道的誤會，你可還記得我問的那句話麼？」郭靖回想片刻，說道：「是了，那日你問我，你爹爹是怎樣去世的。」楊過抬高頭，瞪視著他，道：「不，我是問你，到底誰害死了我爹爹。」郭靖道：「你怎知你爹爹是給人害死的？」楊過嘶啞著嗓子問道：「難道我爹爹是好好死的麼？」

郭靖默然不語，過了半晌，長長嘆了口氣，說道：「他確死得不幸，可是沒誰害死他，是他自己害死自己的。」楊過坐起身，心情激動異常，道：「你騙我！世上怎能有自己害死自己之事？便算我爹爹自殺而死，也有迫死他之人。」

郭靖心中難過，流下淚來，緩緩的道：「過兒，你祖父和我父是異姓骨肉，你父和我也曾義結金蘭。你父如是冤死，我豈能不給他報仇？」

楊過身子發顫，衝口想說：「是你自己害死他的，你怎能給他報仇？」但知這句話一出口，郭靖定然提防，再要行刺便大大不易，點了點頭，默然不語。

郭靖道：「你爹爹之事曲折原委甚多，非一言可盡。當年你問起之時，年紀尚幼，未能明白內中情由，因此我沒跟你說。現下你已經長大，是非黑白辨得清清楚楚，待打退韃子，我從頭說給你聽罷。」說罷又著枕安睡。

楊過素知他說一是一，從無虛語，聽了這番話，卻又半信半疑起來，心中暗罵：「楊過，楊過，你平素行事一往無前，果敢勇決，何以今日卻猥猥葸葸？難道是內心害怕他武功厲害麼？今夜遷延游移，失了良機，明日若教黃蓉瞧出破綻，只怕連姑姑都死無葬身之地了。」一想起小龍女，精神又爲之一振，伸手撫摸懷內匕首，刀鋒貼肉，都熨得熱了。

神鵰俠侶(大字版) / 金庸作. -- 二版.
-- 臺北市：遠流, 2017.10
冊； 公分. --(大字版金庸作品集；17–24)

ISBN 978-957-32-8094-1 (全套：平裝).

857.9 106016633